AF295518

Dada baby

Alex Gyllenbark

Dada baby

Roman

© Alex Gyllenbark 2024. Utan jättemånga stavfel och finns såklart även som e-bok.

Kontakt: alexgyll@protonmail.com; Stockholm Nevada Group; AΩ.

Foto omslag: Matthew Bowden, John Henry Donovan och Gabriella Fabri. Foto inlaga: DeepAI.

Denna berättelse är påhittad. Eventuella likheter med i dag levande eller döda personer, platser, händelser och omständigheter är oavsiktliga och resultatet av tillfälligheter.

Förlag: BoD · Books on Demand, Stockholm, Sverige
Tryck: Libri Plureos GmbH, Hamburg, Tyskland

ISBN: 978-91-8057-790-8

Kära Gud: Ge mig ett riktigt jobb och en pojkvän. Om det är för mycket begärt, så i alla fall en flickvän. Gör så att någon tycker om mig.

Efteråt skulle ingen ens förstå hur det var möjligt att hamna i en sådan knipa. Och hur krångligt det skulle bli att tråckla sig ur allting och så det blixtsnabba slutet. Pang! Pang! Pengar! ... Planen hade ju varit så enkel och välpolerad, var det som han skulle intala sig själv före läggdags.

Hans ständiga livskamrat, den Gnagande Oron, ett snabb-utlöst larm av magknip och hjärtflimmer, var på alerten som vanligt. Och det hade varit en tung dag på många sätt. Först tappar vi stinget, bit för bit. Lite självtvivel och rannsakan, så tar några glas vin hand om resten ... huvudet i spinn. Men vi är inte där ännu, utan på en avgörande intervju mitt i stan.

"Livet är en teater. Vi har alla våra roller", sa mannen som satt mittemot Fredrik.

Mannen mittemot såg bra ut, men gjorde ingen sak av det. Hans erotiska kapital utgick från en ganska fyrkantig haka med en tydlig grop, växte med intensiteten i ett lite släpigt uttal, en loj röst med en självklar pondus hos den som sitter i en dyr fåtölj. Ägget i mörkt läder. Dessutom doftade han gott av både svett och parfym. Han var nyrakad, men hakan och kinden som var vänd mot Fredrik hade redan mörknat.

Mannen log lite eller åtminstone försökte. Alla tänder var vita och på sin rätta plats, men det fattades ändå något för det där lilla extra. Såg inte hans v-formade överkropp och bulliga muskler lite tjejigt ut? Eller hans beslöjade stämma och den röda munnen och tungan som slickade mungiporna ett par gånger för mycket?

Mannens slips såg vuxnare ut än hans frisyr. Håret var självlockigt över öronen och luggen stel som en hjälm. Mörka slingor gick över i grånade hårtoppar, nästan silvriga och med fåror av gelé och mansfingrar. Inte fönat fluffigt, utan rufsigt och stelt. Inte tillrättalagt, utan till synes spontant och utan en uns mjäll. En påkostad frisyr där luggen låg som en tung gardin ovanför de tjocka ögonbrynen. Mannen mittemot är faktiskt riktigt jävla snygg, tänkte Fredrik, på samma förtrogna sätt som i Dressmannreklamen. Vår stund ihop borde vara flörtig, men nix. Borde jag svara något?

Fredrik svalde och tänkte efter noga, men någonting drog honom neråt. Han förstod inte liknelsen till teater, och det uppstod ett vakuum mellan två nästan jämnåriga män på varsin sida av ett stort men lågt skrivbord.

Han klämde på sin handled och tittade avvaktande på det tunga bordet. Det låg papper överallt! Olästa reklamblad, promemorior och inkommen post som balanserade ovanpå en glasskål med företagets logotyp i transparent blå färg. Några olästa modemagasin. *Benign Design.*

Vill jag det här eller inte? Han svettades kopiöst och fick en klump i halsen. Den Gnagande Oron gjorde att han fick svårt att andas. Armbandsuret tickade fram sekunderna och Fredrik kände sin puls mot stolens armstöd.

Äsch vafan, tänkte han och rätade på ryggen. Dom vill ha nån som hänger med i tugget. Bättre lyss till den sträng och så vidare. Jag vågar – here we go! Han harklade sig och mannen mittemot höjde på ögonbrynen. Inte en min i hans ansikte avslöjade att det redan hade gått för lång tid.

”… Så sant som det var sagt, verkligen! Hade inte kunnat säga det bättre själv. Haha! Vi har alla våra roller och bär på våra egna föreställningar”, svarade Fredrik och lutade sig nöjt tillbaka. Jämvikten var återställd.

Men mannen på andra sidan av det stora skrivbordet log inte längre.

TVÅ

För ett tag sedan skrev Bodil Malmsten att det var en alldeles vanlig dag. Det är ögonblick av utspilld filmjölk, skruttiga äpplen, lukten av rengöringsmedel, hosta och skavande jeans. Med allt ståhej och de bortskämda, skrikiga barnen som han ville fäkta bort, det ekande trapphuset med dess dammiga avsatser och döda krukväxter (Varför städar ingen här?!) var hans dag ändå inte poesi, utan ett vanligt fucking life. Ett dagligt bröd för en oupptäckt arbetsmyra, fast utan bröd, eftersom han var arbetslös.

Hans liv gick upp och ner. Under mörka stunder krympte spegelbilden till nästan ingenting. Då såg han på sig själv på en kilometers avstånd, en oupptäckt arbetsmyra. En nolla. Och ärligt talat: Då spelar oupptäckt ingen roll.

En alldeles vanlig dag, oavsett om det är i Stockholm eller på annat håll, är verkligen inte poesi. Det är en förutsägbar vers med ett banalt slut. Ett troskyldigt leende kan såklart sälja dikter även om sånt; vem älskar inte en underdog som sätter vackra ord på ännu ett manssvin som smäller igen ytterdörren? Men hur säljer den som inte har något jobb?

Alla snygga män liknar varandra, men varje osnygg man är ful på sitt eget vis. Och här hade vi en sådan. Hans haka var vek och len. Håret var väl inte direkt rött, men ansiktet och halsen blev det för varje trappsteg uppåt. Det var varmt och klibbigt och det gjorde honom ful, en alldeles vanlig dag, överläppen fuktig och munnen torr. Sånt är livet för ett oupptäckt geni. Eller en nolla, tänkte han med gråten i halsen, utan att ännu ha mött sig själv i hallspegeln.

En alldeles vanlig jävla dag ... Han upprepade sitt tjatiga mantra och tog det ena steget efter det andra, uppåt, så välbekanta steg, och fann sig snart näst längst upp. Han hörde ljudet av hissen som susade förbi på väg neråt, och hur den landade med en mjuk duns på entréplanet.

Hur kan livet bli sån rutin? frågade han sig och fumlade efter nycklarna i jackfickan. Stockholm är för svenskar samma sak som ett hektiskt Paris för fiskare från Atlantkusten. Alla dessa tv-människor som pratar om livet i huvudstaden, han och hon och den dära förstås, kungafamiljen och den viktiga intervjun, blaaa blaaa blaaa. Hur kan fucking life bli så tröttsamt på Grev Turegatan? En fin adress och allting.

Jämt har jag bott där tiden står stilla och läst om dom som lever i sus och dus, avspända och spännande poserar dom för tidningar av det slaget som låg framslängda vid intervjun, minglar sig framåt, håhå! Och så den där fjolliga mallgrodan till chef! Ljusblå slips och gul cardigan, så patetiskt ...! Och ändå ... yes please.

Fredrik låste upp sin ytterdörr och stelnade till, som om han hade glömt något. Efter en stund kom han ihåg pappersinsamlingen. Den är viktig ändå. Han tittade på alla papperskassar med dagstidningar i hallen och hans ansikte antog en uppgiven min. I en sekund stod han stilla och funderade på om han skulle strunta i det. Det är en baggis, papperet kan lika gärna stå kvar. Men i nästa stund hade han ändå grabbat tag i kassarna och rusade ner mot entrévåningen.

Ryggsäcken med juice, mjölk, kaffe, vaniljglass och källarfranska från närbutiken blev stående vid ytterdörren. För sin inre bild såg han hur allting hasade ner på golvet, ett lätt byte för hungriga grannar. Men på Östermalm kan man lita på folk. Utan tvekan studsade han vidare neråt. Här litar vi på våra grannar.

Att dumpa tidningarna gick snabbt. På väg tillbaka upp hörde han sin telefon ringa. Han fick bråttom in och av sig kängorna i samma stund som telefonsvararen gick igång.

"Hej, du har kommit till min svarare. Jag är inte hemma eller så kan jag inte ta ditt samtal just nu sörrö men lämna ett meddelande så ringer jag upp så snart jag kan hej då!"

'Piiip!'

Han ryckte upp luren samtidigt som telefonsvararen började spola bandet framåt.

"Hallå. Det är Fredrik. Hallå!"

Luren var stum. Det var lönlöst att upprepa sig, den som hade ringt hade lagt på, men han kunde inte låta bli.

"Hallååå. Hallååå."

Han hörde spärrtonen och återställde luren, återvände till hallen och tog av sig strumporna. De var svettiga av språng- marschen. Vid den inre ytterdörren låg ryggsäcken kvar med alla matvaror, han bar in allt i köket. Vem kan det ha varit? Tankarna virvlade runt. Hmm, få se nu ...

Han slog ett sexsiffrigt nummer och efter ett tag hördes en signal från andra änden av linjen. Det fick fram åtminstone sju signaler före svar.

"Hrmh-hallå ... Susanne ..."

"Hej Sussi, det är Fredrik! Hörrödu, öh, ringde du mig nyss?"

Han darrade på rösten. Det var över lag jobbigt att tala i telefon, men att höra av sig utan ärende var värre. Som om att inte kunna ringa till en vän, bara för *att*.

"Om jag ringde dig nyss? Näää ... jag låg och sov. Vad är klockan förresten? Det är inte så populärt att du väcker mig för att fråga om jag har ringt! Men det har jag inte ..."

Hon harklade sig. Och trots några kilometer mellan dem hörde han henne dra fingrarna genom håret och öppna säng- bordslådan för att ta fram ansiktsservetter.

Om det inte var hon som hade ringt, vem var det då? Jag ringer Stefan och frågar honom, mer än så hann Fredrik inte tänka innan Susanne återvände till luren.

"Ville du nåt mer eller får jag somna om nu? Klockan är faktiskt inte ens elva. Det blev sent i går."

Allt som hon sa, till och med klockslaget, hade ett ledigt och luftigt tonfall. Givetvis är klockan snart elva och naturligtvis ligger man kvar i sängen och så den där avmätta svala rösten. Allting är klart som korvspad för överklassen, och då Susanne var en del av den gjorde hon emellanåt en poäng av det. Det skulle framgå, utan att framgå – en paradox. Eller så kretsade Susannes liv kring henne själv.

"Har du gjort nåt kul? När kom du hem i går? Du måste ha sovit en stund i alla fall?" försökte han, dömd att misslyckas. Susannes morgonhumör var utan motstycke. Fjäsk och annat funkar inte, jag måste lägga på och höra av mig senare.

"Nej, har inte sovit just alls", fortsatte hon överraskande nog. "Jag var på Söder på pokerkväll och nåt som påminde om fest. Poker förresten. Det var jädrans tråkigt såklart, en knapp timme ungefär. Först när det urartade av några flaskor bubbel och vi började tappa saker i golvet blev det kul, lite, men då var klockan redan mycket. Jag minns inte när jag kom hem, med taxi ..."

"Spelar du poker? Det visste jag inte!" utbrast Fredrik. Han gjorde en ansats till att verka inspirerad. Susanne var i sin tur tyst i någon sekund, lät hans spelade förvåning klinga av innan hon fortsatte.

"Det gör jag inte heller, var inte fånig! Orsaken till att jag var på poker och inte minst på Söder, är ungefär två meter lång och kör en blå Carrera."

Också självklart för överklassen. Kortspel gav ingen anledning att hamna på fel sida av staden innanför tullarna. Susanne krävde bättre skäl för att överge sitt hemmarevir. På Söööder, it must be a man.

"Men jag är faktiskt trött och så orkar jag inte berätta mer eftersom det inte blev nåt heller. Hmm. Kan vi inte träffas på eftermiddan i stället?"

"Det är ju snart eftermiddag!" Han tittade på klockan. "Men okej då, om vid fem passar dig så tar vi det då. Ska vi säga så? Vanliga plejset?"

"Utmärkt! Hejdå!"

'Klick.'

Fredrik gick några rastlösa varv innan han ställde ifrån sig telefonen på sekretären. Den var numera det enda han hade kvar efter mormor. Runtom den stod ett oändligt antal Icakassar med böcker och noter. Och ett hav av serietidningar, mest AgentX9, även några Spindelmannen, MAD, Larson och tecknad mjukporr som han hade köpt i Tokyo. Den hårda mangan låg i skrivbordslådan. Allt ännu ouppackat.

Måste göra något åt den här röran, suckade han, men inte i dag. Det är för bra väder för att städa, pratade han för sig själv. Manjana!

Så kom han att tänka på sin mamma som ofta städade när det är som vackrast. (Om hon ens städade.) När väninnorna promenerade hundar på Djurgården, eller tog båttaxi till skärgårdsvillan, tog hon fram sin dammsugare. Dammet syns bra och man slipper städa i onödan. Det var en devis som hade upprepats så ofta i Fredriks föräldrahem, att den hade blivit hans egen.

Han härmade sin mammas så självbelåtna min när hon städade. Var det hon som hade ringt? Närå, mamsi ger inte upp så lätt, även om hon aldrig lämnar ett meddelande på svararen. Hon föreföll bekymmerslös, men redan i tonåren hade Fredrik listat ut att mamma var livrädd för att ge fel intryck. Under inga omständigheter får man missförstås, så det gäller att säga så lite som möjligt!

Han tog ett varv till i kaoset av prylar. På skänken i hans orangefärgade kök stod en vattenkittel i blå emalj, fylld och färdig för uppvärmning. Grejerna från butiken på hörnet hade trillat ur ryggsäcken. Alltsammans hade vält omkull och kaffepaketet hade klämts mellan spisen och diskbänken. Han tog upp det, öppnade, doftade och beslöt sig för att brygga en kanna.

Köket i en enda röra. Det enda som var på plats i hans nya hem var krukväxterna. De kunde nämligen inte behandlas hur som helst – för då skulle de ta bladet från munnen. De hade packats upp redan på dagen efter flyttlasset, hade fått vatten och prunkade i den soliga bostaden.

Mmm, Östermalm, mmm ... Han smakade njutningsfullt på ordet. Äntligen tillbaka på hemtama fina Östermalm. Höga fasader, snygga boulevarder, ståtliga fontäner, vassa klackar, sportbilar och kosing. Hemmaaa.

Att kalla bostaden solig var förresten ingen överdrift, typ i glädjen av att ha återvänt till barndomskvarteren. Bostaden var faktiskt jättesolig. Som nu till exempel, då hela hallen, vardagsrummet och det pyttelilla sovrummet överrumplades av marssolen. Köket med dess orangefärgade kakel förvandlades till ett rum av guld.

I den grönkaklade toaletten var det däremot mörkt och svalt och tyst. Han ville sitta där ett tag och drog för säkerhets skull med sig telefonen. Men ingen ringde just då.

TRE

Klockan fem över fem gick Fredrik uppför de smala trapporna till Sturekatten. Som vanligt var han hyfsat i tid, och började spana efter bekanta ansikten redan på vägen upp. Salongerna var på tok för små för intriger, men ändå hördes dämpat skvaller, små fnysningar och skratt ur vartenda hörn. Ingen kulturelit, men massor av skvallerkäringar.

Allra längst in, jämsides med en landskapsmålning, satt Susanne, rakryggad och iklädd en kornblå sjömanskavaj med stora, gula prickar. Hennes hår böljade över axlarna och hon fingrade med högerhanden längs fransarna på en virkad duk som täckte bordet. Vänsterhanden letade efter något i handväskan som hängde över axeln. Hon såg ut att ha satt sig nyligen och på fel ställe.

"Det är roligare att säga Ja eller?! Är den där trasan från kampanjen för Sveriges medlemskap?" frågade Fredrik högtidligt och nynnade på Ode an die Freude. "Jag menar, visserligen är svart inte din enda färg, men är inte den där dräkten bara lite för ... *för* ...?"

Det tog en stund innan Susanne förstod att skämtet var på hennes bekostnad. (Vilket dåligt skämt! Ännu ett av Fredriks lågvattenmärken.) Hon såg anklagande på honom och det gjorde honom så illa till mods att han började skruva på sig stående. Han sneddade över till bordet bredvid och bad om att få låna en stol.

"Lite *för* ... tacky? Jag inser att du saknar ord, men om min klädsel inte behagar dig kan vi ändå skiljas åt som vänner. Jag har viktigare saker på g än att behaga dig med hur jag är klädd. Men så sätt sig, såså!" befallde Susanne och trummade med naglarna på karmen av en trästol som Fredrik inte hade upptäckt stod och väntade på honom.

Hon slog ihop händerna och höjde teatraliskt på ögonbrynen – allt för att fånga hans uppmärksamhet. Det gick inte att missförstå: Susanne skulle säga något viktigt och han satt i publiken.

"Jag har fått nys om något som kan intressera dig Fredrik. Men först måste du berätta, innan vi går till väsentligheterna, fick du jobbet?"

Han sänkte blicken och suckade djupt.

"Nä ..."

"Vad tråkigt. Vad hette firman nu igen?"

"Godartad design. Visst låter det som ett skämt? Eller som en sjukdom ... Det var den vanliga rutinen. En snubbe i vår ålder, kanske lite äldre, med ett självbelåtet leende, dyra manschettknappar och välstruken skjorta. Ingen utbildning eller bildning, men full pott i hybris. Eller vad vet jag? Den här var åtminstone inte sadistisk som den förra, som under en hel vecka lät mig tro att jag skulle få jobbet ..."

Susanne tog en tugga av en mazarin, sög in kinderna och såg ganska oberörd ut. Fredrik visste att medömkan inte låg för henne, men hon ansträngde sig och det brukade räcka ungefär halvvägs. Därför låtsades han bli tröstad av hennes tystnad och tolkade hennes svala leende som medhåll.

"Det går flera tåg", sa hon till slut. "Men som sagt, jag har fått nys om nåt som kan intressera dig."

"Åååh, äntligen får jag bli lyxmake! Men håll mig inte på halster nurå! Vem av dina rika väninnor har skiljt sig?"

"Tygla dig nu eller så gör jag det. Förstå att du är på audiens!" poängterade Susanne och himlade med ögonen. "Du får vad som kommer till dig. Men låt mig då–"

"Säg först: Är hon mezzo eller sopran?! Jag hoppas på ultrahög sopran och ett planerat kejsarsnitt till jullovet. No time to waste! Jag blir gärna kärleksslav för ett trestruket f. Tonen alltså, inte kupan! Haha! Och så måste hon såklart ha kulor eftersom jag inte har några. *Balls*! Hajaru Sussi? Haha! Jag måste väl för tusan få en shoppingbil–"

"Va?! ..."

"Och en Lamborghini, polsk husmamsell och massör från Senegal, som jag besöker en gång i veckan! Förresten, jag tar två. Sportbilar alltså! Två av det senare blir för mycket även för en karlakarl som jag! Haha!"

Susanne skämdes och gjorde ursäktande gester till kafégäster som blängde surt i deras riktning. Fredriks skratt hade väckt ont blod hos några äldre damer som såg Sturekatten som sitt territorium och inte skulle låta det bli invaderat.

Hon fortsatte emellertid, lugn som en filbunke.

"Får jag komma vidare nu?"

"Javisst såklart. Jag blev lite spattig bara. Flåååt."

Susanne rättade till sin kavaj, petade undan en mazarinsmula med pekfingret och började berätta.

"Jo, för strax två veckor, nej, precis två veckor sen var jag inne i blomsterhandeln på Odengatan, den som min kusin Bea driver med sin bästis. Just som jag skulle gå ut med min bukett – fasters syssling Olga skulle jordfästas samma eftermiddag och jag ville lämna över blommor, okej – så parkerade en förlängd BMW utanför butiken. Det var något elektriskt i luften, svårt att beskriva, men personalen sträckte på sig som om Mikael Persbrandt, du vet läckerbiten från Rederiet, skulle kliva in. Hela bunten är ju kvinnor och dom är alltid på jakt. Hur som helst, jag blev betagen av atmosfären och beslöt mig för att bli kvar bland blommorna lite till."

Susannes dockljusa ögon glittrade i kapp kristallkronan när hon hämtade andan.

"Spännande värre alltså. Bilen hade kört upp på trottoarkanten utanför fönstret, likt en lång vit haj och ut steg en elegant kvinna med lite sydländskt utseende sådär. Du vet, naturlig solbränna, tjockt självlockigt hennafärgat hår, höga klackar, rubbet. Hon såg ut att vara fyrtio, kanske lite yngre och hade en mörk Louis Vuittonbag under armen. Genom den immiga glasrutan såg hon bara tjusig ut, mycket smink men utan att vara sminkad. Men när hon kom in såg jag att hon var bedårande. Typ Miss Venezuela!"

Susanne svepte med sin vänsterhand i en livlig imitation av kvinnan, hur hon hade svassat in i blomsterhandeln, benen korsade i eleganta steg som på en catwalk.

Innehållet i hennes kaffekopp skvätte nästan över.

Fortsättningen var lika spännande. Susanne hade ringt upp bilregistret och det hade visat sig att bilen tillhör Lucia, frun till en tjänsteman vid italienska ambassaden. Fast den vackra kvinnan som hade stigit ur BMW:n kan av åldern att bedöma inte vara tjänstemannens fru.

Kvinnan hade tappat ett crèmefärgat visitkort i snömodden vid bilens bakdörr. När bilen körde därifrån, lika ljudlöst som den hade dykt upp, med några dussin ljusa pioner i baksätet (de såg vackra ut mot bilens oxblodsröda lädersäten) hade Susanne hukat sig ner och tagit upp kortet. På det stod:

'Ni är bjuden till pokerafton, den 22 mars kl. 19. Klädsel: Smoking. Högaktningsfullt, André Aubry.'

Susanne tog fram kortet ur sin portmonnä, höll upp det och Fredrik inspekterade texten noggrant. Inget namn på mottagaren och ingen adress. Det var av dubbelvikt limmat linnepapper med avsändarens namn tryckt i relief, och doftade ännu av lavendel.

"Tro mig! Det var en nordpolsexpedition att få tag på värdens adress. Han är förstås inte svensk medborgare. Jag lyckades dock via en kontakt på UD, fråga inte vem ..." Hon gjorde en avvärjande rörelse med handen. "Och fann mig sålunda den följande tisdagskvällen stående på Narvavägen utanför herr Aubrys bostad."

Det här låter ju intressant, tänkte Fredrik. Han lutade sig närmare Susanne. Ingen annan än jag får ta del av den här hemligheten. Vad är det för parfym hon har på sig? Halsen glittrar en aning och det doftar äpplen och jasmin ur bluslinningen. Måste fråga efteråt.

Susanne hade blivit insläppt snabbare än ögat och lämnat ifrån sig kappan till ett bastant hembiträde, en söderböna med nasalt övertydliga *e*, kvällen förärad klädd i hätta och förkläde.

Helhetsintrycket var dock inte så löjligt som man hade kunnat tro. Mottagandet hade andats sent 30-tal, fast utan en uns av nazism. Hembiträdet hade vaggat framför henne till biblioteket där Susanne till sin lättnad upptäckte att åtminstone ett tjugotal andra gäster redan hade anlänt.

Hon såg sig omkring i den stora våningen, iakttog folks klädsel och letade efter ett halmstrå av konversation att gripa tag i. Van sedan barnsben vid extravaganta tillställningar hade hon kryssat mellan sällskapen och gjort sig synlig. Men innan hon klurade ut vem hon skulle inleda ett samtal med stod hon inklämd mellan en möbel och en samling klackringar i ett vitrinskåp. En spritdoftande man i sextioårsåldern som talade med skånsk dialekt vände sig bryskt till henne.

"Harr du veaurit heär tydigare? Jo treaur innnte vi harr myötts ellör?"

"Ånej, det skulle jag minnas. Jag heter Susanne, öh, von Oben. Egentligen är jag och värden bara avlägset bekanta. Skulle man kunna säga ... Jag är, hur ska jag uttrycka mig för att göra saken rättvisa, bjuden i stället för en väninna som inte kunde komma – tyvärr. Ja, alltså att hon inte kunde komma."

"Åååh, André, den rackarrrn! Kännör seau meånnga tjeausiga kvinnår! Jag heter Larrrs förresten."

Susanne hade en motvilja till spritdoften och den skånska mannens manér att limma på henne. Men inget dåligt som inte för något bra med sig. Han hade sakteligen avslöjat att värden inte kände ens hälften av sina gäster. Inbjudan gällde främst poker, det var det som roade värden. Ett par kvällar i månaden brukade det bli. Tydligen lite av en tradition och inte så många stockholmare fick närvara. Det var alltså en stor ära att Susanne hade fått en inbjudan. För hon var väl stockholmare? hade han undrat.

Sabla nyfiken i en strut. Sluta ställa frågor, tänkte hon.

"Nja, jag är från Örebro."

"Jaha ...?"

"Ja, ursprungligen alltså. Jag är född där, men har bott här hela mitt liv. Kan man väl säga ... Men jag behöver poängtera att vi, jag och herr Aubry, är avlägset bekanta."

Nu gällde det att hålla tungan rätt i mun. Skulle han gå på allt det där? Och skulle han inte gå strax? Faaa-an!

"Då heaur du inte beott heär seau forfääärligt lännge! Haha! Haha!–"

"Oj, ni får ursäkta mig! Jag ser en vän där borta, jag måste verkligen gå och säga hej."

"Heon därrr?" sa skåningen och pekade i riktning mot rummets mitt. "Det ärrr jå min fru! Haha! Ja bara skojjjar. Haha! Ha–"

"Och jag måste pudra näsan. Om ni förstår vad jag menar. So long så länge."

Likt en gigantisk sjöfågel i en pytteliten ankdamm, något som omisskännligen hade landat fel, tog Susanne ett tre-meterskliv rakt ut i salongen. På vinst och förlust hamnade hon bredvid sin fiktiva väninna som såg förvånad ut. Inte helt bortkommen ändå, på tre röda insåg hon att Susanne behövde systerlig hjälp! Lars hade väckt uppmärksamhet hela kvällen. De två kvinnorna hade gått in på toaletten tillsammans (vilket tjejer gör, antydde Fredrik med en blinkning). Sedan hade hon erbjudit sig att presentera Susanne för herr Aubry.

"Hur gick det när han fick se dig? Du stod ju inte på gästlistan?" Ibland blev Fredrik helt paff av Susannes framfusighet. Det var kanske inte rätt ord, modig snarare, eftersom hon så ofta gjorde som hon ville.

"Värden röjde inte en min! Han var så cool", fortsatte hon. "Jag kan inte låta bli att undra, så här efteråt, om han förstod vad som låg bakom. Han kanske inte bryr sig om vem som kommer till hans pokeraftnar, jag eller Miss Universum. Om inbjudan nu var hennes. Eller så bryr han sig men är smart nog att hålla masken, svårt att säga. Över huvud taget var hans agerande lite halt sådär. Och jag är inte så mycket för det där struntpratet du vet. Diplomat eller inte, spelar roll. Men han är definitivt inte någon att leka med. Jag beslöt där och då att vara uppriktig. Det tar kraft att hitta på saker."

"Vet du vem den främmande kvinnan är? Skönhetsdrottningen alltså."

"Nä, inte ännu! Men jag vet att dom träffas hemma hos honom ibland, har sex eller bara pratar, vad vet jag? Jag kommer till det strax. Och bitchen är alltid lika välklädd! Jag gör förstås ett urval av info just nu, var ju tvungen att ta reda på mer. Fy fasiken, varifrån får hon stålarna?"

Susanne stannade upp och så kom ett vinnande leende, som brukade avslöja att hon hade kommit på något! Fredrik såg henne intensivt i ögonen. Hans egna tankebanor var långsamma, och med Susanne var det därför svårt att hänga med i svängarna.

"När började du tycka illa om den främmande kvinnan? Jag tyckte du sa att hon är bedårande. Jag fattar inte."

"Jag insåg hur illa jag tycker om henne först när hon körde ifrån mig i 190 knyck. Du vet, min Saab ... suck! För det första pallar den inte för sån fart mer än nån kilometer. För det andra, inte ens *jag* kör så snabbt förbi Kungens kurva. Det kryllar av trafikpoliser där! Jag tappade henne ur sikte."

"Körde hon ifrån dig?! Det borde du ju ha kunnat räkna ut. Skrattretande att du jagar en stor BMW. Haha! Jag fattar ändå inte, men det här börjar likna roligt. Bäst att du fortsätter. Skippa biljakten och återvänd till handlingen. Jag hämtar påtår för mitt kaffe är alldeles kallt. Vill du också ha?"

"Biljakten *är* halva grejen! Fast nästa gång ska jag möta vår kissemiss i en Carrera, så det så! Jag fortsätter strax, men gå du först och hämta mer."

Kaféet var proppfullt. Fredrik såg sig om i salongen för att se om det fanns några bekanta ansikten. Nej, fasen också, jag glömde ringa Stefan och fråga om det där telefonsamtalet! Å andra sidan skulle det inte förvåna mig om han dyker upp. Lördagar tillbringas bäst i klädboutiquer (han till och med uttalade ordet så) och kaffestugor – Stefans paroll och en hyfsat bra levnadsteckning. Alkoholen får plats även på vardagar och nu är det ju helg.

När Fredrik återvände till bordet hade Susanne tagit fram sin filofax ur handväskan och såg syrligt på honom.

"Vad är det nu då? ... " frågade han.

"Gissa vem som just kom in och i talande stund köper en ostmacka och pekar ut den största biten chokladtårta i glasmontern?"

"Näää, Stefan kanske? Vadå vem annars?"

"Bingo. Och jag som inte har kommit i mål med min berättelse. Jag tar det lite snabbt nu, så får vi snacka senare."

Susanne fortsatte.

Hon och värden herr Aubry hade talat med varandra i en god halvtimme, vilket hade förvånat henne. Hans uppmärksamhet var uttryckligen på henne och hade knappt räckt till de andra gästerna, som ofta ville bryta in i samtalet. André Aubry bemötte dem med artig arrogans, men ingen brydde sig om etikett. De höjde på mungiporna för att visa på gott sätt och vandrade vidare med sina cocktailglas.

Lite varstans bildades små öar av pokerpartier runt antika spelbord framtagna för ändamålet. I övrigt var våningen full av antikviteter. Susanne hade känt sig som i en fälla. André Aubry ville inte sluta prata.

Så småningom hade han börjat ställa privata frågor. Hon hade fått samma känsla av andnöd som av skåningen, och hade besvarat allting så kortfattat som möjligt och utan att ljuga. Men herr Aubry var inte så distraherad som Lars. För att inte falla platt bemötte Susanne varje fråga med en motfråga om honom.

Följaktligen hade hon sagt sig vara en deltidsarbetande bolagsjurist med designerambitioner, på jakt efter ett extraknäck. Herr Aubry hade i sin tur berättat att han är en deltidsarbetande konsult med samlarambitioner, på jakt efter samarbeten. Han hade dock inte hittat rätt person. Kreti och pleti duger inte, jag vill ha dom bästa, sa han och lutade sig mot henne, med en diskret doft av tvål och munvatten.

Och han frågade om hon var nyfiken. Hennes tankar gick till sex, men magkänslan sa att det inte intresserade herr Aubry. Det var inte därför han fiskade.

Samtalet hade fortsatt. Om Susanne önskade skulle André Aubry introducera sin medarbetare Lukas. Han skulle förklara vad som krävdes, alltså om hon var nyfiken.

Susanne hade tvekat klädsamt men ändå tackat ja. Aubry var bra på att övertala, ett steg i taget. För övrigt tyckte hon mer och mer om honom. Hans osvenska framtoning, rättfram och uppriktig, gjorde henne betydelsefull. Smart och så vidare. De hade kommit överens om att mötas på tre man hand redan följande dag.

Någon avbröt från kön. Stefan hade fått syn på dem.

"Ju-huu! Sussiii, Fredriiik!" Han skar sönder tystnaden på Sturekatten med sin gälla stämma. Samma sällskap av äldre fina damer som tidigare hade blängt så föraktfullt på Fredrik fick nytt vatten på sin kvarn. "Håll en plats till *moi*. Ni kan inte ana vad jag har att berätta!"

Stefan hade fått syn på Fredrik och Susanne ända från kassan. Hur lärde jag nånsin känna honom? undrade Fredrik för sig själv. Varför började jag nånsin att umgås med dessa två? tänkte Susanne. Och vad fasiken gör Stefan här nu? Hon tog fram sin filofax och började anteckna på låtsas.

Stefan dök ner vid bordet, ångande av Chanel Égoïste, såg sig kräset omkring och steg resolut upp igen.

"Jag måste till toaletten framotillbaks. Håll platsen mina små älsklingar."

Han flaxade förbi kön till kassan och försvann bakom hörnet.

"Hör upp Fredrik! Jag tar resten snabbt", väste Susanne och lutade sig närmare. Berättelsen var snart slut.

Dagen efter pokerkvällen hade hon åter infunnit sig hos André Aubry. Denna gång hade han sällskap av en alldeles betagande man, lång, med kortklippt ljuslockigt hår, muskulös fast inte för mycket, snygg fast inte för snygg, eleganta men inte skrikigt dyra kläder, förklarade Susanne helt trollbundet.

Lukas hade sträckt fram en nästan pudrat torr hand, och hans handslag var inte starkt på ett domderande sätt, utan endast fast och trevligt och ... lite sexigt. Hjälp mig! tänkte hon, det här är too much. Får jag slå ihop dom här båda männen och få allt i ett paket?

Samarbetet var någorlunda enkelt. Susanne och Lukas skulle lära sig att spela poker, så proffsigt som möjligt och på kort tid. Därigenom skulle de få ett rykte i spelarkretsar och träffa inflytelserika personer bla bla bla.

Målet var en inbjudan till klubben Bimbo, där brats från innerstaden höll hus på torsdagar. Aldrig på någon annan veckodag och inte vilka som helst, utan barn till rika företagare och vänner till kungafamiljen och annat löst folk runt Stureplan. (Fredrik gjorde en min av avsmak när hon nämnde denna detalj.)

Hur som helst, man sågs på torsdagar. Om man gjorde annat än drack, dansade och spelade poker visste herr Aubry inte. Klubbens revisor handskades däremot inte så väl med bokslutet och skattemyndigheten misstänkte att man gick med mer vinst än vad man deklarerade för. Eller tvättade pengar. Därför hade de kopplat in Aubry.

Målet för Susanne och Lukas var att undersöka vad som pågick och allt måste ske i hemlighet, det var själva förutsättningen. Tio tusen var per pokerkväll, plus en bonus på en halv miljon att dela på ifall de kom fram till något som polisen kunde använda mot Bimbo.

"Det låter lite mysko, tyckeru inte?" frågade Fredrik. "Det är en för stor summa pengar."

"Visst visst, håller med. Det är därför jag försöker ta reda på vem den vackra kvinnan är. Och så har jag en kontakt som jobbar på att ta fram mer info om herr AA."

Susanne höll andan ett tag och tog sedan en klunk av sitt kaffe.

Fredrik fortsatte att lägga pusselbitar.

"Till exempel att skattmasen anlitar en utlänning för att rota i en redovisning. Verkar inte det konstigt? Jag tycker det i alla fall, stan är ju full av krogar som inte deklarerar som dom ska. Och finns det inte resurser i Sverige? Jag måste även fråga vad det hela har med mig att göra ..."

Susanne såg uppgiven ut.

"Jo, så här är det. Lukas är en läckerbit. Du skulle se hans överarmar ..." Hon fick något svärmiskt i blicken. "Men han kan inte lära sig poker."

"Va?! Det är ju det som allt går ut på!"

Nu lät även Fredrik övertygande.

"Jaaa, jag vet. Men han kan bara inte! Han kanske är för korkad eller lat. Vi har suttit över böckerna i flera kvällar, alla mina korta kjolar ligger i tvätten. Men han lär sig inte ett dyft! Tittar mer i min urringning än på korten. Jag har lärt mig lite, är van att jobba för pengar, så jag tänkte kanske du blir min partner i stället. Vad sägs? André Aubry har godkänt det, men jag sa till honom att jag kanske måste övertala dig."

"Med samma tiotusen per kväll?" Fredriks ögon glimmade hoppfullt eller girigt – svårt att avgöra.

"Självklart. Eller som Oscar Wilde inte sa: 'The world consists of the haves and the have nots'. Det är dags för oss att slå läger bland the haves. *N'est-ce pas*? Min halvtidslön räcker bara så långt och jag är sjukt trött på att ha så lite att röra mig med. Min chef vägrar löneökning, det gjorde hon glasklart före jul. Och jag roas inte av att tigga mer av pappa eller jobba heltid, inte på nuvarande jobbet i alla fall–"

"Åh, n'est-ce pas, har man hööört! Språkar ni frånska *ici*?"

Stefan, sin vana trogen att avbryta samtal fler än en gång, dundrade ner vid bordet och gav dem varsin björnkram. Hans shoppingkassar bredde ut sig och de äldre damerna drog stolarna inåt och blängde ilsket på nykomlingen.

"Hur länge har ni suttit här då? Jag är faktiskt ganska besviken på dig Fredrik. Du var inte hemma när jag försökte ringa dig i dag för att berätta *les grandes nouvelles*! Lilla Susie här vågade jag såklart inte ringa före tolv. Man vill väl inte få halsen avskuren, haha. Vad har ni haft för er?"

Hans ordflöde var ymnigt. Comme d'habitude, skulle Stefan själv ha sagt. Och han missade aldrig en chans att tala om sina pojkäventyr på Franska skolan, hur han *egentligen* hade lärt sig språket, varför hans ordförråd var så konstigt, och som allt sammantaget, trots att Fredrik visste bättre, gav honom känslan av att ha haft en oprivilegierad uppväxt. Stefan stavade sitt förnamn med -ph.

"Nä, inget särskilt. Du ringde mig möjligen inte vid elvatiden?" frågade Fredrik. Gåtan skulle kanske få sin lösning.

"Jo, precis då, men jag kom bara till din tråkiga svarare. Ditt meddelande är lika korkat som vanligt. Jag brydde mig inte om att lämna nåt själv. Och snälla, byt nu ut den där kassetten! Ditt meddelande svajar. Trivs du i din nya lya?"

"Jo, visst. Funderar på att städa lite i kväll. Och så måste böckerna upp på hyllorna."

Det kändes jobbigt, vid närmare eftertanke.

"Guvajobbigt det lät då!" fnyste Stefan. "Häng med ut i stället och du också Sussi! Ni måste träffa min nya pojkvän Lars."

"Jaha? ... Hur länge har ni känt varann?"

Fredrik såg att namnet gav Susanne gåshud.

"Han är inte skåning va?"

"Vi träffades två dar sen. Och han är *inte* skåning. Men jag är sååå kääär ..."

Stefan såg drömskt upp mot takkronan. Jag har sett den där blicken hundra gånger, tänkte Fredrik. En tid framåt är Stefan utom räckhåll för vettig kommunikation. Vad har katten släpat hem denna gång?

"Jo, i och för sig, det vore roligt att gå ut. Följer du också med Sussi?" frågade han henne och blinkade försiktigt med ena ögat.

"Nej, jag är upptagen i kväll. Jag ska spela."

"Spela vadå?" frågade Fredrik. Han blev nervös för att redan ha brutit deras överenskommelse.

"I kväll squash och i morgon poker!" sa hon och blinkade tillbaka.

Stefan hostade upp bitar av chokladtårta som landade på den broderade duken vars ändar Susanne just hade rätat ut.

"Poker! Haha! Det var som tusan! Kunde du inte komma på nåt less kinky Sussi? Haha!"

"För din information fjolla, poker är faktiskt på frammarsch! Och hälsa den där Lars från mig, ni förtjänar säkert varandra!"

"Ojoj! Musen som röt", sa Stefan sarkastiskt. "Musen förresten. Höhö!"

Susanne klämde sin Gucciväska under armen och gick ut med paranta steg. Det var som om hela EU-kommissionen tog farväl, bara musiken fattades.

"I morgon klockan tre Fredrik!"

"Okej. Jag ringer dig!"

"Vad tog det åt henne då?" frågade Stefan när Susanne försvann nerför trappan. "Och det där snacket om poker? Jag trodde Sussi hade högre principer än så. Är inte det lite? Vad säger man, vanebildande? Och lite ... *arbetarklass*, leka kasino Las Vegas och proffs och solglasögon inomhus och så vidare. Vad tog det åt henne?"

"Inget särskilt tror jag", svarade Fredrik, "hon är nog förkyld. Eller kanske har mens." Det sista var en kommentar som Fredrik i vanliga fall inte skulle fälla. Men just nu skulle den kanske avleda Stefan från ämnet.

Men Stefan hade redan kastat i sig den sista tårtsmulan, så de lämnade sina platser åt shoppingtrötta tanter. Temperaturen ute hade sjunkit några grader, vilket gjorde det till en helt vanlig dag, och en klar och kall skymning i mars.

FYRA

Vi spolar fram bandet lite. Småfåglarna hade åter blivit synliga i Sveriges största stad. För det mesta satt de i buskarna, blickade nervöst på hundar som passerade i koppel, och spred ett kvitter som gick in i ena örat och ut genom det andra. Ingen fågel ville bli en munsbit åt ett större djur, så det gällde att se sig om vaksamt både neråt och uppåt.

Ibland satt småfåglarna på telefontrådar med utsikt över vattnet och kvarteret. Eller i träden, vars grenar tyngdes ner av de betydligt större skatorna. Dessa spred mer än bara kvitter. Fotgängare bytte sida för att slippa spill från gatans okrönta härskare. Även bilister som var rädda om lacken höll koll på var dessa större bestar satt.

Få saker kunde störa småfåglarna en vacker vårdag som denna, men några av dem la ändå märke till en krävande stämma som ven ut genom en öppen balkongdörr.

"Vadå försenad? Du skulle ha varit här redan! Och så är klockan faktiskt halv fyra på eftermiddan och inte på morgonen! Palla dig hit ögonaböj, annars får du se dig om efter tiotusen pix nån annanstans!"

'Klick.'

Susanne tryckte på svararklykan och smällde den ljusgröna kobratelefonen på teakbordet i hallen. Hon höll händerna framför ögonen och lät dem sjunka ner mot bålen, tog ett djupt andetag, räknade till tio och försökte slappna av.

Hennes blick föll på ett fotografi bredvid en hög av tidningar på flygeln. Det var taget av hennes farbror på hennes födelsedag många år tidigare, hon själv i mitten och Fredrik och Stefan på varsin sida om henne. Fredrik höll en klängig arm om hennes midja och Stefan gjorde kaninöron bakom hennes huvud, samtidigt som hans högerhand tog ett tumgrepp om axelbandet på behån. Alla tre såg unga ut.

Hon suckade djupt, gick fram till fotografiet och vände det bak och fram, så att de tre vännerna fick stirra in mot väggen och tapeten, den dyrbara olivgröna jugendtapeten med vita liljor, det enda som dög av inredningen och övriga ytor så som bostaden var innan Susanne flyttade in. Resten hade ersatts i maklig takt efter hennes intåg. Bromsen var månadslönen.

Susannes spända axlar hävde sig i en jämn rytm, hon räknade åter till tio och höll andan men ilskan ville inte ge vika. Hon stängde dörren till den franska balkongen. Det är visserligen vackert väder – se där! en positiv tanke – men så här års är det inte varmt. Varmt blir det först i april. Golvet är dragigt och elementen måste luftas, när jag nu orkar. Hon tog fram en nagelfil och började arbeta på vänsterhanden.

Väckarklockan hade ringt före sju. Ingen dag var ledig och hon hade stigit upp hastigt för att boka första tvättiden. Medan maskinerna i källaren tuggade tre fulla vändor hade hon läst morgontidningen och bläddrat i böcker om poker. Vilken öken! Det tog tid att förstå reglerna. De var inte så invecklade i sig, men vad skulle man göra för att vinna? Det var svårare att greppa.

Hon såg trots det fram emot kvällens spelomgång, lite. När väl tävlingsinstinkten vaknar till liv – det visste hon att den skulle göra – skulle det bli kul att pröva kunskaperna på riktigt. Ändå hade hon farhågor om att Fredrik inte hade förberett sig lika noggrant. Få se om han ens kikat på det här, tänkte hon kritiskt. Men tärningen är kastad. Vi är på plats i rätt tid och spelar våra omgångar, oavsett hur det går. Mer än så är det inte och i morgon har jag tiotusen att shoppa för.

Hennes katt Felix låg ovanpå öppna spisen och plirade. Den såg ut att ha kunskap om all världens bekymmer, och ge katten i allt, i synnerhet mattes problem. Det gäller att hålla en lugn fasad. Smart katt.

Även Felix hade bekantat sig med pokerböckerna. Han hade jamat högljutt och marscherat till kassen från Stockholms stadsbibliotek. Med svansen på halvstång hade Felix kissat på tygkassen. En smart katt, tänkte Susanne. Gör det som matte önskar att hon vågade!

Hon tog fram kulörta kortlekar och blandade dem omsorgsfullt. På köksbordet stod framdukat två porslinsmuggar, en mjölktetra och en ostadig trave chokladkakor. Hon hade bakat kakorna kvällen före, efter sin squashdejt med Lukas. Det hade varit ett alldeles underbart träningspass förresten, trots det abrupta slutet. Lukas hade insisterat på att lämna henne utanför trapphuset, utan att komma in på te ens en gång. Bara gasat iväg i sin blå sportbil. Det var inte vad Susanne hade väntat sig.

Hon hade stått vid trottoaren med gapande mun medan bilen försvann runt hörnet. Med kränkt fåfänga svor hon på att aldrig mer träffa honom. Han förtjänar inte mig, hade hon deklarerat till Felix som välkomnande henne med en samba i hallen. Ändå hade hon en föraning om att inte kunna stå vid sitt ord, trots smaken av blod i munnen. Efter viss tvekan hade hon letat fram sin vältummade receptbok och bläddrat fram till bokstaven M som i 'Mammas chokladkakor'.

En dubbel sats deg hade räckt till knappt femtio kakor. De var mättade på mandel, pekannötter, rivet apelsinskal och bitter choklad, nästan för vuxna i smaken och med en doft av cointreau som ingick med en knapp deciliter. Susanne hade klämt i sig tjugo medan hon lyssnade på Ella Fitzgeralds I'm a fool to want you. Ellas mjuka stämma brukade vara ett säkert kort för att tappa aptiten, väldigt passande dagarna innan Susanne skulle underhålla gäster och ville se snygg ut i klänning.

Dessvärre kunde hon inte tappa suget på mammas kakor. Musik och kakor var som handen i handsken när Susanne tröståt sig till sömns. Med åren hade Ella-skivorna i samlingen blivit många, för att inte tala om aerobicspassen för att minska på midjemåttet. 'I'm a fool to want you ... Such a foo-ool to want you-uuu ...'

Susanne försjönk i att älta. Jävla Lukas! Jävla jävla jävla Lukas! Om någon bara kunde sparka honom till helvetet. Hur kan jag låta mig dras till en så självcentrerad varelse? Vi känner ju inte ens varandra. Och hur skulle det ha gått till förresten? Så fort jag föreslår nåt annat än poker springer han i motsatt riktning. Jag gör *så* mycket för att vi ska umgås mer. Vad hjälper det om han skiter blankt i mig? Om han inte var så vacker skulle allt vara enklare.

Susanne såg i ögonvrån skuggan av Felix när han smet ut på terrassen. Kattdörren hade kommit på plats strax före jul och Felix brukade roa sig med att jaga småfåglar i skydd av räcket. Fågelkadavren hade ökat i antal och gjort henne avtrubbad.

Nuförtiden gav hon inte Felix troféer ens någon begravning, vilket hon hade tvingat sig till i början. Den nya metoden var helt sonika att kasta ner fågelkroppen på gatan, oavsett sort. En talgoxe här, en blåmes där, en gråsparv ditåt. Än sen? frågade hon cyniskt. Innan den späda kroppen ens hade dunsat ner på marken hade Felix nappat en ny.

Kattens min dessa gånger var obetalbar. Nöjd och blaserad, som om Felix sa: 'Det här kan *jag*. Tro inte att jag sliter sönder dina möbler för nöjes skull. Jag behöver skarpa klor för att hålla rent på ohyra med näbb'. Att se honom slicka tassarna rena från blod och veta att han brukade väcka henne genom att slicka på ansiktet gav Susanne kväljningar.

Småfåglarna är dumma som låter sig fångas så lätt ... Vad gör det mig till? Pippifågel? Pippafågel kanske. Med ett snett leende vaknade hon ur sitt grubbleri. Susanne, lilla pippafågeln som gapar stort och kvittrar så fort en hankatt är inom synhåll. Till och med beredd att ta satsen i munnen, ånej vilket öde! Från och med nu ska jag inte närma mig Lukas så lättvingat. Han får sitta ett tag med sitt bländvita gap och vänta på sin munsbit. Vill han ha mig – jag vill ju ha honom ... – får han faktiskt anstränga sig.

Nog om det. Snart skulle Fredrik vara hos henne. En trösterik tanke som kom hjärtat att slå långsammare. Hon räknade åter till tio och förnam i tinningen att blodtrycket sjönk undan för undan. De skulle spela poker och tjäna deg! 'The world consists of the haves and the have nots'.

I samma ögonblick ringde det på dörren. Susanne ställde ifrån sig kortleken och öppnade till trapphuset. Där stod han, trogna Fredrik, yrvaken, uppjagad och nyrakad till blodvite.

"Har du cyklat hit?" frågade hon milt. "Du ser riktigt andfådd ut."

"Javisst, blev nästan överkörd på Barnhusbron men i övrigt är allt okej! Det här hängde på ytterdörren förresten, så jag tog in det. Guuud, jag är så kall, har du nåt varmt, en kofta eller nåt?" frågade Fredrik och räckte fram en jättelik bukett champagnefärgade liljor inslagna i cellofan. Runt den löpte ett vitt sidenband.

Susanne låtsades likgiltig.

"Oj, vem kan dom vara från? Det är väl inte min namnsdag i dag? Bäst jag sätter dom i vatten med detsamma. Ta av dig ytterkläderna och träd in i det heliga. Allt är förberett! Och som du ser tröståt jag i går kväll. No questions, please, jag berättar sen."

Fredrik gav henne sin halsduk och hon kastade den över tamburmajoren. Buketten låg redan på köksbordet medan

Susanne letade frenetiskt efter en glasvas. Snabbt som ögat hade hon ryckt loss ett medföljande kort som var fastklistrat på plastens insida och lagt det i bluslinningen. Lukas Lukas Lukas står det på de-de-det! La-da-diii la-da-daaa, singing for money! And looo-ve! lallade hon inombords.

Susanne sträckte fram en hemstickad grönrutig kofta när Fredrik kom in i köket för att inspektera blommorna. De stod redan i en kristallvas, omgivna av ljusa glaskulor som under alla år på hyllan hade väntat på den förlösning som endast en bukett liljor kan ge.

Vasen såg ut att vara en gammal studentgåva från döda tant Olga, tänkte Fredrik. Han hade ett glasklart minne av tantens förväntansfulla min när Susanne slet upp sin present. Vilken snygg vas, hade hon sagt torrt, inget mer. Fåordiga tant Olga hade ändå inte tagit illa upp, ovan vid överdåd i ord och handling. Det var länge sedan.

"Dom är jättefina", försökte Fredrik lamt och sneglade på huruvida hennes ansiktsuttryck skulle förändras. Han räknade snabbt ut hur mycket buketten hade kostat medan Susanne själv växte flera centimeter. Han upprepade: "Verkligen, jättefina!" för att tvinga fram en reaktion.

"Du förstår, dom är från Lukas! Åh, han har nåt visst även om han inte spelar poker. Fast ... tja, det är ju för tidigt att säga ännu. Dom här blommorna kommer oavsett att göra sig väldigt bra i det större rummet, till bakgrunden av min fina tapet."

"Åh ja, verkligen! Vi går och ser efter på en gång", apade sig Fredrik och de följdes åt in i vardagsrummet.

"Har du bakat dom här själv?" frågade han lystet när de kom in i rummet där pokerbordet var dukat. Han hade redan glömt blommorna. Det finns saker som man utan vidare kan glömma i Susannes sällskap, till exempel gåvor från kavaljerer. Hon skulle såklart påminna honom om liljorna, gånger och gånger om igen.

Han tittade på henne i smyg och försökte läsa av hennes ansikte. Det fullkomligen lyste om henne! 'Åh, Lukas har skickat mig blommor, han räknade ut heeelt själv att jag tycker om liljor, han är sååå omsorgsfull och har så god smak sen! ...' Vad bedrägligt! Att sträcka på halsen på det där sättet fick henne att likna en gås. Fast det var hon ju ibland. Nu stod en sällsynt Susanne framför honom, A woman in love, men han kunde inte avgöra om han gillade det han såg eller inte.

"Dom ser hembakta ut. Får jag ta några? Fem förresten. Är det här böckerna som vi ska hinna igenom före klockan sju? Ska du inte komma och sätta dig?" frågade han i snabb följd, en vana som Fredrik hade slipat till fulländning. Bara han själv förstod hur frågorna hängde samman, om de ens gjorde det.

"Jovisst, ta dina fem kakor du", sjöng hon. "Eller så många du vill förresten. Kommer strax ..."

Fredrik såg sig förstrött omkring i Susannes tredelade vardagsrum. Han gick fram till den stängda terrassdörren och såg ut över Norr Mälarstrand.

Han tittade ner på den mörkblå orientmattan på utsidan och mötte en missnöjd blick. Felix såg ut att rapa. Kanske jamade han, men Fredrik hörde inget då dörren var stängd. Skit i mig du! fräste Fredrik och höll för kattdörren med foten. Katten vände sig om och hoppade upp på räcket. Om inte Fredrik skulle släppa in honom skulle matte hjälpa till.

Den här lyan är minst tre gånger så stor som min. Fredrik mätte avståndet mellan väggarna med ögonen. Men så har min pappa heller inte så mycket pengar som Sussis. Och vad trevligt att bo med full utsikt mot Riddarfjärden, den glittrar så fint. Från mig ser man bara innergården och gatan. Det här är ett trettiotalshus, så mitt är femtio år äldre. Ändå ungefär lika högt i tak. Hon har verkligen lyckats med inredningen, allting är så originellt och stiligt. Det kommer med ett genuint sinne för det estetiska.

Han svepte med blicken över de noggrant utvalda blomkrukorna, laserade i nyanser av Medelhavet, kalk, skiffer, puder, name it. Här och var uppluckrades de starka färgerna av krukor från Gustavsberg, strikt vita och väldigt tunna i jämförelse. Rummet i övrigt gick i blått och grönt. Hennes favoritfärger var mörka. Det fanns stora krukväxter.

Fredrik gick tillbaka till fönsterraden och flyttade på en blomkruka som stod farligt nära kanten. Han tryckte fingret i myllan och kände efter: Lagom fuktigt. Inte en blomfluga så långt ögat når.

"Här kommer teet", kvittrade Susanne. "Mjölken står redan på bordet. Ta för dig!"

Han makade sig en plats bredvid böckerna och sjönk ner. När Susanne vände sig mot terrassen där Felix satt och grimaserade, knyckte han snabbt två kakor och tryckte dem upp i varsin kind. Det var svårt att tugga men hon skulle ändå inte märka något.

"Vi börjar med pokerns grunder. Jag antar kvällens spelomgång ger oss en del huvudbry, vi får debriefa efteråt, men nånstans måste vi ju börja eller hur? Sen får du berätta hur ni hade det i går. Se, nu spillde jag på duken. Det måste vara våren och kärleken!" fnittrade hon.

"Jag menar", fortsatte Susanne och såg på honom genom tårar även om hon helt klart var uppåt, "en svala bebådar ingen sommar. Inte heller en bukett liljor. Det vet gudarna!" Hennes röst sprack lite och han fick svårt att avgöra om hon skulle skratta eller gråta. "Och jag känner mig så oerhört maktlös. Jag hoppas på att förälskelsen ska ta slut, ungefär som om jag hoppades på att ett regn ska avta. Vad tycker du jag ska göra?!"

Hon såg på Fredrik med vädjande blick. Skulle han inte säga något uppmuntrande? Magiskt uppmuntrande Fredrik.

"Vi ska nog koka ihop nåt", svarade han. "Lukas har inte insett vilket kap du är."

Susanne tyckte att Fredrik såg ut som ett kroppsspråkslexikon. Han höjde sina axlar mot öronen och ögonen blev stora som tefat. Han ville föreställa en förvirrad Lukas, vilket inte var så lätt med tanke på Susannes superlativa beskrivning. Han lyckades dock med att göra ansiktet lite fyrkantigt och sina ögon stirriga och vaksamma. Hans överläpp blottade en lite ojämn rad av vita tänder.

Susanne var nollställd men ändå smickrad.

"Vad rrrar du är!" ljög hon. "Men, jag måste säga, inte särskilt lik Lukas. Så sluta upp nu, vi måste faktiskt komma igång och spela poker!"

Susanne satte sig ner, tog en kaka och förklarade ingående vad hon hade läst sig till de senaste dagarna. Han lyssnade uppmärksamt även om han till slut var tvungen att blunda och låta sin haka vila mot bordskanten. Och förstod en bråkdel. Snart gick luften också ur Susanne: Hon stängde anteckningsboken och drog naglarna hårt mot bordskanten. Osäkerhet smittar.

"Jag orkar inte reda ut mer just här och nu", sa hon och försvann in i köket för att värma på tevattnet. Fredrik blundade igen och hans tankar skingrades i rummet. Han såg framför sig en grön sommaräng, med Felix i jätteformat. Katten hade enorma gaddar och tog sats för ett utfall.

Han vaknade med ett ryck när telefonen ringde.

"Hallå, det är Sussi ..."

Det var inte Lukas, förstod Fredrik, eftersom Susannes förväntansfulla tonfall blev till något vardagligt och sakligt.

"Ett ögonblick bara. Jag måste en grej– ..." Susanne tryckte luren mot handflatan och vände sig mot Fredrik.

"Det är Stefan", viskade hon högt. "Han undrar säkert om du är här. Vad ska jag säga i så fall?"

"Säg att jag är här men att jag inte kan prata just nu. Jag ringer honom i morgon. Säg det", viskade han så tyst han kunde och drog båda händerna genom håret.

Hon lyfte luren mot örat.

"Han ringer dig i morgon. Mm. Vi har lite brådis sörrö. Den här pokerkvällen du vet. Nänä. Mmh, haha, javisst. Javisst, hejdå."

Susanne la på och återvände till bordet.

"Vad sa han?"

"Han sa att *du* borde berätta för *mig* vad som hände i går kväll, ja, eller i natt. Det skulle tydligen vara intressant."

Hon gnuggade händerna och la dem i sitt knä. Egentligen ville hon tala om sig själv och Lukas.

"Jag berättar på vägen. Hörrödu, kan jag duscha? Jag tog med mig en nystruken skjorta och kavaj, men jag glömde att tvätta håret innan jag drog hemifrån. Efter vansinnesfärden på mountainbiken känner jag mig inte så fräsch längre. Men jag kan bli!"

"Du ska få ett badlakan av mig. Duger en blå?"

"Självklart, vilken färg som helst duger, hurså? Och jag lovar att inte dröja. Joförresten, apropå inget, jag föreslår att vi tar taxi dit. Ifall det kommer några andra samtidigt så ser det bra ut. Beställ du."

"Utmärkt! Jag bokar bil till kvart i."

Susanne gick till sin telefon och Fredrik gick in i gästbadrummet. Strax hörde hon ett skvalpande ljud från duschen och en liten operaaria. Fredrik gillade att sjunga, egentligen var som helst där man kunde vara säker på att någon lyssnade och att det ändå föreföll spontant. Men Fredrik var också på gott humör, han tyckte det var extra kul att duscha hos Susanne som alltid hade tio schampon att välja mellan.

En av flaskorna dög som mikrofon när han framförde Pet Shop Boys Go West! för den som ville lyssna.

När han hade duschat klart, torkat sig och återvänt till vardagsrummet hade Felix fått mat och låg utsträckt på en av sofforna. Den har nog glömt att den blev utelåst av mig så utstuderat. Åtminstone kunde Fredrik inte se någon hämndlystnad i Felix ögon. Katten såg dekorativ och nöjd ut.

Fredrik mindes historian om Felix. Katten som helt plötsligt dök upp. Då hade Susanne en annan katt som hette Lollo, en rasren Russian blue. Lollo var stereotypen för snäll katt, som alla hade lätt för att tycka om. Renlig, tyst, gosig och tillgiven, vässade klorna på klösbrädan och åt mest torrfoder vilket gjorde henne billig i drift.

Lollo hade bara en akilleshäl, eller två beroende på hur man ser på saken: sitt dåliga minne och nymfomani. Hon glömde ständigt att hon var opererad och blev skenbart kåt (om det är möjligt) ett par gånger om året och rymde hemifrån. Långa perioder i taget, dagar som blev veckor som plågade Susanne oerhört.

Efter en av sina eskapader hade Lollo plötsligt stått vid ytterdörren med gatukorsningen Felix, och livet hemma blev sig aldrig likt. Felix tog direkt kommandot. Han åt upp Lollos mat, tog hennes leksaker, väste hysteriskt när hon försökte komma ut på terrassen och puttade så en dag Lollo över fönsterkanten så att hon föll ner på gatan och miste livet. Det var åtminstone vad Fredrik trodde.

Efter alla äventyr hade Lollo bara ett liv kvar. Visserligen såg ingen när det inträffade och Susanne tvekade. Fredrik var dock tvärsäker på att Felix var skyldig. 'Han gjorde det med flit för att slippa konkurrens', påminde han Susanne då och då. Men hon trodde bara gott om Felix och kunde inte föreställa sig ett så mörkt drag hos en katt som hon delade säng med, även om hon visste att Felix inte alltid var snäll.

Eftersom döda katter inte skvallrar förblev gåtan olöst. Susanne fortsatte jämnmodigt att ge efter för Felix nycker, till exempel att ge sig på småfåglar, och Fredrik fortsatte att bemöta Felix med en portion misstänksamhet. Ungefär som man bemöter någon som har mördat, antog han. Men för tillfället var all misstänksamhet som bortblåst, katten låg lealös på soffan och väntade på att bli ensam hemma.

Susanne å andra sidan sprang likt en skyttel mellan sin klädkammare och sovrumsspegeln och provade ut kläder. Hennes hårsvall var redan uppsatt med tre silverkammar och hon hade målat läpparna. I jämförelse med henne föreföll Fredrik tio år yngre och tio gånger sjavigare. Hennes elegans var självklar och hon var kvinnligare än de flesta av hans tjejkompisar. De flesta var i och för sig lesbiska, även om det faktiskt inte *behöver* betyda något.

Felix hajade till och såg plötsligt alert ut. Han hade vädrat att matte skulle ut för kvällen och ville ha påfyllning i matskålen innan hon försvann. Varje gång Fredrik gick förbi Felix aktade han sina fötter. Men katten anföll tydligen inte oprovocerat.

Ett litet leende glimmade i mörkret när de stängde dörren efter sig.

"Förresten, jag fick ju träffa den här Lars i går..." sa Fredrik och hämtade andan när de hade satt sig tillrätta i taxin.

Susanne gick igenom ännu en omständlig procedur för att släta till sin kappa. Det var behagligt tyst och svalt och chauffören förstod utan vidare vart de skulle. "...Drygt trettio, blond, trevlig, såg mycket mycket mycket bra ut. Stefan däremot, du vet hur han håller på, han var liksom inne i ett orrspel och rejält nervös! Det var nästan tomt på folk där vi var, men han såg rivaler överallt."

Susanne lyssnade tålmodigt.

"Först åt vi en bit mat ihop. Gott var det, och Lars och jag beställde samma och jag vet inte, det gav mig ett bra intryck, ungefär som att vi hörde ihop. Han är vinintresserad också, tog en lång titt på listan och valde en prisvärd Piemonte. Samma vin som jag själv tog. Stefan pratade hela tiden och blev tyst bara för att hosta eller när han fick syn på nån han känner. Då sträckte han på sig, så att alla skulle fatta att han sitter där med sin pojkvän. Eller vad man nu ska säga. Du vet, som i Ab Fab, när Edina beställer in champagne under lunchen. Äsch, skit samma. Resten av kvällen satt vi i baren. Då hade han lugnat ner sig."

"När blir det här intressant?" frågade Susanne besviket. Hon hade förväntat sig en pangstory, ett riktigt äventyr, men det här lät som en vanlig utekväll i fjollträsket.

"Inte vet jag. Du menar förstås att det är för lite sex i min berättelse. Kan inte hjälpas. Det närmaste erotik som jag själv kom var två stycken Sex on the beach. Och sluta se så himla sur ut för sjutton! Stefan och Lars hade ju åtminstone varann. Jag var som femte hjulet!"

Han vände sig bort och petade sig i näsan. Susanne satt helt stilla och tittade ut genom bilfönstret.

"Okej", fortsatte han, "det här kanske intresserar dig, jag träffade Regina ..."

Susanne ryckte till och fick ett spänt ansiktsuttryck.

"Hon var ganska packad så vi pratade bara nån minut sådär. *Hon* pratade menar jag förstås. Oavbrutet, precis som Stefan. Det är därför dom inte kan vistas i samma rum. Men sen försvann hon i vimlet."

"Vänta nu, backa lite. Regina var alltså där? På Stureplan en vardagskväll. Har hon semester den här tiden på året? Hon utbildar ju kustjägare. Eller har Vaxholm lagts ner och hon gått över till något eventbolag? Det var evigheter sen hon och jag sågs ..."

"Vad har det med min kväll att göra?" frågade Fredrik med trött röst. "Hon jobbar kvar, fast inte som befäl. Hon kör nån attackbåt om jag minns det rätt, eller menade hon mini-ubåt eller reparerar nåt. Jag vet inte om hon är kvar i tjänst. Ibland undrar jag hur hon får plats i trånga utrymmen med sin långa och, nja, opulenta kropp."

"Beats me", sa Susanne, "fast det kan finnas mer plats i en miniubåt än vad vi tror. Jag vet i alla fall att hon har ledigt en dag i veckan för fysisk träning. Det var då vi brukade ses. Annars är det olikt henne att gå ut på krogen själv."

"På tal om träning. Hon skröt som vanligt om sitt svarta bälte. Inte undra på att killarna tar ett steg tillbaka. Hon ett steg framåt och dom ett steg bakåt. Det drabbade mig indi-rekt kan man säga. Eller så var det inte hon utan jag. Det fanns en kille som cirklade runt oss ett tag. Som jag först trodde var intresserad av mig, men så småningom ville klamra sig fast i Reginas linning."

"Bystlinning? Hon är så bystig!" fnissade Susanne.

"Javisst. Hon har kvävt en man med dom – har jag hööört, men inte av dig. Och inte ens av Stefan. Elaka tungor och sånt. Och sånt skvaller får nog dom flesta killar att knipa ihop."

"Jotack, men jag måste ändå fråga: Since when känner du Regina bättre än jag?" Susanne verkade nästan förolämpad. "Ge mig ingen gammal skåpmat om henne, jag känner henne sen barnsben. Vi gjorde allt ihop förut. Det är surrealistiskt i dag. Och Stefan sen, han pratar jämt om henne. Jämt jämt. Nån rovdjursinstinkt som dom har gemensamt. Jag minns inte ens hur dom lärde känna varandra. Hon var ju aldrig med i vårat gäng. Minns du det?"

Susannes fråga låg kvar i luften och hon såg tankfullt på honom.

"Visst minns jag det", svarade Fredrik blixtsnabbt. "Det som fick Stefan vilja dra in henne i vår krets var hennes bror, vad heter han? Han är polis på Norrmalm. Håkan, Hannes, Hans, Johannes eller nåt sånt."

Susanne rynkade på pannan.

"Du menar Holger. Men det är inte Reginas bror utan hennes tidigare arbetskompis. Han gick över från kustjägarna till TV4 och Fångarna på fortet. Stefan trodde ett tag att han hade nåt på gång där. Så var det förstås inte. Han var aldrig ens intresserad av Stefan, han sökte nån jämnårig eller äldre. Men när han försvann ur bilden så hakade Stefan upp sig på Regina. Precis som vi gör nu när vi pratar om henne."

"Men jag tror inte Stefan gillar henne. Snarare tvärtom, han försöker undvika henne så gott det går. När han fick syn på henne för andra gången i går, försvann han och Lars in på en toalett. Ett tag trodde jag även hon skulle störta in ..."

Fredrik gjorde en kort animation.

"Hur som helst, det var det sista jag såg av Stefan i går. Han och Lars måste ha smitit ut genom nån bakdörr eller nåt. Mystiskt. Och lite trist, eftersom jag hade velat prata mer med Lars. Han verkade trevlig."

"Jaha. Såg du Holger där i går då? Det hade ju varit en pikant detalj."

"Nix. Han var inte där vad jag kunde se i alla fall. Jag tror inte han vill synas offentligt."

"Nehe. Det kanske är yrket ..."

"Kanske. Eller så går han ut någon annanstans. Regina syntes desto mer! Innan stängning blev hon så arg att hon flög på en snubbe, bara för att han i en sekund fastnade med sitt finger i remmen på hennes handväska. Jag såg med egna ögon hur hon knuffade omkull honom och taxin som kom för att skjutsa honom hem. Hon är hårdkokt och explosiv."

"Ojdå, vad olyckligt! Jag hoppas hon aldrig blir så arg på mig."

Taxin svängde in från Hornsgatan till Ringvägen. Fredrik tyckte det föreföll som en omväg, men han orkade inte bråka. Chauffören såg sliten ut och Susanne verkade spänd. Tänkte hon fortfarande på Regina?

Han la sin vänsterhand försiktigt på hennes, och han såg att hon log, även om hon tittade på trafiken i motsatt riktning. Ingen av dem kunde se några småfåglar.

Nu ska vi hålla ihop.

SEX

Taxibilen stannade på Götgatan vid Katarina Bangata och de klev ur. Susanne rätade ut skrynklor på sin klänning och öppnade handväskan där hon förutom sin kalender hade en kartbit riven ur telefonkatalogen. Hon letade. Ingen brådska och promenadavstånd, sa hon förstrött, men slet ändå tag i Fredriks kavajärm och drog honom inåt kvarteret.

"Jag är lite förvånad över att nån med pengar vill bo just *här*", sa Fredrik. "Är du säker på det är rätt adress?"

"Jepp. Vi går väl in först och så får vi se. Glöm inte att det är olika adresser varje torsdag."

De insåg snart att ingången låg endast ett par hundra meter från Götgatan. Vid den stora trappingången mötte de ett finklätt tjejpar som gjorde dem sällskap i hissen upp. Det framgick att även de var inbjudna till pokerkvällen och Fredrik försökte inleda ett samtal. Susanne log i mjugg och rättade till frisyren i hisspegeln. Skådespelet kunde börja.

På plan fyra möttes de av en ung man som släppte in dem i en svagt upplyst hall. Rappade stenväggar var klädda med gamla vävar i en rödbrun nyans, med inslag av grönt, blått och gyllene. Det var en kul blandning av kyrkligt och ombonat och förmöget. På ena sidan en serveringsgång in till ett kök med världens bredaste rostfria spis, och till pigkammaren. På andra sidan en kort men bred korridor och en spiraltrappa som ledde både uppåt och neråt! Bredvid den en mahognydörr. Långt från Söder och ändå mitt i.

"Välkomna!" sa den unga mannen vänligt och tog deras jackor. Fredrik, som var känslig för dofter, uppmärksammade ögonblickligen sandelträ och citrongräs, kunde dock inte dra sig till minnes om ett namn, endast att han hade känt doften på någon annan tidigare.

"Gokväll. Susanne heter jag. Det här är min parhäst för kvällen, Fredrik. Vi är ganska erfarna spelare, men har inte spelat ihop så länge. Senast spelade vi hemma hos André."

Fredriks hjärta hoppade ett extra slag av att Susanne tog i så pass. Han försökte signalera Stopp! genom att klippa med ögonen. Stopp, stopp! Säg inte så. För det är ju inte sant. Dom får inte tro att vi är proffs när vi är ena riktiga blåbär.

Susanne bemötte spasmerna med en axelryckning, medveten om att hon hade släppt en bomb som de fick vänta in smällen av. Till dess rulla tummarna och tänka på annat.

Den unga mannen fattade ingen misstanke.

"Jag heter Conny. Min uppgift i kväll är att ta emot alla er gäster här i entrén, så att värden Karl Stenstam har händerna fria för annat. Och jag kan inget om poker, bara så att ni vet. Huruvida ni är bra eller dåliga är helt förlorat på mig. Roligt att träffa er båda och dig i synnerhet Fredrik", skrattade han, samtidigt som Fredriks kavaj åkte upp på en galge utan att de två männen släppte varandra med blicken.

Fredrik log sitt dansbandsleende. Conny, det är ett namn jag kan vänja mig vid. Samtidigt greps han av tvivel. Mamma säger alltid: 'Flörta inte med personalen!' Och vad innebär det där *dig i synnerhet*? Det fanns något lismande i tonen. Vad är Connys uppgift i vanliga fall?

"Kom nu, Fredrik. Här kan vi inte stå! Är du inte beredd att möta fienden?" Susannes ögon glittrade i skenet av oljelyktorna i hallen. Hon såg att han var nervös och njöt av hur olika de hanterade situationen.

Conny banade väg genom ett galleri med svagt upplysta tavlor, mest abstrakta målningar men även några stilleben i närapå fotografisk stil. De passerade en låg väggnisch med tre bysantiska ikoner. Dörrarna till sidorummen var stängda, vilket ledde dem raka vägen in i ett bibliotek. Där stod, precis som hemma hos herr Aubry, flera spelbord längs rummets mitt.

Några partier pågick redan och de flesta satt mol tysta. De som inte spelade stod runt två sideboard med spritflaskor och isskålar och försåg sig med drinkar. Festen var ändå inte högljudd, umgänget hördes som genom ett mjukt filter.

Fredrik lät blicken glida uppåt längs en vägg. Ungefär åtta meter högre upp mötte den ett järnbalkomslutet glastak där det hängde en gigantisk mobil. Han uppskattade diametern till två meter, den svängde långsamt av värmen som steg uppåt. I jämnhöjd med mobilen fanns en inomhusbalkong som såg ut att tillhöra ett rum på våningen ovanför – kanske kommer man upp via spiraltrappan i hallen, tänkte han.

Gäster som inte spelade eller häckade runt spritborden såg antingen på de andra eller pratade i ett angränsande rum. Stenstams lakejer hade dukat upp ett långsmalt bord med kuber av frukt och marmelad, små ostpajer, skaldjursspett och annat tilltugg. Hit leddes även Susanne och Fredrik av den lite stressade Conny, som försvann tillbaka samma väg som de hade kommit in.

"Gokväll", sa värden och sträckte ivrigt fram sin hand. "Jag är Karl Stenstam eller Kalle. Det senare säger nästan alla. André har ringt och berättat att ni två skulle komma. Vad trevligt! Sherry, madeira eller portvin? Det är vad *jag* kan ge er, om ni vill ha något starkare så tala med Conny, han hjälper gärna till."

Utan att invänta svar räckte han dem varsitt tomt glas. Susanne granskade honom uppifrån och ner. Femtioårsåldern, kanske något äldre. Kläderna var diskreta men dyra. Det plussar på några år på utseendet, tänkte hon. Men han verkar snäll.

"Halvtorr madeira, tack. Eller åtminstone för mig", sa Susanne och vände sig mot Fredrik.

"Jag tar också gärna madeira", instämde Fredrik. "Vilken underbar våning ni har förresten! Eller våningar, kanske man ska säga. Jag stannade till i galleriet och såg på några av tavlorna. Ni har verkligen god smak, och personlig förstås är det jag menar. Hela galleriet känns som ... som att komma in i en livmoder. Eller hur ska jag säga. Som mynnar fram i denna vackra katedral. Tjusigt, öh, verkligen. Jättefint."

Nu börjas det, bannade Susanne. En av tre saker som Fredrik så gärna pratade om hade kommit på tapeten: konst. (De andra två var musik och vin. Om det ska vara fler, är den fjärde såklart serietidningar.) Det återstod bara att vänta in ifall värden skulle nappa på betet. Om jag har tur ger han blanka fan i konst i kväll. Susanne höll tummarna.

Men Karl Stenstam gjorde motsatsen. Han sken upp.

"Tack, det var trevligt att höra. Förresten, vi tre säger väl du eller hur? Tavlorna som hänger i korridoren har faktiskt nåt gemensamt. Kan ni gissa? Det vore roligt att få höra vad ni tror att det kan vara för nåt."

Han såg på dem med förväntansfulla ögon. I varje vuxen man finns en liten gosse som bär sin pärm med hockeybilder under armen, konstaterade Susanne. Men hon var ändå glad över att han tilltalade dem båda, och inte bara Fredrik.

Fredrik la pannan i veck.

"Nja ... jag la märke till att dom är ganska nya allihopa. Det fanns nog inte en enda som är gjord före 1970. Rätt så långt? Dom kanske är presenter."

"Ja och nej. Men bra gissat. Rätt svar är att jag har beställt dom allihopa. Allt på väggarna i korridoren är gjort på upp-drag av mig, under sisådär tjugo år."

"Åh", sa Susanne löjligt.

"Guvaläckert!" utbrast Fredrik.

Guvabe och så egocentriskt, tänkte hon.

"Guvaläckert!" upprepade Fredrik. Han hade fallit i trans. Om han någonsin skulle fastna för en äldre man, skulle det vara någon som Kalle. Så verserad och välklädd och ... så förmögen. "Är det där en äkta Damien Hirst?" frågade han och pekade på något slags blandning av relief och ett pussel.

"Javisst", svarade Stenstam. "Det är inte alls gammalt och i själva verket ett porträtt av mig. Går dock inte att se och jag fick det nästan gratis, men då var Damien en ung student. Jag behövde inte ens sitta, han gjorde det utifrån en polaroid som togs på en fest i Docklands. Jag fick det med mig två dagar senare. Han kan jobba utan paus, dag och natt."

Susanne tittade överseende på de båda männen och fann det lämpligt att hon och Fredrik kom igång med spelandet så snart som möjligt. Hon avbröt.

"Ja, allt är sannerligen fint. Hoppas vi kan inspirera er till fler beställningar! Nu ska vi trots allt spela, det är därför vi är här. Ska vi ta och bekanta oss med dom andra gästerna nu Fredrik?" Hon drog in andan. *"Fre-drik!"*

De skulle just till att gå in i ett angränsande rum när en lång och ledigt klädd man kom in. Han gick rakt mot Fredrik, men det var först på Susannes reaktion som Fredrik förstod vem som stod framför dem.

"Men?! Så pass! Hej Susanne."

Det föreföll som en överraskning och det uppstod kalabalik i Susannes ansikte. Hon nöp sig hårt i armen, samlade sig och strök bort en skrynkla från överdelen av sin mörkblå klänning. Lukas armar var utsträckta i en omfamning och formade polerna i en jättelik magnet dit Susanne drogs som ett järnfilspån.

"Men Lukas! Gusåraaart av dig att komma och heja på oss! Och tack för blommorna sen!" kvittrade hon högljutt och ålade sig fram för att ge honom en kyss på munnen.

Fredrik vaknade ur sin dagdröm om modern konst och noterade att Lukas inte flyttade på sig en centimeter för att komma närmare sin beundrarinna. Det behövde han inte. Han bara stod stilla och tittade neråt. Som en fälla av kött och blod. Fredrik fick en klump i magen, för om någon i hans vänkrets drog till sig män så var det Susanne.

"Och du är den bästa polaren antar jag", sa Lukas oväntat och vände sig mot Fredrik. "Susanne har berättat mycket om dig, allt möjligt faktiskt, som till exempel, jaaa, en massa!"

Han hade en mörk och behaglig röst. Dialekten var obestämd, det var omöjligt att höra var han var uppväxt. Men av det som Susanne hade sagt kändes repliken inövad. Inga fel så länge, men illa nog ändå: Var är publiken? Vi är ju bara tre, tänkte han, men såg sig om för säkerhets skull. De var helt ensamma. Den lilla teaterns stora skådespel.

Och titta på Susanne! Han la märke till hennes intensiva färg på kinderna, vilket alla kunde se. Genant. Inte bra alls för vår nya coola image.

Det var hans tur att ta kontrollen.

"Hörrö stumpan. Nu spelar vi! Come along *pokerhajen*."

"Va? Öh ... förstås, det ska vi göra. Puss på dig Lukas! Vi ses senare väl? Taa-taa!"

Hon tog motvilligt tag i Fredriks utsträckta arm, men han drog desto kraftigare i henne ända tills de var framme vid det närmaste spelbordet. Där satt redan de två tjejerna som hade gjort dem sällskap i hissen. De blev överlyckliga av att få ett par nya bekanta att spela med.

I partiets början kunde Fredrik se i ögonvrån hur Lukas stirrade på dem ur ett avlägset hörn av rummet. Han verkade inte så road av tillställningen, utan stod för sig själv och fyllde på måttligt med alkohol i glaset. Plötsligt var han försvunnen.

SJU

Sent på natten – eller tidigt på morgonen, för det var nästan ljust ute – lyste det högst uppe i ett fönster på Swedenborgsgatan. Fönstret stod på glänt. Stilla musik och varm luft strömmade ut mot gatan, darrade till och sögs upp i intet.

Om ett par timmar skulle Söder vakna till liv. Uteliggare skulle krafsa ihop sina täcken, skivor av papp och lager av plastkassar. Halvkända journalister skulle köa för morgonkaffe, sida vid sida med Svenssons och bestämda gamla damer med uppkäftiga hundar, på väg mot bankomaten, förbi stressade curlingföräldrar, hippa tonåringar i luvtröjor på ärvda skateboards, medan deras pappor ännu läste tidningen eller lämnade lillan på dagis.

Staden skulle vakna till liv och gjuta nytt hopp över dess trötta och besvikna invånare. En ny vecka, en ny början och allting är möjligt.

Stefan satt i en grön farmorsfåtölj, tillbakalutad med en kudde bakom ryggen och med armarna utsträckta framför sig, och läste Svenska Dagbladet. Han hade nyss kommit hem och tvingat sig att ge kroppen näring trots att han inte var hungrig. Händerna ville inte sluta skaka.

En liter fruktyoghurt med cornflakes och hallonsylt och extra socker tog udden av hans illamående. Syltburken stod kvar på spisen när han bredde sin fjärde ostsmörgås. Locket hade trillat ner på golvet och spritt röda fläckar runt om.

Locket låg kvar på golvet av en anledning. Stefan hade fått bråttom att slänga sina sopor, en reptilsnabb reaktion på att tidningsbudet klev in i trapphuset. Att tajma in denna sexiga fjortis (kinky att tänka så, för Stefan visste förstås inte hans ålder), som visslade så glatt när han hoppade upp för trapporna, var en härlig ritual. En måndagsmorgon utan deras flyktiga möte, hans kåta blick och söta leende, gav dålig karma för resten av veckan.

Han tittade på klockan och övervägde en sträng kokain för att slappna av, men nyårslöftet till Fredrik ringde i hans huvud, och han nöjde sig med att kasta en längtansfull blick mot sovrummet och dess godsaker. Om tre timmar måste jag till jobbet. Inte lönt att lägga sig, börjar jag drömma så kommer jag inte upp i dag, tänkte han för att övertyga sig själv och bytte skiva i cd-spelaren. Rainy Monday får duga även om det blir en fin dag.

Han hörde grannens spädbarn skrika förtvivlat och ljudet av tassande steg när pappan gick in i barnkammaren för att trösta. Hos Stefan fungerade motsvarande rum som klädkammare.

Dagen före hade han mött den unga men urlakade mamman – hon var tydligen AD på ett nystartat reklambolag med kopplingar till president Jeltsin – i trapphuset var det. Hon hade nämnt något om öroninflammation. Igen! Igen! hade han stönat medlidsamt, på gränsen till teatraliskt, men inombords kände han ingenting.

Mamman var glåmig och tärd och gick alltid i solkiga kläder. Endast barnets plagg tvättades regelbundet. Småbarnsföräldrar kan inte ha det lätt. Tur att han själv inte var en sådan. För övrigt fick han mer än tillräckligt av sina syskonbarn och alla deras krav.

Han makade upp sina håriga ben på en fårskinnspall och tänkte på veckan som hade gått och kvällen som varit.

Undra sa flundra om Fredrik och Sussi hade roligt på sin pokerkväll? Poker förresten, haha! Han tänkte inte bara, utan skrattade så det hördes. Det ekade tyst mot den kala väggen i vardagsrummet. Världen står på ända. Först Mallis, slalom och tennis, sedan golf, älgjakt och rollerblades, nu poker! Vad ska folk med för lite pengar och fantasi och dödsångest hitta på härnäst för att behålla sitt knappa försprång till patrasket? Vad ska bedöva oss? Kanske den nya folksporten varpa? Ha-ha-ha!

Han skrattade tills en flinga cornflakes fastnade i halsen. Och funderade vidare på gårdagskvällen. Den hade varit en aning kaotisk. Och lite tråkig: Ungefär fyra på en skala från ett till tio på hur kul man kan ha. Det kan låta mycket för en småbarnsförälder, men Stefans utekvällar var betydligt roligare än så.

Han hade väntat på Lars i nästan två timmar, väntat på att få känna ett nyp i rumpan eller ett kraftigt tag om skrevet. På att vända sig om och ge ett välkomnande och ändå spontant leende. Under tiden hade den tunga housemusiken dundrat ut på en scen där tre baltiska gymnaster visade upp sina tajta kroppar med 6 % fett. De hade svettats mängder, så personer med glasögon fick dem immiga och det rann en salt rännil längs bakkanten av scenen och ner på golvet. Publiken hade också svettats, men bara Stefan gjorde det förgäves.

Något allvarligt måste ha inträffat, funderade och hoppades han på när Lars inte dök upp, trots att deras dejt var uppgjord sedan mitten av veckan. De hade dividerat fram och tillbaka åtminstone tre gånger. Telefonsamtal hade ringts och kalendrar hade synkats.

Om Lars tyckte att träffen var viktig, borde han inte bomma den. Om jag har tur har det hänt nåt förfärligt. Han ligger nog på sjukhus. Förlamad eller förgiftad. Eller nån av hans föräldrar har krockat på E4:an. Hoppas hoppas.

Tänka-tänka ... Är Lars sur för nåt? Det var ännu i tidigaste laget att ringa; Stefan ville inte verka angelägen. Det har man aldrig nåt för. Och tänk om det skulle vara nån annan än

Lars som svarar i telefonen. Eller om det hörs nåt stönande ljud i bakgrunden. Usch!

Nänä, nu hoppar jag i duschen! Det är lönlöst att spekulera om det här nu, jag kan göra det senare, övertygade han sig själv och sprang upp ur fåtöljen som gnisslade ilsket. Det är en kväll i kväll också. Han kanske ringer.

Stefan tände belysningen bredvid akvariet och fiskarna hoppade till som om det var första gången.

Han återvände till vardagsrummet i bara mässingen och stängde fönstret. På andra sidan gatan, i lägenheten mittemot, kunde han se hur en medelålders dam förde ner kaffekoppen och sträckte lojt men uträknande på halsen för att kika över sina krukväxter.

Jorå gumma lilla, jag har sett dig med och det är inte första gången! sa han högt och vinkade mot kvinnan. Hoppas du tycker om det du ser, för det är både stort och graaatis!

Han gjorde några vaggande rörelser med höfterna och klappade händerna taktfast ovanför huvudet, men kvinnan över gatan såg inte glad ut. Hon drog upp morgontidningen till ögonhöjd och började skälla på sin man.

Mannen syntes av och till, han gick mellan diskbänken och kylskåpet, tog fram smörgåsmat, och blottade en kulmage som på håll såg ut som en vitmålad melon. Han hade disktrasan i ena handen och kaffekoppen i den andra och säkert tofflor.

Det var en illvillig start på en ny vecka.

ÅTTA

Klockan hade hunnit bli halv nio. Stefan satt i en blästrad och nymålad tunnelbanevagn, på ingång till station Tekniska högskolan, då det ringde i hans mobil.

Att äga en mobiltelefon var lite poänglöst, eftersom så få andra hade sådana. Men Stefans chef hade insisterat: Alla anställda måste ha en egen 'nalle' (prova säga det med ett fånigt tonfall) och förväntas vara anträffbara dygnet runt!

"Stefan", väste han.

Vagnen gungade fram långsamt, gneds mot spåret och skakade. Skolungdomarna förde ett sådant väsen att Stefan knappt kunde höra sin egen röst. Förbindelsen under marken var dessutom dålig: det knastrade och hade sig och emellanåt klipptes samtalet av helt och hållet.

"Hej, det är Fredrik! Jag ringde hem till dig alldeles nyss, trodde och hoppades att jag skulle väcka dig. Var är du just nu? På väg hemåt?"

"Va?! Nej för fasen, jag är på väg till jobbet. Du hörs skitdåligt. Men du, jag väntar på ett jädrans viktigt samtal. Kan jag ringa dig från jobbet i stället? Eller vi kanske kan äta lunch ihop."

"Jag som just tänkt föreslå att du ringer upp mig på en gång. Det är så dyrt att ringa till dig så här dags på dan. Men lunch verkar lika bra. Är det möjligen Lars som är ditt viktiga samtal?"

"Neeejdå", avslöjade Stefan.

"Nähä. Det är svårt att höra dig när du är i tunnelbanan. Åkte du till jobbet hemifrån?"

"Jo, eller nä. Är det här nåt förhör? Jag har varit en sväng på videoklubben. Kom hem sent i natt och hade svårt att sova. Det var ingen idé liksom, så jag duschade och klädde om. Hann göra en kort vända och en måndagsinventering. Det var mest dom gamla snubbarna men nåra nya också ..."

Stefan puttade upp glasögonen och rättade till sin lugg i spegelbilden i vagnsfönstret.

"Blev det nåt då?" frågade Fredrik lakoniskt.

"Jo, eller nä. En snabb avköning av en ganska ung snubbe som sa att han var gift. Han ville att jag skulle ha kondom bara för att våga ta på min balle..."

Han såg sig hastigt om för att förvissa sig om att ingen av skolungdomarna satt precis bakom. "...Jag hann inte ens komma själv. Direkt efter att han kladdat ner golvet mörknade hans ögon och han kutade ut. Det första jag ska göra på jobbet är en handtralla i personalduschen."

"Inga detaljer för min skull tack. Du kan berätta mer när vi lunchar. Ska vi säga klockan halv ett? Vi slipper dom värsta köerna då. Under svampen halv ett. Okej?"

Fredrik försökte skynda på uppgörelsen medan sekunderna och kronorna tickade iväg i rask takt. Han kunde se telefonräkningen framför sig:

'TillmobiltelefonHundrasextiotrekronorochfemtioöre'.
Och så moms på det. Staten vill ha sitt.

"Visst. Hej då."

"Hej!"

Stefan la märke till en punkare som hade landat mittemot honom, en yngling med svår akne och som blängde ilsket och drog sina svartmålade naglar genom en purpurröd hårtofs i pannan. Det som inte var färgat var piercat. Grabben hade så många ringar i ansiktet att Stefan inte kunde lista ut hur han kunde raka sig. Och det ilskna stirrandet fortsatte.

Det är förstås min businesslook *le plus cool*, tänkte han. Alltid retar den nån. Han la sig till med en märkvärdig min, tittade förstrött i sin portfölj, med halvslutna ögon, slickade sig om underläppen och lät mobiltelefonen glida ner i kavajfickan, långsamt, långsamt.

Avmätt gäspande blottade Stefan sin Rolex i rött och gult guld. Jag är en äkta fjolla, sa han till sig själv. Det driver en punkare till bristningsgränsen. En dyrbar fjolla, som ur nån knasig bok av Oscar Wilde, av den gamla skolan som knappt tillverkas längre.

Vid nästa station klev han av, riktigt uppåt och nöjd med sig själv för att ha gjort en medresenär sur.

Klockan på jobbet hade stannat den måndagen. Efter en kort sejour i duschen och en lång sejour i sitt arbetsrum vankade Stefan av och an och väntade på livstecken från Lars. Men det kom inget.

Hans sekreterare Ingeborg såg medlidsam ut. Om Gud skulle peka ut en kvinna vars främsta dygd var medömkan, skulle det vara hon. Kanoniserad om hundra år, Sankta Ingeborg kände med de flesta hon kom i närheten av, utan att någonsin fundera på om de hade glädje av hennes ömma tankar.

Stefan i sin tur hade ett visst medlidande med henne, i mån han ens var förmögen till det, då hennes börda inför alla andra föreföll så tung. Och kanske för att hon var hans sekreterare. Kanske även för att han visste att hon tjänade bara en fjärdedel av hans lön och för att han fick sätta hennes.

Om inte för annat kände han sympati för hennes klädsmak. Den var ynklig, påminde han sig själv om medan han iakttog henne bakifrån. Där står en kvinna med grå personlighet och som klär sig endast i nyanser av rosa. Rosa kjolar, rosa blusar, möjligen med vit spets, rosa pumps, grå personlighet och ett hår som har blivit grått i förtid av all medömkan. Om ändå *om* fanns, kanske hon kunde färga det i mahogny eller i vilken som helst annan färg. Allt annat än rosa och grått skulle vara en förbättring. Men han visste inte hur han kunde ta upp saken. Eller om han ens hade lust.

Stefans förakt kunde övergå i ilska, och då ville han ge Ingeborg en snyting, säga något dräpande eller möjligen enlevera henne till NK och köpa henne kläder som han inte behövde skämmas för när hon tog emot hans kunder. Först till NK och sedan med flyg till Tahiti.

Ingeborg skulle dricka parasolldrinkar redan på Arlanda, bli jättefull och kanske munter. I ett neo-thorvallskt manér skulle hon ragga upp en betydligt yngre man som de kunde dela på! Nä förresten, det vore förfärligt. Gränsen går vid drinkarna. Hon är ju trots allt *min* sekreterare! And I'm a very important person.

Ingeborgs medlidande visade sig extra tydligt i dag. Hon gissade rätt i att Stefan hade kärleksbekymmer och att han väntade på ett viktigt samtal. Hon anade att de två sakerna hängde ihop, men kunde inte riktigt förstå hur. Det är så svårt med dessa stackars homofiler, svårt att veta vad som rör sig i deras huvud, så i stället för att fråga honom rakt ut tog hon försiktigt tag om vattenkannan och gjorde en runda bland kontorets krukväxter.

Hon snirklade sig runt och snirklade sig runt runt runt. Kanske kommer den unga chefen att lätta på sitt hjärta när jag sköter om blommorna så fint.

Strax efter klockan tolv såg hon honom ta på sig kavajen och lomma iväg från kontoret. Innan dess hade han kopplat alla inkommande telefonsamtal till växeln.

NIO

Fredrik väntade på Stefan under Svampen. Han såg glad ut som vanligt. Lite dumglad, skulle man kunna ha sagt, på en helt vanlig jävla dag. Såg han en aning rastlös ut?

"Tjena", sa Fredrik.

"Tja."

"Du är i tid för en gångs skull. Vart ska vi gå? I dag är det jag som bjuder."

"Oj?! Då får det bli nåt dyrt antar jag. Jag ska inte tillbaka till jobbet, har sån huvudvärk efter i går. Ska vi ta långlunch? Franska matsalen, Riche eller Prinsen?"

"I så fall Prinsen", svarade Fredrik hurtigt och de genade över till andra sidan av den gyllene triangeln mellan Birger Jarlsgatan och Biblioteksgatan. Båda stannade upp tankspritt vid skyltfönster och pekade på saker som de ville ha. Ingen av dem var särskilt hungrig.

Det gick snabbt att få bord. Kyparen kände igen Stefan, hällde mekaniskt upp vatten och raskade iväg för att hämta menyer. Fredrik beställde in två Dubonnet – det låter världsvant. Han ville göra ett gott intryck på Stefan och en aperitif smakar extra mumsigt på en måndag, även om han brukade tappa aptiten av fördrinkar.

Hade de anledning att fira? frågade han sig själv. Stefan såg sur ut och det smittade av sig. Själv var han arbetslös och måste räkna på varenda krona för att ha råd med lunchnotan. De tittade på varandra i en minut innan Stefan bröt tystnaden.

"Få höra nu! Vad är det här Mata Hari-joxet med Sussi?"

Frågan kom som en blixt från en klar himmel och Fredrik blev lite rädd.

"Vadå? Vad menar du?" frågade han tillbaka misstänksamt och drog öronen åt sig.

"Ja, ni sysslar med nåt hemligt, det har jag väl fattat. Vad går det ut på, ut med språket! Som ni två har agerat dom senaste dagarna måste det vara nåt hett", högg Stefan.

"Nja, det är inte så märkvärdigt. Vi spelar poker och får betalt för det. Det är allt. Fråga Sussi i stället, hon kan förklara bättre än jag. Och så slipper jag pladdra för mycket, jag vet inte vad jag får och inte får säga ... Från det ena till det andra, hur går det med Lars? Har ni träffats på sistone?"

Stefan bleknade och började leka med salt- och pepparkaren. Och Fredrik förvånades över hur lätt det var att avleda honom. Man behövde bara nämna något om det första könet.

"Nja. För att stilla din nyfikenhet, vi skulle ha träffats på jollen i går, men han dök aldrig upp. Liksom, have I been there before or *what*? Jag väntade i två timmar och kände mig övergiven och kåt på samma gång. Jag gjorde bäst i att knalla hem. Annars hade det blivit dumheter, följt med nån eller några, typ. Klockan hade redan hunnit bli halv fyra och jag hade ingen lust att bli kvar till halvfemrean."

"Mmh", nickade Fredrik och drog en slutsats: Folk med förnamn som börjar på 'L' kan man inte lita på.

"Så nu på morgonen och förmiddan har jag lurpassat min jobbtelefon, ifall han skulle ringa. Ingeborg lämnar mig inte i fred. Hon bevakar min dörr och stirrar och väntar på att jag ska lätta mitt hjärta för henne. Ganska irriterande. Och så har jag ringt och lyssnat av min telefonsvarare hemma ett antal gånger. Ungefär tio. Till ingen nytta förstås. Där fanns bara du och brorsan. Hurra!"

"Ja, eller som di saijer i Skeaune – Horra! Horra! Hora! Strunt i samma, det är inte så himla roligt kom jag just på ..."

Fredrik ville muntra upp stämningen, men Stefans anlete förblev kolsvart. Det var en nyskild och morgontrött vänsterradikal feministanarkist på ett societetsbröllop som satt framför honom i dag.

"Ja, så brukar du ju säga. Och det är lika tråkigt varje gång. Sluta bara!"

"Pilutta dej då. Gaska upp dig vetja! Tänk positivt! Lars har säkert blivit magsjuk. Det är väl sannolikt. Nån enkel anledning måste det såklart finnas. Leta efter det enkla och där har du svaret!"

"Sluta patronisera! Jag hoppas att han ligger på sjukhus! Och vad som är sannolikt avgör jag själv. Jag tror nämligen inte för ett ögonblick att han har blivit sjuk. Jag tror han försöker skaka mig loss", fräste Stefan.

"Jaså? Redan? Behövs det?"

"Mmh. Eller sig själv. Han sitter fast som i ett klister i det liv som han levde innan vi träffades. Jag råkar veta att han har hängt ihop med en och samma kille i tre år och att dom gjorde slut nyss. Det var innan jag kom in i bilden får jag lägga till. Tydligen är den här föredettingen en efterhängsen typ som inte lämnar Lars i fred. Absolutely fucking fabulous! Och jag har hört att han ser bra ut. Vad är mina odds i så fall? Dessutom kör han en fin bil och agerar boy toy åt någon rik gammal gubbe här i stan."

"Jaha. Vad har det med saken att göra?"

"Jo, ser du, det där exet är förmodligen med i nåt kriminellt gäng och en sån lämnar man inte ostraffat. Inte ens om man har träffat sitt livs kärlek", Stefan la sin hand på hjärtat, "och verkar så himla effektiv hela tiden. Jag märker hur han jämkar med honom, samtal efter samtal. Så känns det åtminstone. Jag hör Lars bli konstig på rösten när exet ringer, på udda tider också. Medan han jämkar med sin ex-sötnos får jag sitta hemma och lägga pussel. Fattaru?"

"Kul kille! Inte Lars asså, utan den andra."

Stefan hade ett nojigt ansiktsuttryck. Han kastade arga blickar på alla som kom in i restaurangen, som om nästa man eller kvinna som gjorde entré kunde vara den omtalade konkurrenten.

Fredrik hade tappat aptiten och satt och petade runt återstoden av maten på tallriken. Halva fördrinken var ouppdrucken. Han skulle inte berätta om de tiotusen kronor som han hade tjänat som professionell pokerspelare några kvällar tidigare. Det vore att strö salt på såret.

"Vad gör du i kväll?" frågade Stefan lite oväntat.

"Jag är upptagen. Hurså?"

"Nä, jag undrar ifall du har lust att hitta på nåt. Dom kör maratonvisning av fransk kortfilm på kvartersbion. Fast det går ju inte om du är *upptagen* ..."

Stefan spetsade en oliv på sin gaffel och förde den långsamt i munnen. Han såg trött ut när han åt.

"Nä, det går inte. Jag ska träffa Sussi inför nästa omgång av poker. Vi har en massa att gå igenom och hon är redan missnöjd med mig. Eller arg."

"Ska ni ut efteråt eller? I så fall hänger jag på. Jag har bestämt mig för att inte gråta ensam. Jag stannar inte hemma och väntar. Och så ska jag spela in ett nytt coolt meddelande på min svarare, så att det verkar som att jag är jätteupptagen och aaaldrig hinner lyssna av."

"Du kan inte följa med. Jag tror inte Sussi–"

"Vadå du tror inte Sussi det ena och det andra! Vad håller ni på med som är så jädrans viktigt?!"

"Som jag sa: Det får du fråga henne om! Jag vill inte röja nåt och få henne på halsen. Du vet ju hurdan hon är. Jag vill inte ljuga ihop nåt heller. Du är ju min polare. Du får höra senare helt enkelt!"

"Helt enkelt?! Så ni två ska *helt enkelt* utesluta mig ur era liv?! Är det det du säger?!" Rösten åkte upp i falsett.

Stefan stirrade på honom med vidöppna ögon med mörka streck under. Han såg ut att inte ha sovit ordentligt på flera veckor. Ögonen var svarta och insjunkna, kinden full av sår från rakningen. Dessutom hade han ryckningar i ena ögonlocket.

"Nej och nej! Vi utesluter inte dig. Du får höra senare vad vi håller på med. Men i kväll måste jag träffa Sussi. Vi kan gå ut nån annan kväll om du vill, i morron eller nåt."

"Så jag ska sitta hemma själv hade du tänkt dig?"

Stefan gestikulerade ohejdat och hans röst nådde oanade höjder. Ett sällskap av affärsmän vände sig om och såg ut att undra vem som vågade störa så. Och av vilken anledning? Även Fredrik började tappa humöret och blängde trotsigt tillbaka. Herrarna vände sig åter till varandra och nickade menande med inövade grimaser.

Diskussionen besvärade Fredrik. Han hade återigen gått i försvar, trots att han inte hade något att försvara.

"Jag går på toaletten. Jag är strax tillbaka", sa han och försvann nerför trapporna. Han ville lugna ner sig och lätta på trycket, både upptill och nertill.

Stefan satt kvar med fötterna raklånga under bordet, drack upp sin drink och svepte därefter vad som återstod av Fredriks. Han puttade upp glasögonen. Tankarna kring Lars snurrade runt runt, trasslade in sig, fastnade och började återigen att snurra. Han hade en känsla av att bli förgiftad inifrån, långsamt, långsamt skulle giftet ta kål på honom i kväll eller senast i morgon.

Så här utelämnad och ensam har jag inte känt mig på länge. Tillbaka till Gå.

Han gäspade och tittade ut mot gatan. Turister värjde sig mot stressade stockholmare som inte väjer för någon. Unga och gamla höll varandra i hand. Kärlekspar och andra par.

En duva gjorde skickliga danssteg och undvek att hamna under en sko. Torra vinterlöv hade irrat in från Kungsträdgården, över Hamngatans pärlband av bilar och till torget, och blåste vidare utmed Biblioteksgatan. De blåste runt i virvlar.

Stefan tittade på löven. Det stod Lars på några av dem och han hade svårt att fokusera. Små tromber av grått och orange, cigarettfimpar och damm blåste omkring och han blev yr. Äckligt.

Han tittade på en bedagad kvinna i 70-årsåldern. Hennes lilaådriga handleder tyngdes ner av papperskassar med dyrt innehåll. Hon log mot livet, drog ett vårbloss från en lång cigarett och klurade på en lögn för att kunna smita från sin make på kvällen.

Han tittade rakt i ögonen på en ung man med diktarutseende. Mannen läste ömsom menyn i fönstret, tittade ömsom på honom eller var det genom honom? Stefan kunde inte säga vilket.

Vilka vackra kindben! Vilka ögon! Ett så vackert leende! tänkte Stefan. Det ser ut som att han ler mot *mig*! ...

Han skruvade på sig i stolen och tappade sin gaffel ner på golvet. Han vek sig dubbel för att ta upp den. Golvet kändes strävt av smuts. Dammråttorna strök sig mot hans underarm. Har Prinsen tappat stilen? När han reste sig upp igen var Fredrik på väg tillbaka, betydligt gladare. Han studsade fram längs borden.

"Vad du ser förvirrad ut! Kära nån, vad har hänt?"

Fredrik kunde inte hålla sig för skratt, för Stefan såg helt bortkommen ut med gaffeln i vänsterhanden och ett torrt löv i luggen.

"Nä det är inget ... Jag fick bara vittring på en sötnos här utanför restaurangen nyss."

"Menar du killen som just kom–?"

"Vava! Var då? Menar du att det kom in nån medan jag letade efter min gaffel?"

"Han sitter bakom dig. Men titta inte bak–"

Försent. Stefan vände sig om, fixerade sitt byte och avfyrade ett stomatolleende.

Ränderna går aldrig ur, tänkte Fredrik.

Stefan vände sig tillbaka mot honom.

"Jag går på toaletten en stund. Ge mig två minuter, okej? När jag kommer tillbaka sitter du här", han pekade på sin egen plats, "där jag sitter nu. Och *jag* sitter där", han pekade på nytt. "Capiche?"

"Alla gånger. Förresten så det finns en kådisautomat på toan. Jag har några femkronorsmynt–"

"Äsch! Det behövs inte", svarade Stefan kaxigt. "Jag har redan plenty i bakfickan."

Fredrik såg på när Stefan skyndade sig ut ur matsalen. Han räknade sakta till femtio och gick därefter och bad om mineralvatten och ett glas dolcetto d'Alba. När han återvände, satte han sig med ryggen mot mannen från gatan, som nu gjorde miner för sig själv samtidigt som han studerade menyn.

Efter några minuter återvände Stefan. Påträngande dunster av Obsession for Men spred sina tentakler över rökpuffarna i restaurangen. Stefan hade både kammat håret och slätat till ögonbrynen, observerade Fredrik. Glasögonen hade åkt av.

"Vad du ser glad ut! Har jag satt mig rätt? Vad kommer att hända nu?" frågade han.

"Vänta fåru se. Och lär dig av ett proffs. Just gimme five minutes baby!" sa Stefan kaxigt.

Klockan var två och de flesta lunchgästerna hade övergivit slagfältet. Kvar i restaurangen fanns bara affärsmännen och tre utländska män. Servisen gick tyst och stilla mellan borden och dukade av och på. Stefan satt avvaktande och Fredrik började få det tråkigt. Han trummade på bordsskivan.

"Jag tror jag också tar en sväng till toaletten–"

"Så fan du gör! Du sitter kvar! Den här chansen får jag inte bomma och jag behöver dig som förkläde", domderade Stefan och la en bestämd hand på Fredriks huvud just som han tog sats till att resa sig.

"Håhåjaja ..." Han satt sig igen. "Då får du i alla fall bjuda på notan. Det är ingen idé att jag spelar rik, jag är fattig som en kyrkråtta. Och så får du låna mig ditt öra lite grann så ska jag berätta vad det är som jag och Sussi ska göra i kväll."

Fredrik tittade på sitt armbandsur och fortsatte.

"Och så får du avsluta din story om Lars och hans före detta pojkvän. Jag vill gärna höra vad du har mot dig."

"Inget som jag inte klarar av, I'm sure", sa Stefan självsäkert. Men hans tonfall röjde att uppmärksamheten var riktad åt ett annat håll, ungefär tre meter bakom Fredrik.

"Börja du."

"Nej, börja du."

Fredrik harklade.

"Jo, Sussi och jag ska göra inbrott."

"Jaha? Så pass ..."

"Ja. Vi ska försöka ta oss in på en ambassads innergård. Visst låter det spännande?" sa Fredrik förväntansfullt och bet sig i underläppen.

"Mmh ..."

Stefans blick var orörlig och intensiv. Rovdjursögon.

"Sussi vill ta lite bilder sörrö. Hon har ett sånt där djävulsobjektiv som hon fick av sin farbror Nikolai i julas. Jag vet inte hur många hundra millimeter. Men du känner ju Sussi. Hon tycker inte att bildrutan kommer nära nog om vi inte gör intrång. Tillräckligt nära en infarkt om du frågar mig."

"Mmh. Ett objektiv ..."

Fredrik blev irriterad. Det kändes som om han pratade med en papegoja.

"Du måste lyssna på mig om du vill att jag sitter kvar!"

"Jamen, lyssnar ju heeela tiden", svarade Stefan släpigt och blinkade menande till killen vid det andra bordet. De hade fått ögonkontakt.

"Och så dom där blinkningarna! Han kanske inte vill att du ska hålla på och blinka till honom. Tygla dig!"

"Näää, det vill jag ju att han ska göra. Haha! Dessutom är det kul med en oskyldig flirt."

"Oskyldig? Det ordet ristas inte in på din gravsten, om jag får säga mitt", väste Fredrik. "Kan du åtminstone fixa oss mer att dricka?"

"Jag kan inte trolla, Fredrik. Som du ser är baren några meter bort. Men innan du hämtar åt oss båda, kan jag få låna en bit papper av dig?"

Fredrik suckade och grävde i sin plånbok. Han gav Stefan ett Systembolagskvitto och vankade av mot baren.

När han kom tillbaka hade mannen vid bordet intill försvunnit. Stefan satt tillbakalutad i stolen, med händerna bakom nacken, och såg segerviss ut.

"Skål! Visst är det du som bjuder i dag?"

"Jo, så sa vi ju tidigare. Men så ändrade vi på det. Vad har hänt här då? Fick du hans nummer eller fick han ditt?"

"Mer än så mon ami, jag ska få mig ett nummer i kväll. Vi ska träffas klockan tio!"

Stefan svepte återstoden av sitt vatten och höjde diskret på handen för att be kyparen om notan.

"Så jag kan tyvärr inte gå ut med dig och Sussi. Vad var det nu igen ni skulle göra? Nån fest på en ambassad?"

"Ungefär så ..."

Fredrik tittade uppgivet mot torget. Det var ännu soligt ute. Å andra sidan lyste Stefan så starkt att det inte var någon skillnad mellan ute och inne.

"Fortsätt nu med Lars så är du snäll", uppmanade han.

"Vem bryr sig om Lars? *Qui? Moi?* Han får väl reda ut sitt liv bäst han vill. Jag tar skeden i vacker hand och hittar mig annat sällskap. Jag ska börja i kväll. Nudge nudge! Faktiskt så förstååår jag honom, Lars alltså. Det kan inte vara så lätt att avsluta ett treårigt förhållande utan vidare. Okej, han blev förälskad i mig, men än sen då? Det är så mycket som måste klaffa ..."

Stefan såg kallblodigt på Fredrik och fingrade på lappen med telefonnumret som den unga mannen hade skrivit ner åt honom.

"Lars är klartänkt. Pengar betyder allt för honom. Look at me! Jag har ingen kosing trots ett välbetalt jobb. Det kräver sin man att spara. Lars vill ha någon med mycket pengar, nån som Lukas. Han är ett bättre parti än jag. Att han dessutom är en riktig sötnos ökar inte oddsen för mig. Jag får helt enkelt se mig om efter nytt sällskap, lägga rabarber på nån annan. Kanske en ung diktare? Vi båda vet ju att jag kommer till min rätt med en konstnärssjäl, någon som kan poesin och, ja du vet, musiken och konsten ..."

Fredrik kände en kyla sprida sig i kroppen. Han fick något glasartat i blicken och hade ganska svårt att formulera den avgörande frågan.

"Den här Lukas, sa du. Vad kör han för bil?"

"En Porsche förstås. Hurså?"

TIO

Denna kalla och fuktiga natt var Fredrik antagligen ensam om att ha sökt sig till den södra kajen i Värtahamnen. Frihamnen låg inte så långt borta. Han hade klivit av bussen en dryg kilometer från industriområdet och överallt pågick aktivitet, dygnet om. Stora och små fartyg väntade tålmodigt på att lossas på last eller lastas. Polisbilar gjorde rundor av och till. Ro-ro-personal njöt av korta rökpauser och övervakade att verksamheten höll sig inom lagens ramar.

Det var strax efter midnatt, men Susanne hade ännu inte synts av. Rättare sagt var klockan fem över tolv. Fredrik smög längs kajen, så tyst han förmådde och undvek upplysta gatstumpar. Han lyssnade alert efter motorljud från en fritidsbåt. Susanne hade sagt att hon skulle hämta honom med motorbåt strax efter tolv.

Han plaskade med skospetsen i en vattenpöl. Allt luktade petroleum och den molniga himlen ovanför kajen reflekterade ett nikotingult ljus från strålkastarna runt om. Lyftkranarna stod stilla, alldeles läskigt stilla. De såg ut att sova djupt och påminde om vidunder från yttre rymden i en nagelbitare från sextiotalet.

Världarnas krig. Snart skulle de vakna till liv. Åtminstone om han skelade med ögonen skulle de göra det. Sakta, sakta skulle de höja sina metallspröt och skjuta ifrån sig skoningslösa värmestrålar genom hans taniga kropp. Han vek undan med blicken.

Fredrik ryste i sin lekamen, hoppade i otakt och gnuggade sina händer. Hoppade först på ena foten, sedan på den andra, till rytmen av ett avlägset dunkande ljud. Snarare var det två ljud: först en dov dunk och sedan ett utdraget gnissel. Precis så lät hans grannar en lyckosam kväll i veckan. Men då hördes endast ett gnissel utan eko, det var det vanliga.

Det här ljudet kom från uthålliga supergrannar, som orkade hålla på – mannen alltså, frun var tämligen tyst – hur länge som helst. Dunk-gnissel, dunk-gnissel, dunk-gnissel. Det svaga men enformiga ljudet pågick utan avbrott, i en sällsam rytm. Fredrik blev hypnotiserad.

Efter några minuters väntan urskiljde han två lanternor bakom den närmaste lyftkranen: en grön och en röd. Strax syntes bara den gröna. Båten närmade sig snabbt, motorljudet ökade och tystnade sedan helt och hållet. Vågskvalpet kom den stilla luften att vibrera medan båtens suddiga vita konturer hävde sig upp och ner i diset. En svan av plast, metall och teak hade intagit sitt revir framför ögonen på honom. Det såg kaxigt ut.

Längst ut i fören stod Susanne, iklädd något som Fredrik inte kunde sätta ord på. Som en sjömanskostym, fast hela dräkten var becksvart på ett sätt som skulle passa en art director i mitten av 80-talet. En storvulen krage och alldeles för mycket tyg kring den smala midjan.

Hon vinkade till honom med vänsterarmen samtidigt som hon med en van rörelse kastade ut en tamp. Utan att hon behövde be honom fångade han den reflexmässigt.

"Tudi-luu! Här. Knyt fast den i ringen bakom dig! En käringknop funkar bra!"

Hon försvann kvickt längs styrbords reling in i salongen, medan Fredrik snubblade över repet, dock utan att ramla, och knöt fast det runt den kalla och rostiga metallringen. I den här kan man fastna med tungan om vintern, tänkte han.

Susanne återvände med en ficklampa.

"Hoppa på! Och skynda dig! Vi vågar faktiskt inte tända innerbelysningen ordentligt, det kan krävas tillstånd för att lägga till här. Dessutom ska vi ju strax pysa."

"Vadå *vi*? Kom du inte ensam? ..." frågade han och såg förvånat på henne. Hon hade inte nämnt att någon annan skulle vara inblandad. Det här var ju deras grej.

"Jag övervägde faktiskt det. Men det tar några sekunder att få igång den här ankan om man inte lämnar motorerna i gång. Dom sekunderna är dyrbara om vi måste göra oväntad sorti. Dessutom är hon drygt 60 fot, så formellt sett har jag inte behörighet att ratta henne. Såklart att jag vet *hur*, men om vi blir stoppade av sjöpolisen ..."

"Okejrå. Pompodipom jag förstår jag förstår", nynnade Fredrik fast han inte förstod någonting. Han var van vid den känslan. Han tittade på det oändliga djupet av svart vatten som skiljde honom och båtens akterdäck, gjorde korstecknet, blundade, hoppade och landade.

Inne i den halvt nedsläckta stora salongen var det ganska dunkelt, bortsett från en rad små, svagt gröna lampor som lyste upp inplastade sjökort. Fredrik drog fingrarna över dem och försökte hitta hamnen. Det tog ett tag att vänja sig vid att färgerna var omkastade. Det som såg ut som vatten var det inte, och tvärtom. Jag är en landkrabba, tänkte han och gjorde miner mot sin spegelbild på instrumentbrädan.

Susanne kom uppför trappan tillsammans med en långhårig och svartmuskig man som log återhållet men vänligt.

"Det här är Darius. Darius möt Fredrik, Fredrik Darius!"

"Jaha-ja. Jag är Fredrik, Sussis kompis sedan urminnes. Trevligt att råkas."

Mannen svarade inte, men log vänligt och tog ett kraftigt tag om Fredriks utsträckta hand. Han grymtade lite. Ett par scenarier som inbegrep Darius flög i pärlbandet av tankar i Fredriks huvud. Han förebrådde sig själv ibland för sina dagdrömmar, ofta dök de bara på honom, generande snabbt. Tur i oturen att ha en sån liten käft när man har ett så stort tankeflöde. (Eller en nollas? Vad blir det i natt?)

Susanne gav Fredrik en kram och en blöt kyss på kinden. Hon doftade färsk frukt. Sedan höjde hon armarna mot taket.

"Är hon inte fin säg? Kitty! Efter båtmärket Riva, det är italienskt och jag vet en lite långsökt koppling. Min mammas väninna är gift med importörens granne. Jag brukade tjata om att båten skulle heta Sessan, men pappa tyckte det lät för bögigt. Hon är registrerad på Malta och pappas lilla älskling, jämte mig förstås!"

"Din farsa äger den *här*?"

"Japp! Bara två år gammal men redan en furie på sjön. Pappa beställde henne med extra motorkraft och stor bränsletank. Det var väl mest för att vi barn inte skulle ha råd att köra runt. Hon bor i båthus på Lidingö, men han tar henne till västkusten ett par gånger varje sommar. Hon är öppensjöutrustad. Vi kan åka till Bahamas om vi vill!"

"Nja, det blir väl ändå inte bli aktuellt hoppas jag."

"Nämen, bangar du ur nu, när det roliga börjar? Du och jag och Darius på långresa över Atlanten? Haha!"

Susanne gapade som ett gammalt sto. Sedan hoppade hon till en av förarplatserna där deras matros redan satt och petade naglarna med det minsta bladet i en armékniv. Han låtsades göra en översyn av den tekniska utrustningen. Viktigpetter! Men Gud välsigne att han är här och kan hjälpa oss, tänkte Fredrik och ställde sin portfölj på den lilla soffan.

"Darius! Ta oss från det här gudsförgätna plejset! Fredrik, vi går ner och tar varsin saft så länge. Darius säger till när vi ankrat."

Motorbåtens propellrar startade med ett dovt och mörkt muller. Fredrik kände hur Kitty krängde i sina egna dyningar och ökade sedan farten. Med ljudet av en granntant som piskar mattor, klöv den vassa fören varje våg som kom emot dem. Darius ökade farten och Kitty planade ut.

"Var ska vi ankra?" frågade han Susanne som rev fram saker ur en gigantisk sportväska samtidigt som hon med andra handen blandade körsbärssaft och vatten i en plasttillbringare.

"Vi ankrar vid Fjäderholmarna. Men bara en stund som vi går igenom vår handlingsplan. Sen måste vi skynda på oss."

"Säg inte handlingsplan", klandrade Fredrik. "Det får mig att tänka på Arbetsförmedlingen. Jag tror att min handlingsplan där behöver ses över. Dom har ännu inte hört av sig om jobbet på Benign Design, men jag är rädd att dom slår mig en signal när jag minst anar det."

"Har du inte fått jobb ännu?" frågade Susanne lite utmanande.

"Nä. Men jag har så jag klarar mig. Men inte mer än ett halvår, sen tar pengarna slut."

"Jag håller tummarna för dig."

"Visst ..."

Det stora bordet utanför kabyssen var fullbelamrat med saker. Fredrik rotade i röran av linor, midjeväskor, svarta kläder och kameraskydd tills han fick syn på en ring falukorv.

"Haha! Men Sussi! ..." skrattade han. "Vad ska det här vara bra för? Nu måste jag kila och se om Darius har sin kvar! Haha-ha! Jag vill då sannerligen inte ha del i nåt oanständigt. I'm a good boy I am!"

Fredrik fnittrade i stackato och svängde provokativt den inplastade korven ovanför Susannes huvud. Hon gav honom en avvaktande blick men fortsatte att ta fram fler prylar ur väskan.

"Ha inte sönder plasten är du snäll, den är bra att ha kvar. Korven är lite kladdig."

"Men varför en falukorv? Vad är det för påhitt?"

"Tänk efter nu. Vi är faktiskt inte inbjudna så vi vet inte vad som väntar oss där borta. Stängsel, vakter ..." sa Susanne och vispade med högerhanden.

"Hundar! Där har vi det! Du vill förströ eventuella vakthundar med en munsbit eller hur?"

"Mer än förströ faktiskt", log Susanne, "den är späckad med Stesolid."

"Har du medicin i korven?!"

"Ja, i den där och även dom övriga fem. Ungefär 30 gram per korv. För övrigt, det blir du som bär korvarna och tar ansvar för dom. Dom är alldeles för tunga för min stackars rygg. Jag vill att du har dom i den lilla ryggsäcken där borta", sa hon och pekade. "Du kan börja packa på en gång."

Susanne menade en liten kamouflagemönstrad militärsäck av modell äldre. Den måste vara köpt utomlands, tänkte Fredrik. Svenska försvarsmakten övergav det här mönstret för länge sedan.

"Förutom korvarna, dom väger ett ton, har jag fotoutrustning att bära på. Mer än jag klarar av faktiskt. Puh! Jag tog också med mig ett stativ eftersom det kan bli nödvändigt med lång exponering. Belysningen kan vara jättekass. Vi vet inte."

Han såg konfunderat på den stora högen av prylar. Susanne fortsatte.

"Tänker du ännu på korvarna Fredrik? Du har den där anklagande minen i ditt fina ansikte. Jag gillar den inte. Var inte orolig. Jag har konsulterat en kompis som är veterinär. Enligt henne skadas doggarna inte av en sån dos, om det ens finns några där. Däremot äger vår italienska vän två stora rottisar. Han kan ha släppt ut dom i trädgårn. Vi måste vara på vår vakt. Och våra korvar gör vilka hundar som helst medgörliga – betydligt."

"Men hur fick du tag på läkemedlet? Du har väl aldrig knaprat nåt?"

"Väx upp! Det är lätt som en plätt. Det kostade mig bara patientavgiften och några vita lögner. Hade jag inte velat gå till en läkare hade jag köpt av nån pundare på plattan."

"Jaha? Men det är ju så mycket ..."

"Jaha? Säg inget mer i så fall. Ta och linda fast dom här på din axelrem. Du har svart tejp där borta."

Darius hade satt igång båtens musikanläggning. Tydligen var det inte spännande nog att bara styra Kitty, han ville att hon skulle låta också. Ut strömmade Camilla Henemark, vars sensuella stämma blev deras filmmusik: 'My cosmonaut from Leningrad, come shoot me with your laser beam, My army of lovers ... '

Efter ett tag ville Fredrik inte lyssna på något annat. Där han satt kändes allt så overkligt och svindlande och han ville inte att natten skulle bli till dag.

Susanne räckte honom nödraketer och han gjorde vad han blev tillsagd. Hon rörde sig smidigt, varje rörelse koordinerad och välregisserad, som i en James Bond-film. Dessutom hade hon samma ansiktsuttryck som när hon planerade för en fin middag. Den tänkande Susanne till skillnad från den liknöjda Susanne. Det gjorde Fredrik lugn trots att han inte visste vad som pågick.

"Förresten ..." sa han tveksamt.

"Ja ...?" Susannes vaksamma ögon rörde sig sakta över alla de papper som hon höll i handen och mötte hans ungefär halvvägs.

"Den där kvällen vi spelade poker ..."

"Ja?"

"Tänkte du på den där mahognydörren vid trappan?"

Susanne tog tag i en hårlock som hade fallit ner framför ögonen och klämde den försiktigt bakom örat.

"Menar du spiraltrappan?"

"Precis den. Under hela kvällen hördes ett fnitter inifrån. Några av gästerna som kom senare än vi gick in där några gånger, men dom stängde alltid dörren. Ingen frågade oss. Jag hade velat se vad som fanns på insidan, men jag vågade inte knacka på."

Susanne la armarna i kors. "Bra att du inte gjorde det. Jag tror vi måste vara lite diskreta så här i början."

"Diskreta?"

"Ja, precis. Tänk inte mer på den saken nu. Fortsätt med det du höll på med i stället! Vi måste bli klara i tid och vi har tiden mot oss."

Med en knapptryckning gled två ankare ner i vattnet och en tystnad tung som en sammetsgardin sänkte sig kring Kitty. Fredrik hörde hur Darius gick fram och åter på ytterdäcket. Kanske justerar han linor eller nåt. Jag hoppas han håller sig kvar där uppe.

Susannes fingrar var sammanflätade i en religiös gest. Hon vilade hakan mot tummarna och blickade in i sig själv. Då och då spejade hon sammanbitet över bordet med alla attiraljer.

"Är du snäll och ger mig lite mer saft Fredrik."

"Okej."

Han tömde det sista lilla rosa i plastdunken i ett glas och räckte det över till henne.

"Om du lånar mig ditt öra i en minut, är du snäll, jag ska förklara hur vi ska göra", sa Susanne och föste undan några kassar och gjorde plats för en karta över Djurgården. Fredrik såg att det var en vanlig trafikkarta där Susanne hade förstorat valda delar. Kartan var inplastad och såg kompetent ut. Området runt ambassaden hade anteckningar i blått och rött, små pilar löpte hit och dit. De längsta pilarna var blå.

"Varför är det två färger Sussi? Är det blått för oss och rött för fienden?"

"Nej, så påhittig var jag inte. För övrigt inbillar jag mig att vi inte kan förutsäga vad någon fiende kommer att göra", svarade hon. "Det röda visar vad vi gör i början av vårt uppdrag här, det blåa vad som händer efteråt."

"Aha! Och vårt uppdrag är sliskiga foton på herr AA och den sydländska skönheten?"

"Sliskiga vet jag inte. Det räcker att vi kan bevisa att dom har ett samröre. Tills vidare. Jättebra om Karl Stenstam är med på ett hörn också. Vi bör ha nåt substantiellt om vi stöter på patrull när vi börjar vår club hopping."

"Bimbo?"

Susanne nickade. Hon föreföll självsäker och obekymrad över moraliska aspekter av deras företag. Själv kände han sig som en voyeur trots att de ännu inte hade gjort något. Blotta tanken på det förbjudna gav Fredrik kalla kårar. Samtidigt var han stolt över att hon hade valt just honom och inte någon annan. Hon hade kunnat välja sin bror. Eller Lukas. Nä förresten, inte Lukas. En förmodad kärlekspartner skulle hon inte riskera. Dessutom torde Lukas vara för insyltad även i Susannes ögon.

Hur grumligt såg hon egentligen på sin älskade? undrade Fredrik. Borde han berätta om sina misstankar om Lukas och Stefans ex? 'Boy toy åt en rik gammal gubbe'. Ugglorna i mossen hoade utan uppehåll. Vad tråkigt att jag är en sån fegis, anklagade han sig själv. Kan jag förlåta mig själv om det skiter sig?

"Vad tänker du på?" frågade Susanne plötsligt. "Du ser verkligen ut att sitta i tankar. Låt mig gissa ..."

Fredrik var helt tyst och Susanne kom inte på något.

"Nä, inget särskilt. Jag förstår bara inte vad foton ska vara bra för. Om dom inte gör nåt som han skäms över, eller är olagligt, vad ska vi använda dom till?"

Susanne sänkte blicken.

"För övrigt", fortsatte han, "så minns jag att du sa tidigare att dom träffas regelbundet hos honom! Vad har vi i så fall på ambassaden att göra?"

"Jo, så här är det, minns du den flådiga bilen?" frågade Susanne.

Fortsätt i stället, nickade Fredrik.

"Den ägs av en Lucia Serra. Hennes man jobbar på själva ambassaden. Men hon är inte vår skönhet. Dessvärre har jag ingen susning om vem vår kvinna är, men Lucia fyller 46 i år. Det kan inte vara hon, ens med hjälp av ansiktsplastik! Ett tag trodde jag att André Aubry bara är ett täcknamn för hennes make, tjänstemannen. Hajar du? Men också AA är för ung för att vara Lucias make. Senare hittade jag några pressurklipp från en galamiddag i Stadshuset, där signor Serra syns på bild och med bildtext. Säkerhetsvakter runtom och så vidare. Han är en gammal gubbe, torr som fnöske. Minst 80 år."

"Kom till poängen", poängterade Fredrik.

"Okejrå. Just nu är det alltså bäst att vi utreder vem den mystiska kvinnan är. Men jag undrar även hur dom har tillträde till ambassaden. André besöker den ofta, minst en gång i veckan. Precis som hon. Alltid efter kontorstid då det är tomt på folk. Min kalkyl säger att dom sammanstrålar där i kväll. Och vi ska dit och fota. Hajar du?"

Fredrik kände sig ute ur leken, men nickade ivrigt och låtsades ha bråttom med att plocka ihop det som låg huller om buller på bordet. Även Susanne fortsatte att packa. Som en outtröttlig Duracellkanin.

Turen från Fjäderholmarna i riktning mot saltsjöns inlopp tog längre tid än väntat. Varje gång en båt passerade sänkte Darius farten på Kitty och de gled försiktigt åt sidan med alla ljus släckta. Fredrik tyckte det verkade livsfarligt. Han såg för sin inre bild hur de skulle krocka med en Vaxholmsbåt eller något ännu större på väg mot öppet hav, men vågade inte protestera eftersom Darius såg så bestämd ut.

Några minuter före klockan två låg slutligen motorbåten förtöjd, dess slanka för i skydd av en brygga och ett träskjul omgiven av några höga träd, inte långt från Waldemarsudde.

"Tror du inte dom larmar polisen?" Fredrik lät ängslig.

"Vilka då?" viskade Susanne hest. Hon lät irriterad tyckte kanske även Darius, som höll koll på dem genom dörrspringan en trappa upp. Han var van sin härskarinnas nycker och höll sig undan.

"Ja, dom som bor här i närheten."

"Äsch, dom sover för längesen."

"Men... det kanske kommer flanörer", pep Fredrik. "Unga kärlekspar på nattlig eskapad. Först undrar dom varför det här schabraket står här mitt i natten. Du har ju inte direkt valt den minsta båten. Sen ringer dom för säkerhets skull polisen. Det finns ett par telefonkiosker nära."

"Än sen? Inga *men* nu Fredrik! Ta ditt pick och pack och följ mina instruktioner. Du måste göra som jag säger, annars tar vi oss inte genom det här. Jag har inte tid att förklara allt för dig, ser du. Nu måste du spotta i nävarna och vara som en hel karl."

"Som en hel kaaarl!" upprepade han löjligt och himlade med ögonen bakom hennes rygg. Han kom förstås att tänka på Stefan och insåg att det som han själv hade sagt nyss – eller tänkt – var en imitation. Som att himla med ögonen.

Undrar förresten vad Stefan gör precis nu, tänkte Fredrik. Säkert ligger han i någons varma famn och spelar oåtkomlig. En adonis och ung poet i röda boxershorts och med ett rejält paket mellan benen smeker honom över magen och matar den lilla dockmunnen med vindruvor. Medan jag själv är på Sussis pappas båt och ska begå brott av diplomatisk dignitet. En riktig loser ... Vill så mycket men kan så lite och tar vara på varje tillfälle. Och arbetslös på det. Det är lilla jag i ett nötskal det. Är det synd om mig?

"Skärpning Fredrik! Jag ser att du dagdrömmer."

Susanne lät uppriktigt irriterad. Om han inte nyktrade till skulle hennes bägare snart svämma över.

"Sätt på dig den här öronsnäckan och koppla sladden till dosan. Jaktradiodelen sätter du fast i byxbältet och ändrar frekvensen på första kanalen till 82.3, andra kanalen till 93.3, tredje ytterligare tio uppåt och så vidare. Den grönmarkerade knappen ska stå på 'scramble'. Säg till när du är klar."

"Till! Nä skojaba. Vänta, scramble saru? Då är jag klar, kan du höra mig?"

"Jag hör dig utmärkt så skrik inte. Då tappar jag hörseln. Nu går vi! Och glöm inte att säga hejdå till Darius. Han blir stött annars och vi är faktiskt beroende av honom. Du har inte varit så artig mot honom i kväll."

"Det är inte kväll längre Sussi. Klockan är halv tre. Dessutom har han inte sagt så mycket."

"Han har inte betalt för att snacka."

Jag undrar vad han har betalt för, tänkte Fredrik fråga, men hejdade sig i sista stund. Oavsett hur hon skulle uppfatta det skulle stämningen gå i sank. I stället satt han sitt pekfinger över munnen och följde raskt i hennes fotspår, över båtdäcket och en landgång i aluminium och teak, som Darius måste ha lagt dit strax före. Kors i taket, har hon på sig svarta läderbyxor?! En blandning av långbent ballerina och Modesty Blaise. När de kom i land vände han sig om och gav Darius en slängkyss, men fick bara ett ljummet leende till svar.

Fem över tre stod de utanför en mur längs ambassadens östra sida. Det var inte kallt, men Fredrik fick för sig att hans andedräkt syntes i mörkret. Han putade med läpparna och försökte göra ringar i luften.

I öronsnäckan hörde han Susannes andhämtningar och hälften av det hon tänkte på. Hon stod en meter framför honom och hade just skjutit in en kameratripod mellan spjälarna på ett lågt staket. Den var snart på främmande lands territorium. Hon vände sig om mot honom med upphöjda axlar och utstötte ett återhållet skratt.

"Kom ihåg att inte ta ur fler saker ur ryggan än vad du klarar av att bära över inhägnaden", hördes hon i snäckan. "Om vi får bråttom härifrån får inget bli kvar. Tror du vi orkar klättra över här?"

Han nickade självsäkert.

"Ja, då knallar vi in då. Håll tummarna. Going in."

Fredrik följde efter och med en lätt duns landade de båda på andra sidan. Än så länge hördes inga sirener, så de följde muren uppåt. Strax hejdade sig Susanne och hon plockade fram en liten pappersbit.

"Är det där planlösningen för huset? Från din bekant på UD?" frågade Fredrik.

"Japp. Jag trodde jag kunde den utantill, men känner mig plötsligt inte så säker. Jag ska bara kolla upp vilket rum vi ska fota, det verkar så nersläckt överallt. Du kan pusta ut så länge, men somna inte."

Ingen risk, tänkte han och såg sig om i mörkret. Hans hjärta bultade. Det fanns ingenstans att gömma sig. Å andra sidan, kommer det hundar så hjälper inga gömställen. Han kom att tänka på korvarna. Dom väger ett ton, Susanne hade inte överdrivit. Han fokuserade på hörnet av husgaveln. Väggarna var höga och många fönster nersläckta. Förmodligen finns det ingen vakt utomhus så här dags. Har dom ett utomhuslarm tro?

"Vakna nu. Följ mig", befallde Susanne.

De smög längs det fuktiga gräset till en liten kulle som låg i skydd av skugga. Hon tog fram stativet och monterade fast en kamera och på den en avlång tub. Fredrik gapade av förvåning när alltsammans höjde sig med en knapptryckning, först två meter, sedan tre och ännu högre.

Bredvid den svarta cylindern löpte en tunn kabel som var kopplad till en låda som Susanne hade på magen. När han tittade i fortsättningen av kamerans siktlinje såg han två stora upplysta rum i fil. Flera fönster var på glänt och han tyckte sig höra dov musik inifrån, kanske även röster. När de kröp några meter framåt såg han att ljuset kom från tre kristallkronor som hängde längre in i salongen.

"Är det ett sikte?" frågade han nyfiket.

"Nä, siktet sitter där uppe. Det här kallas digital monitor. Det är som en skärm som jag kan titta i. Själva fotot måste tas på vanlig rulle, annars blir upplösningen inte tillräckligt bra. Vi har drygt trettio minuter på oss för monitorns del. Sen tar batteriet slut."

"Ser du nåt?" sa Fredrik och såg sig oroligt omkring. Han visste inte hur lång tid som var kvar till gryning.

"Nej, inte ännu. Jag försöker leta efter ett fönster. Har dom släckt helt plötsligt eller?" frågade hon sig själv och manövrerade stativet från marken. "Nejdå! Där har vi det. Jag ser dom! Ser man på, en liten tête-à-tête med cocktail och allt.

Det här blir perfekt. Nu fotar vi som sjutton. Ljuset ser ut att räcka. Men vänta, dom är fler än två i rummet! Det står en blond man längre in. Men hans rygg är vänd mot kameran. Pratar i mobilen ser det ut som. Och det står en annan man nära herr AA. Den mystiska kvinnan står precis i blickfånget. Hon svassar omkring och slänger med sitt tjocka hårsvall. Den satmaran ..."

Susanne skrattade exalterat. Fredrik fortsatte att speja neråt gården.

"Du låter som Piff å Puff", förebrådde han.

"Va?"

"Jag sa sluta skratta. Jag tycker jag hör nån. Tyst. Sschhh."

Hans ögon fylldes av tårar och han försökte se genom sin egen skräck och det kompakta mörkret. Allt var grumligt, men det såg ändå ut som att någon gick längre ner på gården. Fredrik gapade och kunde inte röra en muskel. Han fick svårt att andas.

"Sussi. Har du fått tillräckligt med bilder?"

"Det kan inte bli tillräckligt. Jag fotar för fullt."

"Det är bäst du slutar nu och tar ner stativet", viskade han hest. "Det ser ut som vi inte är ensamma längre."

"Va? Du måste skämta. Var då?"

"Nere vid busken, där."

Susanne tyckte han pekade rakt ut i mörkret. Hon hade tittat länge i bildskärmen. Så småningom kunde hon ändå urskilja konturerna av två högresta män som gick omkring och lyste med en ficklampa. Hon tryckte på en knapp och siktet började sänka sig sakta. Just då vändes den bländande ljuskäglan i deras riktning.

"Någon där?!" hördes ett skarpt rop genom natten. Det blev återigen beckmörkt när ficklampan släcktes.

"Fan! Fan!" väste Susanne och började rycka till sig sakerna som låg utspridda i gräset bredvid dem. Fredrik hade björnfrossa och gapade med både munnen och ögonen. Hans fingrar spretade nervöst och det ryckte i hans underläpp. Han såg hur den ena strålkastaren efter den andra runt om dem tändes i snabb följd tills delar av trädgården badade i vitt ljus. Susanne ryckte tag i hans arm och de började småspringa mot närmaste skuggan och den omgärdande muren.

"Fick du med dig allting?" frågade hon andfådd när de hade hoppat över till utsidan. Hon såg åt vänster och höger, som för att besluta vilken väg de skulle ta.

"Jorå", svarade han och kippade efter andan. "Ska vi inte ner till båten?"

"Den står inte kvar. Jag hörde Darius starta motorn just som fyrverkerierna kom igång. Han har en tredje öronsnäcka och förstod såklart att nåt var på tok. Det var uppgjort så."

"Tack för att jag får den infon först nu! Men hur ska vi ta oss härifrån? Vad hände med dom blå linjerna?!"

Fredrik lät som en uppvarvad femåring, men fortsatte att kuta efter Susanne längs den fuktiga och hala grusgången.

"Jag har en bil på första tvärgatan. Den har stått där i en vecka."

De kom fram till en liten parkeringsficka där flyktbilen, Susannes röda Saab 900, stod bredvid en blå Porsche och en Volvo 440 av obestämd färg.

"Ducka!", hojtade Fredrik ur det blå. En vit Securitas-skåpbil körde förbi dem i full karriär och försvann bakom krönet. De hörde hur fordonet bromsade vid avtaget till ambassaden, snävade in vid ingången och stannade. Det hördes uppjagade röster.

"Fan fan också! Jag har fel nycklar. Dom här är till Lukas bil medan nycklarna till Saaben – borta! Typiskt! Jag skulle hämta hans från reparation på tisdag, hade lovat honom det. Jag har ju aldrig två nyckelknippor hemma. Sablar också!"

Susanne hade tappat sitt tålamod och hamrade uppgivet på motorhuven på sin bil.

"Konstigt ... Det står LUKAS på den där registerplåten", sa Fredrik tankspritt och pekade på den låga sportbilen parkerad bredvid Susannes egen.

"Va? Det är inte möjligt! Vilket sammanträffande eller ska jag säga mirakel? ... Vågar vi? ..."

Han hann inte svara, för i ett nafs hade Susanne öppnat det trånga bagageutrymmet och kastat i väskorna, öppnat passagerarsidans dörr och vrålstartat motorn.

Den mörkblå Porschen låg som klistrad på vägbanan och Fredrik trycktes mot sätet av accelerationen. Susanne sladdade förbi en busshållplats och körde ut på Djurgårdsvägen. Där mötte de ännu en Securitasbil. Fredrik tittade bakåt och höjde sin knytnäve segervisst när den inte vände om.

De körde några vändor på stan och övergav efter viss tvekan den blå Porschen nära Humlegården. Susanne bytte om till vanliga kläder bakom ett buskage vid Kungliga biblioteket och vinkade efter en taxi på Stureplan.

På Kungsholmen klev Susanne ur och räckte chauffören en femhundring för att ta hem Fredrik. När han i sin tur steg ur taxin utanför sin bostad orkade han inte ens ta emot växelpengar. Han mötte en granne med hund i trappan, låste upp till sin lägenhet, åt en bit preparerad falukorv och föll i en djup sömn.

TOLV

Ett gott samvete är den bästa huvudkudden. Några långa nätter (han hade falukorv i frysen) och solvarma dagar gjorde att tillvaron lättade. Fredrik var inte längre rädd för det som hade hänt på Djurgården. Han hade till och med slutat att tänka på deras nattliga äventyr.

Han drog in magen och lämnade med stapplande steg dimmorna av het vattenånga. Bastun på Sturebadet var fylld till bredden av män i alla åldrar och han ville undkomma deras yviga prat och nyfikna blickar en stund.

Utanför duschrummet var det lätt att andas. Han passerade en vägg av kall luft som fick skinnet på överarmarna att knottra sig. Huden som för några veckor sedan påminde om kycklingskinn var nu jämnt brun. Han hade solat under de varma försommardagarna. Jag blir snabbt brun, tänkte Fredrik. Det är en bra egenskap hos mig.

Han tittade på sitt armbandsur som visade nästan fyra. Susanne skulle komma strax. Och armbandsuret förresten! Det hade hållit i fem år, trots att han behandlade det så illa. Han tog det aldrig av sig, inte ens vid bad eller dusch. Boetten utan en skråma. Kanske det man struntar i håller längst, funderade han. I så fall borde jag inte vara så himla försiktig när jag dejtar. Aha!

Han gick genom bassänghallen och spejade efter Susanne utan att se henne någonstans. Är hon på en skönhetsbehandling? Det är dyrt med sånt här, men kroppsvård ligger högt på hennes önskelista. Som tur hade de båda blivit medlemmar långt innan det blev riktigt populärt.

Hans egna planer för eftermiddagen var att gymma lite. Han hade tänkt på det redan veckan före, även då på Sturebadet. Ett infall av desperation när en kalaspudding gick förbi med snipig min. Skulle han få tag på en sådan måste han börja med sig själv.

Många år tidigare, under en släktmiddag i Fredriks föräldrahem, hade faster Lovisa plötsligt sagt att vill man få tag på en eskort får man börja med sig själv. Hon måste ha läst det i en kvällstidning, för det lät så taget ur sitt sammanhang.

Alla hade tittat på henne och Fredriks pappa hade satt en trattkantarell i halsen. Fredrik mindes det ännu, åsynen av sin närmaste släkt stående i panoramafönstret mot Linnégatan, de långa gardinerna och den i förtid avslutade supén. Alla stirrade ner på ambulansen när den tog Fredriks pappa till akuten. Numera var tant Lovisa av daga och begraven, medan Fredriks pappa var i högsta grad levande.

Trams, jag hoppar i poolen, så får Susanne hitta mig där, tänkte han och vände sig om, tvärstannade och vände sig om igen och småsprang i motsatt riktning. Till slut bromsade han upp och tittade mer noga. Jävlar också!

Vid kortsidan av bassängen var en kvinna som han kände igen väl. Regina såg avslappnad ut, lutade sig bakåt och hennes lockar flöt längs ytan som på en medusa. Hon stod orörlig med slutna ögonlock, likt en alligator. Hennes frodiga barm glänste som två badbollar, och lyste upp ögonen på en direktör som hade ställt sig lite för nära. Hans arm var under vattnet och axeln rörde sig rytmiskt.

Jävlar! väste Fredrik åt sig själv, bara hon inte såg mig! Han hade fått för sig att Regina hade övernaturlig syn och iakttog världen även genom slutna ögon. Att hon såg ut att slumra betydde alltså ingenting. Som en orm. När hon ville, var hon stel och kontrollerad. Impulsiv blev hon bara med sprit i kroppen. *Alla* rykten om henne var sanna.

Fredrik kastade sitt badlakan över huvudet och började gå mot utgången. Golvet var halt och han struttade framåt med fyrkantiga rörelser för att inte halka. Brådis, brådis.

"Hallåååå Fredriiik", hörde han plötsligt från andra sidan. Det lät som Sussi, eller var det Regina? Han tvekade som en snattare, stannade upp ett slag men fortsatte sedan i samma riktning. Rösten började jaga honom på det hala underlaget och kom närmare.

"Sluta fåna dig nu, Fredrik. Jag ser mycket väl att det är du! Ingen annan skulle ha såna shorts!"

Han stannade upp och vek undan ett hörn av badlakanet och såg rakt i Susannes ljusgröna ögon.

"Vad är det, mår du inte bra?" frågade hon.

"Jotack, det gör jag. Varför är du sen? Jag har väntat på dig länge och jag fick just syn på Regina i bassängen."

Susanne ryggade tillbaka.

"Men jag tror inte hon såg mig. Kom, vi drar nu."

"Oh, excuuuse me! Lite försenad! Ledsen att du har fått vänta, det är jag förstås. Och hon kan mycket väl ha sett dig, Regina alltså. Själv har jag varit–"

"Inte nu! Vi måste skynda oss. Kom vi drar, vi fikar eller tar en bit mat på en gång. Regina vaknar strax och stiger upp som en hämndens Venus ur vattnet. Hon lär orsaka minst *en* hjärtattack. Det står en tolvtaggare nära henne och dreglar. Stackars sate, så ung – och redan en fot i graven."

Susanne vände sig om och tittade nyfiket.

"Jag förstår hur du menar. Han vet inte vad han ger sig in i om han försöker ragga på henne."

"Haha!"

"Men hör på. Vi jagas inte iväg så där. Du får se dig om efter nytt sällskap om du ska äta nu. Inte Regina, eller någon annan hyena för den delen, ska driva oss härifrån. Det är våra jaktmarker också. Vi måste få vara här när det passar oss."

Fredrik tog reson och badlakanet av huvudet.

"Då går vi och lurpassar. Eller?"

"Yes! After you darling."

De återvände till bassängkanten. Susanne banade väg med sina långa ben och bestämda steg, och Fredrik följde efter några meter bakom henne, lite vacklande.

De la sig tillrätta i två bekväma vilstolar. I högtalarna hördes svängig musik i baktakt: 'You got my soul di-di-dop, you got my sou-ou-ou-oul ...' Refrängen fastnade inte, men var ändå lite medryckande och Fredrik satt och svängde med huvudet fram och tillbaka i takt till melodin.

Några meter längre bort simmade två medelålders damer iförda duschmössor och blockerade farleden för en ung man. Fredrik lät blicken vila på hans ryggtavla som var hal och glansig. Då och då kastade han ett getöga i riktning mot bassängens kortsida. Regina hade inte klivit ur.

Ett blött Svenska Dagbladet låg inom räckhåll för en nödsituation. Bara två hål som fattades. Murder she wrote, tänkte han och undrade över vad den kvinnliga detektiven skulle ha gjort. Hmm, heter det detektivinna om det är en kvinna som utreder brott? Detektivissa? Allt prat om jämlikhet fick honom ofta att tveka. Ett ständigt ifrågasättande.

Susanne hörde förstås inte vad som pågick i Fredriks huvud. Hon hade vänt sig på sidan och slutit ögonen. Det här har jag verkligen förtjänat, myste hon, lite avkoppling efter ett svettigt pass på gymmet. Åh, vad härligt. En skön vilstol att sträcka ut sig på. Och chans att visa upp min nya bikini!

'You got my soul di-di-dop, you got my sou-ou-ou-oul ...' Musiken tynade bort i vågskvalpet. Blipp. Blopp. Blipp. Snart hördes inte musiken över huvud taget. Blipp. Blopp. Blipp. Högsommar, varma klippor, västkusten och familjens jättelika sommarvilla på Tjörn. Skrikande måsar. Blommande fetknopp. Krossade musselskal. Måsskrik. Doft av salt hav. Och vildhallon. Solvarma vildhallon ...!

Allt fler känslominnen dök upp. En middag på hummer, havskräftor, gratinerade ostron och en torr, kall riesling från Alsace. En muskulös man från någon vindpinad skärgårdsö masserar mina axlar och smeker mina tinningar. Han har rågblont, självlockigt hår och bar överkropp. Min kind vilar mot hans hårda mage och blickar upp mot hans styva bröstmuskler. Han har stora och stadiga händer och doftar av salt, och en parfym som ingen vet namnet på. Mmm.

Skinande Kitty ligger förtöjd vid betongbryggan, gnuggar sina fendrar och väntar tålmodigt på aftonens förlustelser i månskenet. Månen har en intensivt gulgrön färg, som rinner förtappat ner i horisonten och i det svarta, djupa vattnet. Inte ens blinkande fyrar stör denna stillhet, fantiserade Susanne.

Men något annat kunde. Oanat och snabbt bara *fanns* där hennes vassa röst. Regina behövde inte ens hämta andan.

"Ta-daa! Men heij på deij! Läget Sussi? Drömmer du nu igen! Din bikini är enastående asså! Rolig kombo av vitt och orange. Second hand?"

"... Öh, hej Regina", svarade Susanne lojt innan hon öppnade ögonen. "Vad har fört dig hit i dag? Ont om villebråd på marinkommandot?"

Susanne kisade i det starka ljuset från takbelysningen eller var det av elakhet? Fredrik var spårlöst försvunnen, la hon märke till, det låg en slarvigt nerslängd Svenskan på golvet. Han måste ha bangat i sista sekund, med lite tur hade Regina inte ens sett honom.

Susanne kunde föreställa sig hur Fredrik kastade sig ur vilstolen, kröp under den till andra sidan och satte av längs väggen i skydd av raden av terrakottakrukor. Fegis och svikare! Men han kanske försökte väcka mig innan dess, vem vet?

Susanne satte sig upp och rättade till bikiniöverdelen och gav sig själv lite betänketid. Hur blir man av med en Regina?

"Nejdå", fortfor Regina, "KA1:s kaserner ligger kvar som en evig påminnelse för både *dig* och mig om våra ungdomssynder och andra dumheter. Minns du bassarna Sussi? Det är ett annat klientel här. Haha. Mindre i brallan och mer i pungen, if you know what I mean", halvviskade Regina vampigt och klippte med ögonen.

"Min far brukar gå hit ..." kontrade Susanne uppgivet och sneglade på klockan. Hjälp! Jag måste ha slumrat i minst en timme.

Regina tog ingen notis.

"Jaså, det gör han. Tänk om jag stött på honom nån gång! Av misstag asså. Han skulle nog inte känna igen mig i dag. En del vatten har flutit under broarna sen jag satt i erat kök och drack saft och vickade med benen. Guvahärligt, Sussis lilla pappsen! Han har i alla fall mycket i pungen. Det var ju ditt trumfkort när vi var små", sa Regina torrt. Hon såg sig omkring och skakade förföriskt med överkroppen så att brösten pendlade och pressade rytmiskt ut ett tredimensionellt mönster i hennes lilarutiga baddräkt.

"Är han här i dag?"

"Det tror jag inte. Han och älskarinnan är på Salomonöarna en vecka till såvitt jag vet. Han ringer alltid när han kommer hem, vilket han inte gjort ännu, ser du", svarade Susanne avvärjande. Hon började tappa tålamodet, men ville inte trigga Regina genom att visa det.

"Var ligger Salomons öar?"

"På andra sidan jordklotet, utanför Nya Guinea."

"Var ligger Nya Guinea?"

"Äsch, ge dig! Du får titta i en kartbok. Nu vill jag vara i fred. Jag har massage om en halvtimme och jag vill sova innan", ljög Susanne och vände sig på mage. Hon drog ner sin bikiniunderdel över skinkorna och spanade i ögonvrån om Regina skulle gå därifrån. Hon stod ännu kvar och spanade ut över bassängen.

"Jag gillar verkligen din figur Sussi. Två tredjedelar ben och en tredjedel hals. Jag skulle kunna mörda för dina spiror. Men tyvärr så fick du aldrig några bröst, eller några som man lägger märke till. Jaja, du får satsa på silikon ... förresten, jag tyckte jag såg Fredrik här tidigare, lilla sötnosen ... Är ni här tillsammans?"

Susanne suckade omärkligt. Fan ta Regina! Såklart hon hade sett Fredrik. Vad korkat att tro något annat!

"Det beror på hur du menar", svarade hon. "Vi kom inte hit ihop men vi ska på en grej efteråt så vi skulle ses. Jag såg honom bara hastigt. Han måste ha gått i bastun om han inte är och styrketränar. Gå och se efter vetja."

"Jo, det skulle han må gott av. Styrketräning. Han har magrat igen och är så kolossaaalt spinkig sedan tidigare. Förresten, en polare till mig sa att Fredrik har sökt jobb på en reklambyrå, utan att få det. Stackars Fredrik!"

Kolossalt spinkig är en dålig sammansättning, tyckte Susanne. Det ena liksom tar ut det andra så att inget blir kvar. Hon påpekade det för Regina, som svarade med en fånig min. Susanne påpekade även att det inte var deras sak att Fredrik var arbetslös. Så det så.

Susannes mothugg fick slutligen effekt. Lika snabbt som Regina hade uppenbarat sig, vände hon på klacken och försvann mot utgången med ett överflödigt 'Hejdå'.

Susanne andades ut och la sig på rygg. Hon sträckte ut sig som en katt, gäspade jamande och försökte tänka på sköna ting, men utan framgång. Den vackra ynglingen från västkusten var som bortblåst och det enda hon såg inför sina inre ögon var Reginas retfulla min. Likt en falsk litografi av Miró på näthinnan.

Till slut öppnade hon ögonen och vände sig om och började vänta på att Fredrik skulle komma tillbaka. Han hade tagit med sig det mesta av dagstidningen. Hon hade inget att läsa. Hennes senast köpta bestseller med den konstiga titeln 'Paris 10' låg kvarglömd på en läsplats på Frescati. Fan också! Nu skulle den bli stulen. I brist på annat plockade hon fram sin filofax ur badväskan och började bläddra.

Samtidigt som Susannes och Reginas kollision ägde rum vid bassängen, satt Fredrik och tryckte i herrbastun. Hit vågar sig inte ens Regina, tänkte han, tror jag ... Jag bör såklart inte ropa hej, men med lite tur har hon gått nu. Om jag har otur står hon kvar och uppehåller Susanne som är arg som ett bi.

Tänka sig att dom där två känner varandra så väl och ändå inte alls. Hur kan man bli så osams om man en gång delat på allt: läxor, lögner, deg, killar och p-piller? Och jämt hamnar jag i skottlinjen. Orättvist.

Han såg på bastuns klocka som visade halv sex. Det var ett gammaldags väggur i stål, med ett utseende att lita på. Under den satt en storvulen man med begynnande flint. Han smekte sig förstrött om bringan. Kondenserad vattenånga rann längs undersidan av vägguret och ner på mannens överarm. Fredrik fick känslan av att bli raggad på. I ett annat läge hade han gillat uppmärksamhet, men nu kändes den klibbig. Mannen stirrade och Fredrik såg hur allt fler lämnade bastun. Snart skulle de vara kvar på tu man hand.

Till slut fanns bara en ytterligare person, ett slitet halmstrå av dygd. Det var en herre med grått och stripigt konstnärshår. Sympatiska ögon. Säkert nån halvkänd magnat med en sjurummare ett stenkast härifrån, tänkte Fredrik, eller så en avdankad skådis från Dramaten. Han vände sig mot honom och log nervöst.

"Det är varmt här i dag eller hur? Haha. Det måste vara minst nittio grader. Siffrorna på termometern är så små att jag inte riktigt ser dom ..."

Mannen svarade inte, men den storvulna mannen under klockan följde dem på avstånd.

"Jag tycker jag känner igen er", fortsatte Fredrik. "Har ni varit lärare på Östra real? Jag minns att det fanns en som såg ut som ni ungefär. Fast han kanske är lite äldre när jag tänker efter. Få se, han borde vara pensionär sedan fem år. Det gör honom sisådär sjuttio år gammal. Eller ung, om man säger så. Haha. Haha. Är det kanske ni?"

Fredrik flackade med blicken. Strax vände sig den äldre mot honom och tecknade med händerna att han inte kunde höra något. Guvapinsamt! Och i ögonvrån såg Fredrik hur den storvulna mannen log sadistiskt och pillade sig i skrevet. Han hade något i handen och hans hörntänder glimmade i mörkret.

Fredrik greps av panik, rusade ut ur bastun, struntade i den obligatoriska duschen, halkade fram i korridoren, studsade över bassängkanten och i vattnet, slog tårna i botten så det krasade och fick en kallsup. När han äntligen nådde ytan stod Susanne böjd över kanten och sträckte fram ett badlakan.

"Du kan lugna ner dig. Hon har gått."

"Gubben-Hjälp-Regina-Nej! (Burp. Host.) Tack Sussi. Jag försökte väcka dig, men du var helt borta. Innan jag ens visste ordet av det hade Regina hissat spinnakern och var på väg mot oss. En armada av blöta lockar och tuttar. Jag fick panik! Sen dess har jag suttit i bastun, men måste fly därifrån, det var en man som stötte på mig du anar inte–"

"Jajaja." Susanne viftade bort samtalsämnet och torkade honom på ryggen. Hon log inte och verkade inte särskilt glad, men hennes röst var ändå som persikor och grädde.

"Jo men faktiskt!" Fredrik hävde sig upp och pustade ut.

"Det kom ut en storväxt mörk man några sekunder efter dig och spejade utanför ingången till herrarnas. Men han såg väldigt heterosexuell ut. Du fick nog bara för dig–"

"Nä jag får inte för mig. Det är så dom ser ut, *utanför* bastun! Inne är dom helt annorlunda. Tack ändå Sussi. Nu vill jag bara härifrån."

"Andas ut först. Andas in. Andas ut. Andas in. Seså. Känn hur luften lugnar och vederkvicker din kropp ... När börjar konserten?"

"Halv åtta. Vi har gott om tid."

"Kan vi inte ta en bit mat före? Det där nya haket på Kungsgatan kanske? Jag är vrålhungrig efter gympan och vill få i mig skogshuggarmat. Det skulle sitta bra med en matig sallad eller kanske en bit paj eller nåt", sa Susanne och blev blöt i munnen. "Vilken kyrka ska vi till förresten?"

"Maria Magdalena. Vi tar en taxi från Hötorget eller så knallar vi. Men du kan inte kalla paj för skogshuggarmat, om du inte menar cypresser i Italien. Fast dom är ju redan ner-huggna", sa Fredrik och hostade upp kallsupar.

"Men kan jag varma paj för skogshuggarmat då? Det måste väl funka!" skrattade Susanne. Hon putade med sina läppar och spärrade upp dockögonen som lyste i kapp med ljuset från bassängen.

"Josåklart. Kom vi går."

De hämtade Susannes väska och skildes åt. Fredrik hade så bråttom i omklädningsrummet att han tog på sig kalsongerna ut och in. Han försökte hålla ryggen fri och såg inte mannen från bastun någonstans. Lättad och glad i hågen kom han ut fem minuter senare, fuktig i håret och okammad. Utanför badet fick han vänta på Sussi i tjugo minuter, minst.

Susanne höll handen kupad framför näsan, i vanmakt över sin dåliga andedräkt. Hon trippade framåt i höga klackar genom hela Gamla stan med händerna i ögonhöjd. Då och då stannade hon till och bättrade på ansiktet med puder och läppstift.

Fredrik gjorde också uppehåll, mest vid skyltfönster med saker till salu: antikviteter blandat med nytillverkat krimskrams för dumma turister. Allt var skyltat 'Antikviteter' och med snirkliga bokstäver. Så dumt! Sånt skräp! fördömde han ilsket. Vill turister hellre ha magnetarmband och dalahästar än äkta hantverk?!

"Fredrik, jag är ooolycklig", kved Susanne mot sin spegelbild i skyltfönstret. "Ingen vill sitta nära mig på konserten. Dom kommer att dööö ..."

Hon höll handflatan framför munnen, rynkade på näsan och såg plågad ut. När Fredrik inte sa något övervägde hon att stampa med sin fot mot kullerstenarna, men hon tittade på sina högklackade skor, mindes prislappen och lät bli även om hjärtat värkte.

Fredrik tittade oavvänt på skyltfönstret.

"Jag sa ju åt dig att inte äta så mycket vitlök. Dels vet du att jag inte tycker om när du luktar lagård, om jag själv inte gör det. För det andra, du vet att vi ska sitta nära andra."

Susanne gav honom en alltigenom missnöjd blick och putade barnsligt med läpparna. Vitlök var hennes favorit-allting i mat.

"Jag visste ju inte att ... eller, jag menar, öh, det var *mer* än jag trodde."

"Lätt att vara efterklok. Men jag såg hur du slevade i dig! Makalöst!", sa han torrt och tog henne under armen som för att trösta. "Men jag har nåt som kan hjälpa. Här: lite tugggummi med mintsmak. Så får du väl försöka hålla andan i kyrkan, så gott det går ..."

Han erbjöd henne sitt tuggummipaket, men hon skakade bara på huvudet.

De fortsatte sakta i riktning mot järnvägsspåren under Slussen och passerade Kolingsborgs runda fasad. (Fredrik tänkte tillbaka. Coolingsborg hade de sagt i gymnasiet.) Hela byggnaden var nersläckt, men den täta biltrafiken och vimlet av människor utanför var evigt.

Bilar åkte så snabbt att det stänkte grus. Varje vrå av trottoaren var smutsig. Mitt på gatan virvlade karamellpapper som folk hade slängt i snön bara några veckor tidigare.

Våren var tidig och stånden på Södermalms torg erbjöd redan frukt, bröd och godsaker, brända mandlar med mera. Tonåringar åkte rullskridskor fram och tillbaka på busshållplatsen. Solen var på väg ner, men skorstenarna kastade ännu långa skuggor på husfasaderna. Skymningen föll snabbt och klockan var bara sju.

De nuddade hörnet av Götgatan och fortsatte upp mot kyrkan. Utanför Maria Magdalena stod tända marschaller i långa rader och ett tjog människor köade för biljetter. Några hade irrat sig en bit bort från ingången och betraktade Evert Taubes minnesbyst.

"Jag har våra biljetter här nånstans", sa Fredrik tankspritt och de svepte förbi raden av otåliga människor och kom in i värmen.

I portalen in till kyrkan vilade en söt doft av tända ljus och väluppfostrade barn. Några av de allra minsta var rejält festklädda av sina föräldrar. En och annan äldre herre justerade hörapparaten. Ett yngre modelejon som stajlade med sin mobiltelefon stod förvisad i ett hörn av rummet där han gestikulerade självbelåtet. Hans flickvän satt med ett åsidosatt ansiktsuttryck. Såg hon fram emot kvällens konsert? Såg hon fram emot deras liv ihop? I övrigt var stämningen förväntansfull, och hustrurs låga tillmälen blandade sig med dova stämtoner från en orkester som ingen ännu kunde se. Man hade inte börjat släppa in publiken.

I garderoben blev Fredrik alldeles kallsvettig. Ett par meter längre bort fick han oväntat syn på Lukas, som stod med ryggen vänd mot honom. Bredvid honom stod Regina! Av alla människor. Vafan ...?! Han kände pulsen öka, förnam den tydligt i tinningen, slag på slag.

Regina var uppklädd i ett chockrosa sammetsfodral som rönte viss uppmärksamhet. Hennes gestikulerande gav sken av en premiärvisning med en ung Anita Ekberg. Hon stod huvudet längre än alla andra kvinnor, vajade med lösa handleder, skakade då och då på sitt stora blonda hår. Det var ännu inte torrt och behövde komma tillrätta, kanske hade hon kommit direkt från Sturebadet.

Hon höll lagom ögonkontakt med Lukas – vare sig för mycket eller lite – och framför allt utan att vara oartig mot dem som trängdes kring honom.

Och Lukas såg populär ut. Inte bara för sin längd påminde han och Regina om två lysande fyrtorn längs en mörk kustlinje. Redo att ge signaler på vartåt resan skulle bära. Alla tittade på dem, som om de snart skulle få ge klartecken för publiken att gå in.

Tusen tankar for genom Fredriks huvud. Vad fasen gör hon här? Har hon följt efter oss? Är det möjligt att Regina är här med Lukas och i så fall varför? Han tänkte tillbaka på det som Stefan hade sagt under deras lunch, att någon Lukas är boy toy åt en rik gammal gubbe. Från första stund hade han velat ta upp det med Susanne, men det hade inte blivit av. Dessutom visste han inte hur han skulle föra fram en sådan misstanke. Hade han tagit fel på något? Fredrik var nojig av naturen, vilket gjorde honom misstänksam även mot slutsatser som var rätta.

Han kunde inte slita blicken från Lukas välsittande blå kostym. Som limmad på kroppen och den glittrade i skenet av levande ljus. Det var som om tunna silkestrådar hade lagt en besvärjelse över kavajen och dess ägare. Det knöt sig i hans mage.

Den viktigaste frågan återstår: Kan jag undvika en krock mellan Sussi och Lukas? Eller åtminstone hålla Regina utanför? Om alla tre blir inblandade får melodramen ett abrupt slut efter bara *en* explosiv akt! Och han var rädd för att hans bästa vän inte skulle repa sig efter att ha förlorat en kamp om Lukas, åtminstone om Regina var motståndaren. Fredrik fasade för vad som kunde hända.

Han skyndade sig tillbaka mot ingången för att få tag på Susanne. Han hittade henne under en jättestor ljusgul hatt som påminde om Saturnus ringar, i färd med att byta skor. Hon hade brutit upp en ask våtservetter och gnuggade metodiskt bort smuts och damm från sina lårhöga skinnstövlar. Bredvid servettasken stod två små burkar med skoputs. Hon behöver tvätta händerna efter det där, tänkte Fredrik. Bra, det ger mig betänketid.

Hon tittade upp mot honom och log.

"Hej min sötnos, du är tillbaka redan nu. Har du hittat våra platser?" frågade hon förväntansfullt.

"Både ja och nej. Jag tänkte vi kunde gå in lite senare än dom andra. Du kan lugnt sitta kvar och göra dig fin ... finare menar jag förstås! Så går jag under tiden och hämtar program och kollar ut bra platser. Det är onumrerat tyvärr. Och börjar inte i tid, snarare en kvart försent, så vi behöver alls inte ha bråttom. Jag såg just några musiker som steg ur en taxi här utanför. Dom ska ännu värma upp instrumenten och stämma och så vidare."

Fredrik ville till varje pris distrahera Susanne, så att hon inte skulle gå in i kyrksalen före honom. Han måste vara helt säker på att Lukas och Regina hann sätta sig först. Och det måste vara ett ordentligt avstånd mellan platserna.

"Vabra! Tur förresten att jag klädde upp mig lite, men inte för mycket. Gissa, jag fick just syn på en skräcködla med en rosa dräkt precis som den mamma har!"

"Jaså. Rosa tycks vara inne just nu", tänkte Fredrik högt.

"Va?" Susanne lät oförstående. "Du har fel, det är inte alls rosa i år, vare sig här eller utomlands."

"Jo, jag menar nyanserna varierar ju. Rosa är en fin färg. Fast din dräkt är också jättefin. Trots att den inte är rosa. Som, ja, den skulle inte ens göra sig rosa, eller, inte alls, äsch jag vet inte. Den ser bra ut. Just det! Din dräkt är bra på ett fint sätt. Utan att vara rosa. Och dom där stövlarna är super! Lite horiga men super!"

"Fredrik! Vad är det för tomt prat? Det var det dummaste jag hört. Det är klart jag vet färgen på min dräkt. Och rosa passar inte mig eftersom mitt hår har rött i sig."

Det ante mig, tänkte han, men jag lyckades i varje fall dribbla bort dig.

Han lämnade henne sittande, lommade tillbaka och köpte två program. Sedan satte han sig på en ledig stol alldeles vid ingången och försökte få syn på Lukas och Regina. Det var inte lätt eftersom vaktmästaren hade riggat upp strålkastare mot publiken längst fram i kyrkan. De lyste honom rakt i ögonen.

Där! Två högdragna giraffer i galaperuk gled in på tredje raden på vänster sida. Regina var nästan lika lång som Lukas. Hon måste ha på sig höga klackar. Fredrik tvekade i några

sekunder och ilade sedan till den högra sidan och började
speja efter lediga platser.

Han fick syn på en man som höll en halv rad för sig själv.

"Hej hur har du det nuförtiden?" frågade han glatt utan
att vänta in svar. "Finns det två platser över? Jag och en tjej-
kompis behöver nånstans att sitta."

Mannen såg överraskad ut, men tycktes nästan känna
igen honom efter en stund, gjorde ett tappert försök i alla fall.
Man kunde riktigt se hur han grävde i minnet.

"Jovisst, om inte alla i mitt sällskap dyker upp så", svara-
de han avvaktande. "Jag håller platser för sju, men jag tror
inte att alla kommer–"

"Toppen toppen sörrö. Jag kilar iväg och hämtar min
kompis Sussi. Visst är det Jonas du heter? Varrroligt att ses
igen! Och oväntat! Vi får snacka mer sen va!"

"Nej, inte Jonas ... Martin ..."

Men Fredrik hade redan tagit av sig kavajen och kastat
den och två program längst ut på raden och rusat iväg. Den
främmande mannen såg ut som en ledsen ost.

Fredrik hade blivit svettig, men hann ifatt Susanne precis
vid ingången. Hon stod tålmodigt och väntade på honom
men var nu på väg in.

"Där är du ju!" sa hon. "Jag stod och undrade vart du
hade tagit vägen. Har du sett några vi känner?"

Han nickade men undvek följdfrågor genom att ta henne
bryskt under armen och dra henne med sig mot högra sido-
skeppet.

"Kom min fagra mö. Låt oss inte vänta. Vi går hitåt och
tar våra platser. Du får se strax, bredvid en kille som heter
Jonas, dom är alldeles perrr-fekta!"

De gick fram och satte sig.

Orkestern hade äntligen tystnat. Fredrik försökte låta bli
att bita på naglarna. Inte lätt, fingrarna letade sig oavbrutet

till munnen. Ibland tittade han på Susanne, som likt en ökenråtta sträckte på nacken och spanade efter bekanta. Ju mer hon sträckte på sig, desto mer sjönk han ner. Vilken pina det här är, avskyvärt, var det enda han fick ur sig utan att säga något. Huvudet var ett kaos, varmt, fuktigt, ilande.

Bänkraden var trång och Fredrik undvek kroppskontakt med damen som hade frustat förbi dem och satt sig på hans vänstra sida. Hon doftade turkisk parfymbod och vaggade från ena sidan till den andra, suckade och pustade.

Det gick en minut och en till, sedan var det alldeles stilla i några sekunder. Strax hördes försiktiga applåder längst bak i kyrkan. En parant dam, med den mest upprätta av hållningar, en riktig primadonna, gled majestätiskt genom mittgången och efter henne kom dirigenten. Orkestern stod upp.

"Wow, vilken klänning", sa Susanne. "Vad heter hon?"

"Edita Gruberová. Det står i bladet som jag gav dig."

Det var ingen hejd på publikens ovationer. Susanne deltog halvhjärtat, försjunken i programmet under vilket hon hade gömt ett tunt häfte med korsord, just in case. Fredrik applåderade vilt.

"Vilken stjärna! Du får höra strax. Jag kan knappt bärga mig!" jublade han. "Och du hade rätt om klänningen. Den är magnifik, verkligen! Och vilka juveler sen!"

"Dom kanske är falska. Falsk strass", fnissade Susanne och tittade upp. Men skämtet passerade obemärkt.

"Nä-ä-rå", invände Fredrik, han hade tydligen hört henne ändå. "En siren som denna har beundrare med stålar. Dom följer henne världen över – Stockholm, Wien, Tokyo, Berlin, Buenos Aires – om så för att gissa vilken klänning hon ska ha på sig. Ett slags Orphei dårskap inför talang. Men hon lämnar dom på grund. Vad jag har hört har hon aldrig haft en man annan än den som leder orkestern."

"Menar du? Vore det inte bättre om hon var gift med en pianist i stället?"

"Det är hon. Fast hur menar du?" frågade han förvirrat.

Deras resonemang blev dock avbrutet. Dirigenten slog vasst mot podiet och musikerna tog upp sina instrument. Solisten stod fortfarande och rättade till sin klänning – först på ena sidan, därefter på andra – och log med halvslutna ögonlock mot publiken som höll andan.

"Guva läskigt det här är. Ska hon inte börja snart?" viskade Susanne.

"Sssch! Dom samlar sig. Det handlar mycket om koncentration. Hon börjar med en aria ur Faust och den är krävande. Om du väntar ett par sekunder så kommer du se hur hon andas in. Det går åt mycket luft i den första frasen eftersom det är en uppgång."

"Jaha ...?"

Orkestern svävade ut i något som liknade en wienervals. Um-pa-pa, um-pa-pa. Sopranen började försiktigt, med en flödande röst, en lång ensam ton som steg mot oanade höjder och slutade i ett extatiskt skrik. Publiken höll andan.

'A-a-ahh! Je ris de me voir si belle en ce miroir ...'

Susanne hade svårt att uppskatta spektaklet. Sopranen sjöng med utbredda armar. Gäddhänget var strypt av snörda puffärmar och hennes barm låg uppressad, som en hylla ovanför ett cylindriskt fodral där midjan borde sitta. Susanne satt tyst och stirrade på vidundret med den gälla rösten. Det slog lock för hennes öron. Hon såg på Fredrik som var i en annan värld. Han vibrerade av glädje och gjorde spastiska rörelser med sina knän.

'... Non! Non! Ce n'est plus toi ... '

Jag måste distrahera mig, annars pallar jag inte, tänkte Susanne och såg upp mot takkronan. Den var skinande. Man hade hängt kronorna på precis rätt avstånd från de kuperade valven. Kyrkan har tydligen pengar kvar ... Hon försökte räkna antalet takkronor och böjde huvudet lätt bakåt. Att följa med blicken längs hela raden var inte svårt, men efter ett tag blev hon yr och rätade på sig. Hela kyrkan snurrade och hon kände en kväljning i maggropen.

'... Non! Non! ... '

Altaret var utstuderat in i minsta detalj, men hon tvivlade på att en hel kör kunde få plats där framme. Förmodligen inte fler än några och trettio. Större kör behövs nog inte. Akustiken är det ju inte fel på, om man säger så. Det hörs när nån sjunger. Susanne undrade om kören skulle medverka och slog upp konsertprogrammet.

'... A-a-ahh! Je ris de me voir si belle ... '

Hon tittade upp mot taket en gång till – det hade ju varit så rogivande förra gången – och upptäckte att det var alldeles tyst. Sedan kom applåderna.

Publiken liknade en apflock som dundrade minut på minut, och den till åren komna divan bugade sig i tre väderstreck. Tänk att få vara i hennes kläder i kväll, mumlade Susanne. Nja, förresten, inte riktigt så, för dom ser ut att spricka när som helst. Men i hennes ställe, det skulle vara kul! En gång i livet.

Susanne såg på Fredrik som hade ställt sig upp och kastade slängkyssar. Så burdus han ser ut. Måste vara hennes trestrukna f!

"Visst är hon bra?!" frågade Fredrik extatiskt och skakade om hennes axlar. "Visst är hon kolossalt bra?!"

"Jodå, kolossal."

"Jag kan knappt stå still. Vad är nästa aria?"

"Ett ögonblick ska jag se efter", sa Susanne och kisade. "Det står så här: 'ur Lakmé av Délibes, klockarian'. Uttalade jag det rätt?"

"Åhhh, vad underbaaart! Jag berättar handlingen för dig efteråt. Den är jättespännande! Fast så traaagisk!"

"Jodå, gör det du. Eller låt bli, vilket som. Aha! nu sätter hon igång igen ..."

Hela konserten varade i en och en halv timme inklusive ett kort mellanspel av orkestern och några medlemmar ur Adolf Fredriks gosskör. Hela konkarongen körde på bara, trots att några av de unga sångarnas föräldrar såg att deras barn hade kroknat.

När konserten var över skuttade Fredrik ut ur kyrkan och sjöng smått medan Susanne hyschade. Han föreslog ivrigt att de skulle köpa varsin varmkorv. Och konstaterade (helt för sig själv) att han inte hade tänkt något mer på Lukas och Regina under resten av kvällen. Det är ett bra betyg.

Susanne var trött och hennes huvud var uttömt på både tankar och glädje. När hon pustade ut och stannade upp för att andas in den friska luften utanför kyrkan, spanade Fredrik långt bort och såg hur de två fyrtornen sjönk ner i horisonten av väntande taxibilar.

"Bu!"

Fredrik föll bakåt och tappade sin tidning på golvet. Han tog upp den så kvickt och diskret som möjligt och vände sig sedan om ... för att se Stefan skratta.

"Där blev du allt paff! Haha! Haha!"

Fredrik såg surt på sin kompis och öppnade tidningen på nytt. Han rätade ut ett hundöra på mittuppslaget och strök sedan sidan slät med tummen. Bilden mörknade av fukten på hans långa fingrar.

"Tyst påre! Det är faktiskt fler än vi här inne. Och jag har inte ens tänkt köpa den här. Du gjorde nästan så att den gick sönder. Den är dyr också, nästan hundra spänn. Titta vad du har gjort! Va?!"

"Surpuppa! Rör man sig i mörka källarlokaler måste man tåla mer än så raring. Det vet *jag*. Vad är det nu du håller i förresten? Håhå, en tidning om tatueringar ser man pååå. Tattoo Country. En banal titel, tyckeru inte?"

"Än sen då?" svarade Fredrik med förställd likgiltighet och skyndade sig att stoppa tidningen tillbaka på hyllan där den hade stått inklämd under en lång tid. "Jag har faktiskt en tatuering själv, så det så. Du har sett den mer än en gång. Hur skulle jag kunna tycka att sånt är banalt om jag har en själv?"

Det fanns något retfullt i Stefans ansikte.

"Nja, det kanske är senare datum på den än när jag såg dig naken senast."

"Hörödu, du såg mig naken för mindre än en månad sen. Bastukvällen hos Niklas. Fast det var nog innan du gick in i dimman."

"Jaha, den dimman, menar du bokstavligen? Det var den kvällen då alla mätte grissini med tumstock för att få den största. Den sketna lilla runan är det?"

"Det är en germansk runa", pep Fredrik, "och jag var nykter när den tatuerades. Det är mer än vad du kan säga om sexet med dina pojkvänner, för vare sig du eller dom är någonsin nyktra." Men hur Fredrik än försökte kunde han inte låta så arrogant som Stefan.

"En runa är sååå barnsligt. En del blir aldrig torra bakom öronen. Själv skulle jag ha en drake eller en orm eller en sjöman. Nåt manligare än en bokstav. Vilken jävla kontrast asså till den där killen jag träffade i Köpenhamn. Han hade en *tatuering*. Från högra bringan över axeln längs ryggen ända ner till hans toppiga rumpa. Den sista tredjedelen var en pansarklädd svans. Med små horn längs hela–"

"Sluta!" tjöt Fredrik och tog tag i en tidning om motorbåtar. Det kanske fanns info om hur mycket Susannes pappa hade pröjsat för sin Riva. Flera miljoner antagligen.

Stefan fortsatte, nästan tankspritt, men egentligen ville han ha Fredrik på dåligt humör.

"Du har rätt. Men den snubbens tatuering var verkligen extra. Extra allt eller – med allt på? Jag minns hur den glänste av svett när vi hade haft vårt roliga. Han stod i fönstret och rökte röda Prince. Vilken häck han hade ... liten och toppig och hård som en grapefrukt. Muskulösa lår, breda axlar, smal midja, kraftiga underarmar, den där putiga häcken blank av svett. Jag låg på sängen och tittade på honom hur länge som helst. 'Ta en till cigg', sa jag, bara för att få titta på honom. Jag var som en fransk filmstjärna."

Stefan drömde sig tillbaka och kände nästan lukten av svartmögel i det trånga rummet som de hade hyrt under två timmar. Trodde han åtminstone, att de hade hyrt det tillsammans, tills han på vägen ut förstod att plånboken var borta. Den biffiga dansken hade verkligen tagit för sig.

Fredrik vände sida i sin tidning.

"Lyssnar du på mig Fredrik? Hallååå! Kan du inte stoppa undan den dära! Kom vi går. Jag har sett allt."

"Men det har inte *jag*. Vi sa klockan sex och det är en kvart kvar", invände Fredrik och bläddrade vidare i tidningen. "Jag tänker titta klart först. Gå iväg till porrhyllan där borta. Du kanske hittar nåt som du inte sett tidigare. Fast det har jag svårt att tro ..." fnyste han.

Stefan försvann med en vissling. Fredrik kavlade upp skjortärmen och såg på sitt armbandsur. Hon var inte ens kvart i, snarare tjugo i. Typiskt av Stefan att komma före avtalad tid och fiska uppmärksamhet. Men jag står på mig den här gången, tänkte han, kavlade ner skjortärmen och bläddrade vidare. Även om jag så bara tittar på annonser ska jag stå kvar. Till. Klockan. Sex.

Så småningom tröttnade han ändå och slog igen tidningen och gick till kassan. En solbränd och pigg tjej i hästsvans tog betalt, hundra kronor jämnt. Hon stoppade tidningen i en liten sjukhusgrön plastpåse och log vänligt.

"Ja, dom är inte billiga", sa hon, som om hon ursäktade sig. Fredrik tänkte på sitt ansiktsuttryck (finns det en spegel här?) och drog slutsatsen att hon kunde läsa tankar. "Jag har tur som arbetar här och läser så mycket jag vill. Jag brukar sitta där", sa hon och pekade på en pall bakom disken. "Med fötterna på kassaapparaten. Chefen gillar det förstås inte. Men det är en trappa ner från gatan så jag hinner ta ner bena innan hon kommer in."

Fredrik log brett. Vilket trevligt kassabiträde, tänkte han. Hon låter så glad. Och hon har glittriga ögon.

"Kan du tänka dig", fortsatte tjejen som till en nära vän, "jag läser ungefär trettio tidskrifter. Dom flesta kommer ut en gång i månaden. Lite nördigt eller hur?"

"Ojdå! Själv läser jag mest fackgrejer för jobbet. Alltså för det jobbet jag inte har för tillfället. Jag är mellan jobb. Fast det kan vi ta nån annan gång. Vad sa du att du läser?"

Hon skrattade.

"Det sa jag inte. Mest motorsport. Jag har mc och vill hålla mig ajour med allt på den fronten. Det kallas visst prylgalen. Och så läser jag om musik, oftast klassisk. Gramophone och annat sånt, svenska liknande om det är nåt som jag har sett nyligen. Jag missar aldrig en recension av klassisk musik på cd."

"Nehe? Jaha, verkligen ... Du gillar alltså klassisk musik?" stammade Fredrik och förnam ett pirr i magen. Hon har ett underbart leende. Och hon har motorcykel. Det betyder att hon har mc-ställ. Dom är svarta och tunga och doftar läderputs. Så pirrig jag känner mig! Måste tänka på nåt annat.

"Javisst. Gör inte du det?"

Han hade tappat tråden och kunde inte svara.

"Jag vadå? Förstås, haha! Jodå. Jag var på konsert bara för nån dag sen. I Maria Magdalena, ett program för sopran, kör och orkester."

"Men jag var också där!" utbrast flickan och drämde en bunt tidningar i bordet så att kassaapparaten rasslade till. Hon hade så små händer att Fredrik inbillade sig att hon inte kunde greppa styret på en motorcykel. "Jag såg inte dig, fast det var ju många där. Och så känner jag inte dig ... ännu i alla fall. Konserten var två kvällar i rad. Jag var på den första, vilken var du på?"

"Jag var också på den första. Tillsammans med en tjejkompis som heter Susanne. Jag brukar lurpassa på första, den recenseras ju nästa dag. Då vet jag vad jag läser om."

"Precis så tänker jag också! Absolut."

De stod blickstilla och väntade in varandra med öppna ögon och munnar. Ingen kom på något att säga. Fredrik fick en skymt av Stefan i ögonvrån och lutade sig framåt.

"Vad heter du?" viskade han.

"Elisabet. Varför viskar du?"

"Jag vet inte", flinade han. "Jag heter Fredrik. Han där är min kompis Stefan. Han kommer strax hit och då blir jag tvungen att gå. Jobbar du här ofta?"

"Varje torsdag och fredag efter klockan fem. Kom förbi nån gång så fikar vi när jag slutat. Det är klockan nio. Du får åka bakpå om du vill."

"Öh, väldigt gärna." Han log brett. (Om jag vill!)

"Nu vinkar din kompis. Det är bäst att du går. Hejdå."

"Hejdå. Jag tittar förbi senare dårå. Hej."

Stefan gav biträdet ett långt och granskande ögonkast på vägen ut. Han mätte henne med blicken tills trappan till gatuplan vek av och hon försvann ur hans sikte. Fredrik fick sig en hård knuff i sidan.

"Vad gör du din idiot? Flörtar med en brud!"

"Ja än sen då, har du svårt för avvikande?"

Stefan smackade illmarigt.

"Nä, men att hålla på som du gjorde. Vi har ju velat hitta nån trevlig kille åt dig länge. Du kan inte bara ge upp. Det liknar ju ingenting. Och du har ännu inte träffat Peter till exempel. Honom skulle du tycka om."

"Du menar att *du* har försökt hitta nån åt mig", invände Fredrik. "Förresten, den där Peter är väl en ekonom med dyra herrskor som hobby. Låt mig skratta! Hah-hah. Ha–"

"Låtsas inte blaserad. Du vet att han är skittrevlig. Han tjänar kosing och ser bra ut. Okej, inte jättebra men tillräckligt bra ... Och jag har redan gjort en middagsmeny och sätter er bredvid varann. Du kan inte neka ett sånt erbjudande!" Han försökte låta övertygande. "Ni kommer att ha så mycket att prata om. Jaaa, klassisk musik och Stina Ekblad. Och du kan ju berätta om den där konserten som du och Sussi var på. Och allt annat du gör – han är tydligen en jättebra lyssnare. Så småningom flörtar ni antagligen under bordet. Ni byter telefonnummer och träffas en lördagskväll och äter en kärleksmiddag på Leijontornet. Naturligtvis tar han notan, så du måste inte–"

"Stopp! Hör du hur du låter? Jag har sagt att jag inte godtar en inbjudan om inte Sussi följer med. Hon är den enda – den enda, du måste fatta – som jag litar på om nån av dina polare försöker med nåt! Då menar jag även Peter. Du själv är alltid så däckad att jag får hjalpa dig i säng innan jag går hem. Du tror väl inte att nån med skor för flera tusen flörtar med mig under bordet. I såna fall ska jag ha på mig smutsiga Ecco eller Scholl och göra ett rejält intryck. Sådär ba! Då blir det annat ljud i skällan. Hah-hah! Det är ett test, att jag sårar hans shoe pride ..."

Fredrik andades snabbt.

"Jaså?!" Stefan gav inte upp. "Är det så du ser på det?! Jag är inte den som tvingar nån hem till mig. Jag är inte den som tvingar nån till nåt!" Han tvekade. "Om vi undantar sex. Fast då gäller det inte dig. Och så fattar jag inte varför Sussi ska med hela tiden. Vad är så bra med henne? Inga tjejer är bjudna. Dom flator och syrrans kompisar som jag umgås med vill jag inte ha på middag. Det är en *herrmiddag*. Har du ingen känsla för tradition Fredrik?"

"Sen när blev homomiddagar en svensk tradition?"

Sedan länge, tänkte Stefan, men de slutade där. Fredrik kollade en sista gång på den långa trappan ner till tidnings-affären, höll upp den tunga dörren för Stefan och de gick ut på gatan. Stefan såg oroligt mot himlen. Det blåste häftigt och stadens blågrå molntäcke var tomt på fåglar, med undantag för några ivrigt cirkulerande måsar. Ett tecken på att det snart skulle slå om till regn.

Människor rusade in i och ut ur affärer och bar på paraplyer. Deras rörelser var strama och jäktiga. Vart har alla dessa människor bråttom? frågade sig Stefan.

Han kastade en blick på Fredrik som tittade in i skyltfönster och trapphus om vartannat. Det föreföll som att han gnolade på en melodi. Stefan tänkte tillbaka på tjejen i tidningsbutiken. Är det möjligt att Fredrik gillar *henne*? Otroligt. Vad är det för nåt med henne? Inte utseendet.

Själv hade han aldrig tänt på kvinnor. Inte ens platoniskt så som omtalades ibland. Han hade alltid tyckt att män är mer spännande. Det är nåt dumdristigt över dom, nåt som får kvinnor att framstå som kloka och banala.

Kvinnor var som öppna böcker, prat prat prat hela tiden, män som låsta bibliotek i väntan på att bli utforskade. Och tjejerna som hade försökt fånga honom hade varit kokböcker, vilket är värre. Matprat matprat prat prat. Kanske hade dom hört av sina morsor – som har sååå fel – att vägen till hjärtat går genom magen. Hade ingen talat för dem om kuken? Att Fredrik kallade honom sexgalning brydde han sig inte om.

Alldeles riktigt, det började regna, först smått, sedan ymnigt. De första inledande dropparna gjorde gatan mörkgrå och vägdammet sänkte sig platt framför deras ögon.

"Jag borde ha tagit med mig paraply!" gnällde Stefan. "Det är fan det bästa skyddet. Om man lämnar det hemma är det som att be om vatten! Mina skor blir förstörda nu."

Det sista roade Fredrik.

"Försök sätta dig i Peters ställe. Tänk om det varit femtusenkronorsskor som du blöter ner. Dina ser inte så dyra ut. Billigare än mina fotriktiga. Har du börjat tappa stilen?"

"Dom här är jättedyra! Men jag putsar dom inte tillräckligt. Dom håller vattnet borta ändå", kontrade Stefan och såg över gatan. "Ska vi ta tunnelbana eller taxi till Medborgarplatsen och fika kaffe och bullar. Vi skulle i och för sig kunna slinka in hos mig, men jag har inte städat, ja du vet. Det ser förjävligt ut."

Fredrik tänkte på hur det kunde se ut hos Stefan. Utspridda askfat, tummade tidningar med bilder på nakna män, flera bärbara datorer på olika platser. Stefan köpte allt nytt. Och mitt i bråtet en och annan halvt uppäten frukt, godispapper och kaksmulor. Det var lika bra att gå någon annanstans. Han ville inte hem till Stefan.

De skulle ta trappan ner vid Mariatorget. Men regnet hade tilltagit och vid ingången trängdes resenärer i väntan på uppehåll. Ett paradis för ficktjuvar och rakt av motbjudande för Stefan. Han vände om och puttade Fredrik framför sig, höjde handen och vinkade efter en taxi. Kan åtminstone låtsas att man är i London ...

Snart var de inomhus igen.

"Fikar är det enda vi gör", sa Stefan och tittade allvarligt på Fredrik. "Det är så vi två umgås, inte sant? Vi hittar aldrig på nåt annat."

Fredrik skakade på huvudet.

"Det stämmer inte. Ibland äter vi lunch. Vi har varit på utställningar i vinter. Jag frågar dig ofta om du vill på konsert, men på kvällarna är du upptagen. Eller så är det nåt fel på programmet. När vi går ut spanar du efter killar istället för att prata med mig."

Stefan bekräftade Fredriks hypotes genom att vara ouppmärksam. Han hade redan lämnat samtalsämnet och tänkte på annat.

"Och ibland hjälper jag dig att handla kläder på NK, följer med som smakråd. Jag hjälper dig hitta sånt som du gillar och som inte är för vräkigt, som passar när du ska träffa dina kunder. Inte sant?"

"Jojo, jag antar väl det."

Stefan tummade på en aluminiumskylt som föreställde en överkorsad cigarett. Varför finns ens dessa när alla redan vet att man inte får röka här? Snart förbjuds nog rökning helt och hållet.

"Vad är det?" frågade Fredrik. "Du tänker på nåt."

"Jag tänker på tjejen i kiosken. Blondinen där. Är du verkligen intresserad av henne? Alltså på allvar."

Fredrik svalde.

"Nja, på sätt och vis. Hon verkade spännande och trevlig. Det är nästan konstigt att hon är ledig. Hon tycker om opera så jag tänkte–"

"Gå med henne på operan?!"

"Ja, kanske", dröjde Fredrik och höjde sin underläpp på ett bonnigt sätt. Det var bara ett av hans många ansikten för skam, men fick inte Stefan att släppa taget.

"Du är så himla förutsägbar. Och sen då?"

"Vadå sen? Vad vill du jag ska säga?"

"Ska du *knulla* henne efteråt?" Stefan la huvudet på sned, såg snett över sin axel och tände en cigarett. Ägaren kanske tycker det är okej att röka då inte alla bord har en skylt. Som i tehus under förbudstiden. Han tittade runt i lokalen och på hyllan närmast kassan stod en trave askkoppar.

"Äsch vad du är fånig."

"Så du tänker *inte* knulla henne. Är du attraherad av henne eller inte? Ska du knulla henne eller inte?"

"Det går inte att svara på kategoriskt. Jag vill inte tänka på såna saker. Och ännu mindre prata om det med dig. Jag har ju för sjutton inte ens pratat med henne!"

Fredrik steg upp och snappade åt sig kaffekoppen. Han hämtade påtår och köpte samtidigt en mandelform med vispgrädde och sylt. Stefan satt kvar och drog långsamma bloss ur sin cigarett. Ännu hade ingen bett honom att släcka den. Även andra hade rökt där den dagen, det var ont om syre och friskluften som fanns kvar stank fränt och fuktigt. En osynlig lukt låg som en gammal filtmatta under taket och hotade lägga sina trådar över gästernas nytvättade kläder. Stefan tittade upp mot taket och drog ytterligare några långa bloss. Fredrik återvände till bordet.

"Nå", sa Stefan, "ska du knulla henne eller inte? Ett kort ja eller nej duger."

"Okej jag ger mig. Nä jag ska inte knulla henne!"

"Jag visste det! Du är inte tänd på henne. Du vill bara gå på konsert och prata om musik."

Fredrik teg, men log irriterat. Det var en bismak i Stefans förhör. Rättfram och ändå så feg. Är han svartsjuk eller grälsjuk? Om han är svartsjuk, är det i så fall missunnsamhet eller vill han under sin hårda fasad att det inte blir nåt mellan mig och Elisabet? Och i stället med Peter?

"Jag vet inte vad jag vill med henne", sa Fredrik till slut. "Jag har inte legat med nån första kvällen. Det innebär att jag inte sover med nån på första dejten", fortsatte han och visste att återhållsamhet var som ett rött skynke för Stefan.

"Jaså!" skrek Stefan helt väntat. "Du säger alltså att jag är sämre bara för att jag tar hem samma kväll! För att jag vill bli svettig och njuta av min kropp utan att tänka på nästa steg! För att jag inte hycklar som du och andra män. Dom som pratar om sina begåvade fruar med krokikurser och allt faaaan. Och i nästa stund gnuggar skrevet mot nån trainee på jobbet! Nån tjej jämnårig med dottern, som inte säger ifrån för att hon vill få ett fast jobb. Eller är jätterädd. Är det sån du vill att jag ska vara? Va?! Svara!"

"Tagga ner", sa Fredrik, ställde ifrån sig kaffekoppen på bordet och la handen på Stefans knä. "Ingen idé att hetsa upp sig för en sån baggis. Jag tycker inte alls jag är bättre än nån annan. Och du är inte sämre än dom flesta. Du har helt rätt."

Stefan såg misstänksam ut.

"Jag tycker bara att du lägger för stor vikt vid sex. Du berättar om äventyr med den ena, än den andra. Du glömmer bort att jag gillar annat hos män än vad dom har mellan benen. Du pratar om bdsm och ... och en massa annat som jag inte förstår. Du har blodad tand för att träffa flera samtidigt, inte så svårt med ditt utseende och dit du går. Men du måste vara cool också! Åtminstone med mig ..."

Han drack en klunk av sin påtår och ställde koppen på assietten. Stefan satt tyst, men han tänkte. Han kom inte på något att säga.

"Är det så du ser på det. Jag visste inte att jag tråkar ut dig. Jag trodde att jag var rolig och underhållande."

"Du *är* underhållande. Och jag *är* intresserad av dina storys", insisterade Fredrik. "Men du får inte skälla ut mig för att jag är nyfiken på Elisabet, om du inte vill att jag dömer dig."

"Heter hon så? Elisabet. Fint namn, allvarligt ..." sa Stefan och log ansträngt. "När jag tänker efter så var hon lik Sussi. Det är nåt vardagsnära med Elisabet, men hon har ett rart fejs. Jag tror hon är lika lång som Sussi."

"Jaha? Inte för att hon har nåt med Sussi att göra. Men jo, kanske ... Skål för det! Äntligen nåt vi enas om. Kvällen kunde ha börjat sämre", deklarerade Fredrik och höjde kaffekoppen i ögonhöjd.

"Skål för dig och Elisabet och läderputs! Må era nätter bli långa och ... kulturella."

"Plonk! Nu trampar du i klaveret igen."

"Jag rår inte för det."

Freden var återställd. Fredriks tankar vandrade iväg till Susanne. Hon hade inte hört av sig på ett tag. Det var olikt henne, i synnerhet när de hade en deal. Han hade undvikit att ringa henne, för sitt gnagande samvete för att inte ha berättat om Lukas och Regina. Det finns såklart en förklaring som Sussi tar reda på. Men Fredrik vågade inte kasta in facklan. Han vågade inte berätta.

Sorlet ökade. Mammamaffian vällde in i skaror. De flesta såg ut som välutbildade södermammor med klippkort på Moderna museets barnverkstad. Vissa vände i dörren med ett högljutt kluckande när de såg att Stefan trotsade rökförbudet.

Fredrik såg Stefans sarkastiska blick på en lika överlägset långbent mamma som ville förbi med sin barnvagn. Stefan låtsades flytta sin stol inåt, men Fredrik såg hur han flyttade stolsbenet utåt där kvinnan skulle förbi. Mamman kallade sin prydliga dotter Magdalise. Stefan var övertygad om att även sonen hade ett fånigt namn.

Det kom in fler och fler kvinnor med barnvagn. De bildade en skrikig måskoloni och Stefan såg ut som ättika. Han ansåg att de flesta mammor var kossor. Deras tunga bröst påminde om juver, inlåsta i tjocka amningsbehåar så att ingen mjölk sipprar ut i onödan. För då blir Magdalise utan och den designade barnvagnen solkig. Likheten med kor blev tydlig av att så många mammor tvingade på sig hippa kläder trots att vågen visade tio kilo plus.

Stefan ogillade allt hos nyblivna mammor. Ogillade att de petade i sina bakverk och sa att de redan hade ätit ett kak-paket (lögn, de skulle gå över lik för att tappa kilon). Han ogillade att de tog för givet att varje servering har plats för barnvagn, eller åtminstone att de kan gå förbi kön. Som på bussen. Mest ogillade han att de hade så snygga män. Det fanns en drös på Stefans jobb.

Efter en stund ville ingen av dem sitta kvar.

"Jag tror jag ska på jobbet en sväng, kolla min fax om inte annat", sa Stefan.

"Jag ska vara på Karlaplan om en halvtimme, så jag måste också kila nu."

"Ska du kompa?"

"Jepp."

På tisdagar besökte Fredrik sin tidigare balettskola på Karlavägen och spelade för dess elever. Föreståndarinnan var mamma till en av hans gamla klasskompisar och hade fått upp ögonen för Fredrik redan i hans tonår. Men han hade börjat med sina balettlektioner för sent och aldrig gillat dem. Numera spelade han dock på skolan en gång i veckan och fick då kaffe med dopp, lite skvaller och en hundring under bordet. Det var inte mycket, men okej för något som inte ens var ansträngande.

"Har du fått napp på jobb?"

"Nä inte ännu. Har du sett nåt som skulle passa?"

"Nä, tyvärr … Men ha det bra i kväll i alla fall", sa Stefan uppmuntrande. "Med spelandet och allt. Hälsa Sussi när du hör av henne. Säg att vi måste gå ut tillsammans vi tre nån gång."

"Jo det ska jag göra. Ha det så bra du med. Vi hörs av mot slutet av veckan!"

"Hej då!"

"Hej."

Det hade slutat att regna. Fredrik såg hur Stefan lunkade mot närmaste kiosk. Själv gick han raskt mot tunnelbanan och bestämde sig för att ringa Susanne när han kom hem.

Vattnet vid Norr Mälarstrand krusades av försommarvinden. Den hade blåst bort nästan allt skräp som var kvar efter paraden på första maj. Några enstaka elskåp vittnade ännu om rödvita affischer som hetsade folk till protest vid biograf Draken och ett gemensamt tåg till LO-borgen.

Årets lövsprickning var långt gången och träden kastade återigen skuggor. Trots att gatorna hade spolats rena av både vårregn och sopbilar, gav detta kvarter av innerstaden ett lite dammigt intryck.

Uteserveringarna vid Mälaren hade sedan några veckor lagt ut vindskydd och filtar för hugade kaffedrickare. Filtarna hade använts för både ett och annat. Och en av filtarna hade tydligen hamnat på Susannes grannes balkongräcke, men fem våningar längre ner.

Kungsholmen hade knappt vaknat till liv. Nytvättade dyra bilar längtade efter sina ägare. Hundar vankade av och an i vardagsrum i väntan på första kissturen. Nyrakade unga män justerade sina bulor i alltför tajta jeans. Nyfönade unga kvinnor väntade på att nagellacket skulle torka. Och Fredrik väntade på bussen att stanna, så att han kunde kliva av. Försommarvinden påminde om årets första picknickdag.

Susanne var på strålande humör. Hon visslade till tonerna av Sju vackra gossar och arbetade outslitligt i sitt kök. Hon hade planterat om fem krukväxter före frukost, hade två råglimpor i ugnen och hackade gräslök för att smaksätta en egen färskost. Redan före klockan halv åtta hade hon knackat på fönstret till närbutiken på Pontonjärgatan för att köpa kravmärkt svensk sallat (från Skåne), rädisor (från Holland) och halva priset-kalkon (av okänt ursprung). Butikens ägare kunde inte svara på fågelns ursprung, men hade flinat menande åt hennes blommiga kjol när han lämnade över matvarorna. Han hade sträckt fram en liten chokladask.

"Du kan behöva mer proviant på din picknick", hade han skojat, som om han hade läst i hennes kalender, "så du inte går ner i vikt före sommaren".

Det sista kändes fel och lite konstigt, men det gjorde inget. Susanne hade tackat för konfekten med en liten nigning. Om gester är vänliga så sak samma om de är underliga.

Prick klockan nio hade hon ringt Fredrik för att väcka honom. Han svarade inte, men ringde tillbaka och hon förstod då att hon hade försökt fånga honom när han stod i duschen. De hade beslutat att han skulle dyka upp före tio och att hon skulle släppa ut Felix på terrassen innan dess. Det hade hon glömt bort, så det första som for genom huvudet när det ringde på dörren var Felix, vars långa svans försvann ljudlöst bakom skjutdörren mellan köket och hallen.

"Stopp Fredrik! Kom inte in." Hon tog i från tårna. "Jag ska släppa ut Felix först!"

"Jaja okej, gör så", svarade han och det ekade i trappuppgången. När hon kom tillbaka in i hallen hörde hon honom steppa otåligt på avsatsen.

"Heeej, kom in. Akta jag har kladdiga händer."

Susanne sträckte ut sina armar som ett litet barn och gav honom en stel kram.

"Hej själv. Va gott det doftar! Håller du på och bakar?"

"Mm. Kände sånt sug efter färskt bröd och så hade jag lite energi över. Jag har passat på att plantera om växter i nya krukor också. Det är ju dags för det nu. Om inte vissa träd varit i knopp ännu, hade jag även tvättat fönstren. Jag har jättemycket ork i dag!"

"Jaha. Va bra – jag tappade min på bussen på vägen hit. Vad vill du göra?" frågade Fredrik och tittade tankspritt runt i lägenheten.

Det syntes tydligt vilken blombänk Susanne gjorde i ordning. Det största panoramafönstret var barskrapat på krukväxter och försommarsolen blixtrade i dammkornen på dess utsida. Solen stod högt och husfasaderna längs den trånga tvärgatan hade en brinnande korridor av ljus på sig, frånsett den nedersta våningen. En ljusblå restaurangfilt fladdrade på en balkong till vänster.

"I själva verket har jag ett förslag", sa Susanne och pekade på två nygräddade limpor som låg på en skärbräda. "Vi gör oss en skön picknick nånstans på Söder. Du får välja plats om du vill. Allt utom Skinnarviksparken funkar för mig, jag vill inte möta Stefan på väg hem på morgonkröken."

Fredrik skrattade. Han tänkte att Susanne förmodligen hade rätt. Lika säkert som våren lockar fram blommor och blad, lockar den fram söderbögar och gifta förortsmän. Maj månad förvandlade Skinnarviksparken: på dagen till ett näste för barnfamiljer och om natten till ett tillhåll för parkraggare. En av de senare var deras vän, om han inte kilade stadigt. Fredrik hade hört åtskilliga historier om vad som försiggick i parken.

"Då väljer jag Helgalunden, den soliga sidan bredvid kyrkan. Om du inte orkar koka kaffe så köper vi det i nån kiosk på Götgatan."

"Jag orkar visst koka kaffe!" invände Susanne snabbt som ögat.

"Då så. Jag klagar inte. Helgalunden nästa."

"Bra. Jag ska göra i ordning lite saker bara. Vi har väl inte bråttom?"

"Närå."

Fredrik satte sig på en ledig pall vid köksbordet, men reste sig upp igen och gick rastlöst omkring. Susanne tog fram plastkarotter för smörgåspålägg och la ner en stor klick färskost i en av dem. Hon tog också fram något som liknade en kladdkaka ur frysen, la in i mikrovågsugnen och ställde timern på två minuter.

Hon skivade tre stora rädisor, hällde på citronsaft ur en plastbehållare som påminde om en grön limefrukt, och strödde på rikligt med hackad persilja.

Fredrik hade satt sig i en Jetsonfåtölj i hallen. Han iakttog hennes påtande en stund, liknöjd, men tröttnade så småningom och gick in i vardagsrummet och tittade ut mot vattnet.

"Vad vackert det är ute", ropade han till Susanne som var kvar i köket. "Har du förresten sett att din granne längre ner har nallat en filt från uteserveringen? Jag kom iväg i så god tid att jag steg av en sväng vid Karlberg och spanade på joggare. Det var redan sjutton grader i skuggan när jag drog hemifrån."

"Mm. Såg du nåt då?" frågade Susanne tankspritt.

"Nä. Inget speciellt. Det var ganska tomt på folk faktiskt. Jag mötte bara några vid pendeltågstationen."

"Jaha. Har du börjat jogga själv ännu?"

"Haha, nä! … Jag har tagit fram löpardojorna och hängt träningsoverallen på en galge i tamburen för att jag ska komma iväg. Jag var faktiskt på väg ut i förrgår, men så ringde Stefan och, jaaa, du vet. Jag har svårt att orka sent på kvällen. Men jag kanske ska springa i morgon."

"Okej. Jag har heller inte sprungit, men jag gympar i två veckor till. Sedan fryser jag mitt kort och tar fram tajtsen."

"Vi kanske kan jogga tillsammans nån gång."

"Vilken bra idé. Det kan vi göra. Visserligen kommer jag att ångra redan i morgon att jag sa så. Men det skulle vara bra med lite press och faktiskt komma iväg. Jag tror vi springer ungefär lika snabbt", sa Susanne medan hon donade med matkorgen. "Eller lika sakta. Nån som springer snabbt är Lukas. Du anar inte! Jag har förresten hört av honom lite dåligt på sistone. Har du sett honom på stan? Fått syn på hans sportbil eller så?"

Fredrik fick en klump i halsen.

"Nä, inte på länge. Så fort jag ser en Porsche tänker jag på honom, men det är inte direkt så att jag spanar. Förresten, har han nämnt nåt om sin bil som försvann från ambassaden?" frågade han för att byta samtalsämne. Det var ju konstigt om Lukas inte skulle ha märkt något. Och ännu konstigare om han inte hade nämnt det för Susanne.

"Nä, lustigt nog. Han måste ha anat att det var jag, men efter att ha tvättat den parkerade jag den på gatan utanför där han bor. Jag sa inget när jag lämnade tillbaka nycklarna. Han kanske inte ens tänker så långt ..."

"Nä, det tror inte jag heller ..." *Det gör han visst.*

Fredrik funderade på varför Lukas inte hade sagt något. En del håller tand för tunga för att inte dra till sig uppmärksamhet. Lukas har hållit käft om en så udda sak att hans bil försvinner och återuppstår två dagar senare. Han kanske är skraj för att bli avslöjad. Frågan är för vad?

Susanne skramlade i köket.

"Jo men jag skulle ju berätta om Lukas när han springer. Jag följde med honom på en joggingtur strax efter att vi hade träffats. Det var en del snö kvar ännu så han sprang och jag cyklade. Han springer skitsnabbt alltså!"

"Jaså verkligen?"

Fredrik letade efter något i Susannes berättelse som kunde leda in samtalet på något annat.

"Mm. Och efter vi gjort en runda på en mil – på trettioåtta minuter trots uppförsbackar! – börjar han göra armböjningar och situps! Kan du tänka dig?"

"Oj!"

"Ja! Inte undra på att han har en sån snygg kropp. Han sa helt anspråkslöst att han joggar varannan dag och går på gymmet varannan. Man får snygga benmuskler av att jogga. Hans tröja var inte ens blöt."

"Säger du?" svarade Fredrik lojt. Han hade ställt sig vid skjutdörren till köket och iakttog Susanne fixa mackor med färskost, kalkon, sallad och tomat. "Men det tråkiga med en snygg kropp är väl ändå att den måste underhållas. Annars förfaller den. Och förfallet av en snygg kropp, det är ju liksom värre än att *alltid* ha varit en soffpotatis."

Susanne såg på honom med ett roat ansiktsuttryck, men fortsatte med mackorna.

"Trams, du är bara avundsjuk. Du skulle ääälska att dra dina pianofingrar över hans muskulösa lår."

"Inbilla dig inget. Jag har nämligen träffat en tjej!"

Susanne slant med brödkniven och tappade den på golvet. Instinktivt hoppade hon åt sidan innan kniven fastnade mellan spisen och en öppen skåpdörr.

"Va sägeru? Har du träffat nån?"

"Nja, det finns inte så mycket att berätta ännu. Hon heter Elisabet och jobbar i en butik på Hornsgatan. Vi sågs för ett par dar sen när jag och Stefan skulle fika. Hon jobbar där."

"Jaha, så nyligen! Har du träffat henne sen dess?"

"Nä, det kan man inte säga. Hon var på samma konsert som vi–" Fredrik bet sig i överläppen. Han kom ihåg Lukas och Regina och sitt samvete. Det gnagde djupare och djupare. Snart skulle han spricka om han inte fick berätta för Susanne om vad han hade sett och hört. Eller åtminstone fråga henne om Lukas kan vara ihop med någon.

"Ja, och? Du sa att hon var på samma konsert. Mer då?"

"Just det. Hon tyckte den var jättebra, precis som vi. Hon råkar gilla klassisk musik och opera. Häftigt va?!"

Susanne log misstänksamt och granskade honom med omsorg. Fredrik hade svårt att avgöra om det var för att han nästan försagt sig om konserten, eller om det var Elisabet som Susanne tänkte på. Han bemötte hennes avoghet med en axelryckning.

"Det är väl bra att hon tycker om musik", drev han på. "Alltså har vi nåt att prata om. Hon kör motorcykel också. Det gillar jag ju."

"Jag vet", skrattade Susanne. "Jag vet!"

Hon vek in smörpapper mellan de två sista smörgåsarna, la alltsammans i en plastpåse, sög ur luften och knöt ihop. Sedan kastade hon paketet till Fredrik, som tog lyra, och bad honom att lägga det i ryggsäcken.

Han ställde paketet ovanpå ryggsäcken som låg alldeles innanför dörren. Susanne samlade ihop brödsmulorna och tog fram en handdammsugare som även sög upp lite blomjord som hade hamnat på spisplattorna.

"Jag ska göra mig klar riktigt snabbt så kan vi gå sen", sa hon.

"Mm. Det är ingen brådis. Vädret ser ut att hålla i sig."

"Vågar du ta in Felix?"

"Helst inte. Du kan göra det när jag gått ut."

Han återvände till vardagsrummet. Felix satt på en trästol utomhus och tittade nedlåtande på honom. Om jag bara vågade putta ner dig kattkräk, tänkte han. Jag skulle inte tveka en sekund. Men du skulle förstås överleva ett fall från sjunde våningen. Egentligen borde jag tajma med en bil som kör över dig. Fast då måste jag putta ner dig från ett fönster. Det går inte.

Felix jamade förstrött och blottade överlägset en ojämn rad huggtänder. Gesten tycktes vara riktad mot Fredrik som var ensam i vardagsrummet.

Han övergav katten och strosade runt bland Susannes bokhyllor och fåtöljer. Tapeten med jugendmönster lyste upp i solskenet som studsade på ett blankpolerat skrivbord. Han drog med ett finger längs hyllkanten där hon förvarade sina cd. Inte ett dammkorn, så otroligt rent överallt.

Han fick syn på en brosch som han inte kände igen. En guldbrosch med en grönskimrande sten i mitten. Den kändes för mörk och för stor för att vara en smaragd, men också för skimrande för att vara glas.

"Den är från André", sa Susanne plötsligt. Hon stod strax bakom honom och redde ut håret med en borste. I andra handen hade hon en handduk att torka topparna med.

"Ser man på! Du har också fått en present!"

"Du *också*?" upprepade hon fånigt. "Vad menar du med det?"

"Jag fick en Paneraiklocka i förrgår. När fick du den här?"

"Också i förrgår. Den kom med bud. Jag tänkte faktiskt på den en kvart innan du dök upp, för jag tänkte visa dig. Men så glömde jag bort. Jag har redan förlagt asken som den kom i. Den var jättefin, med hans monogram A.A. handmålat på blå sammet. Samma monogram finns bakpå broschen."

Fredrik fingrade på broschen och ställde den tillbaka på hyllan.

"Min klocka kom också i en ask med monogram. Jag var först lite tveksam om jag skulle berätta för dig. Jag tänkte att det kanske var en invit eller nåt, alltså från honom, sexuellt eller så, och att jag inte borde nämna det. Nu känns allting klarare. Han har bara gett oss varsin present."

"Det är väldigt generöst, tycker du inte? Jag är jätteglad över broschen. Jag har ju så mycket svart i garderoben och broschen passar till mycket av det, jag har redan provat den till en svart sidenklänning. Vad tror du det är för nåt? Är det en smaragd?"

Fredrik lyfte åter broschen från hyllan, vägde den i hand-en och inspekterade dess baksida. Han beundrade den prydligt infattade stenen och den tunna raden av små pärlor som löpte runt kanterna. Och att stenen glittrade så fint.

"Jag vet inte. Den känns tung och stor, men det kanske finns smaragder som inte är så dyra. Den ser dock ut att kosta skjortan. Jag skulle gissa på ungefär hundrafemti tusen", sa han menande.

"Va?! Så dyr? Hur kan du gissa det, om du inte ens vet vad det är för sten?"

Fredrik ställde tillbaka broschen på hyllan. Den skimrade klarare än Felix ögon och reflekterade solljuset i långa gröna strimmor längs hyllkanten, utan att stanna vid ett endaste dammkorn. Susanne hade städat noggrant.

"Det är bara en gissning. Min nya klocka kostar det. Jag hörde mig för i en uraffär på Biblioteksgatan. Herr AA skulle antagligen ge oss lika dyra presenter. Tror du inte?"

Susanne var allvarlig och förvånad på en gång.

"Så dyr. Inte har han då ont om pengar. Vi har redan fått tjugo tusen var för två spelkvällar och om två veckor ska vi spela igen. Det här går ju finfint. Jag lär inte ta ett extrajobb på NK. Inte ens om Cissi ber mig på sina bara knän."

"Nä, inte jag heller."

"Men ska inte du på fler intervjuer?"

Fredrik harklade sig.

"Förlåt", sa Susanne. "Jag glömde bort för en sekund att du ... är mellan arbeten, och intervjuerna och allt det där."

"Det är lugnt. Men i år behöver jag verkligen dryga ut kassan så mycket det går. Min förra chef har inte hört av sig som hon lovade. Jag är bitter över det."

Susanne gick iväg med handduken och återvände med håret uppsatt i en hästsvans. Hon gick ut på terrassen och släppte in katten och Fredrik började ta på sig skorna.

"Har du tänkt på en sak Sussi?" sa han när han snörde skorna. "Vi har inte skrivit på nåt kvitto för vad vi fått för pokerkvällarna. Samtidigt som André påstår att han undersöker skattebrott för skattemyndigheten. Verkar det inte lite konstigt?"

"Jo. Jag har tänkt på det också. Ibland funderar jag på att vi kanske borde tänka om. Men allt är så spännande och skönt med pengar som rullar in utan att vi behöver göra så mycket. Kanske jag skulle be nån på polisen ta reda på mer om AA. Mitt intryck av honom är dock mer och mer positivt. Vad tycker du själv?"

"Mm kanske, men tveksamt. Vad går det här pokerspelandet ut på egentligen? Vi har nästa kväll på torsdag om två veckor. Spela går väl hyfsat, men jag förstår inte hur uppdraget ska utvecklas."

"Utvecklas och utvecklas", upprepade Susanne, "ingen aning. Vårt jobb är att spela tills han säger nåt annat. Det ingår nog i hans plan att vi inte vet så mycket. Ungefär som när man gör personlighetstest du vet. Man säger inget i förväg för då sabbas allting. Vi kanske inte ens *kan* förstå."

Fredrik var färdig med skorna och rätade på ryggen med ett knyck samtidigt som han strök bort katthår från byxbenen. Susanne räckte över en tejprulle.

"Jag släppte in Felix för en stund sedan. Bara så du vet."

"Jag vet. Jag både såg och hörde dig. Men vi ska ju gå ut nu så han hinner nog inte anfalla mig."

"Nä, det tror jag inte." Hon vände sig om. "Jag skulle säga nåt viktigt, men jag har glömt bort vad vi pratade om innan du började vifta med handen över byxorna."

"Du skulle säga vad som ska hända med pokerkvällarna".

Fredrik tog på sig ryggsäcken.

"Så var det. Vi ska alltså spela om två veckor. Jag har inte fått reda på lokalen än, men André ringer nog dagen före som tidigare. Det enda jag har fått veta är att det är närmare city än förra gången."

"Var det är spelar väl ingen roll. Spelar roll förresten, höhö. Platsen skiter jag i, det är vad som händer efteråt som jag oroar mig för. Du säger att vi kanske inte kan förstå. Vet inte om jag håller med, vi är ju inte precis dumma. Om han förklarade fanns det ju åtminstone en chans ..."

"Jajajaja. Jag tror så här, att André sa klubben inte deklarerar nån inkomst."

"Ingen inkomst över huvud taget? Det är inte möjligt!"

"Nej, vänta! Dom deklarerar en *viss* inkomst, men den är väldigt liten. Samtidigt säljs det tydligen mycket sprit, även om evenemangen inte räknas som ett slutet sällskap."

"Men det är väl ett slutet sällskap om dom bara bjuder in utvalda."

"Vänta nu! Det är inte ett slutet sällskap om man bjuder in olika personer olika gånger. Det finns ju inget medlemskort eller så. Tro mig, jag är tillräckligt påläst för att veta vad som räknas som ett slutet sällskap."

Susannes tydliga pik fick Fredrik att skämmas och han ville inte käfta emot. Han stod alldeles stilla i entrén och tittade ner på golvet.

"Vår uppgift är att bevisa att klubben har inkomster av sprit och cigg. Om vi lyckas med det så får vi 500 lax i bonus. En halv mille var! Frågan är bara hur."

"Vadå, hur vi får pengarna?"

"Dumstrut! Nej. Frågan är såklart hur vi visar att klubben har odeklarerade inkomster."

"Äsch ..."

Susanne blängde otåligt på honom. Ibland tyckte hon att Fredrik var korkad. Hon behövde någon resolut, vissa saker kan man inte vänta på.

"Som det ser ut just nu måste vi besöka klubben flera gånger i sommar", sa Susanne högljutt. "Själv föredrog jag att bli klar tidigt. Nästa gång om det går, kassera in och göra nåt annat. Jag borde också lägga in en liten stöt på Lukas. Annars glider han mig ur händerna."

"Okejrå sessan!" utbrast Fredrik. "Let's do it! Vad *det* nu är för något! Haha! Vi tar med oss mikrofoner och en digital videokamera. Du får offra en handväska, men du har så många. Vi gör hål i den så att vi får igenom linsen. Sen filmar vi som bara sjutton! Jag minglar runt och ber om drinkar. Och kvitto."

"Ingen anledning att vara ironisk. Vi måste visa framfötterna, inte bara jag utan du också, men vi behöver inte vara korkade."

"Jaså. Vad betyder framfötterna?"

"Ja, det du sa nyss till exempel. Skitbra! Du har planerat allt redan", sa Susanne och strök honom på kinden. "Nu går vi på picknick i Helgalunden och tänker inte mer på det här. Jag har redan mikrofoner. Och köper en videokamera och ser efter i garderoben vad jag kan avvara. Jättebra idé."

Hon gav honom en systerlig puss på pannan och föste ut honom genom dörren. Sedan återvände hon till vardagsrummet, ryckte åt sig nyckelknippan, stängde och låste.

Felix jamade missnöjt bakom den stängda dörren. Fredrik hade redan hoppat ner alla sju våningar och väntade på henne vid ytterdörren.

Helgalunden låg i sval grönska, solen hade stekt bara en kort stund på gräset och det dröp ännu av dagg. Allhelgona-kyrkans faluröda fasad var inbjudande och varm, så Susanne och Fredrik bredde ut en mjuk filt på dess västra sida. Likt en fästning stadgade de dess hörn med picknickkorgen, en stor termos och två Tupperwarelådor.

"Vad skönt det är här", sa Susanne och tog av sig skorna. Hon vickade på tårna och inspekterade nagellacken. "Jag la på det här i morse. Vad tycker du? Funkar det?"

"Jorå, finfint. Jag hoppas ingen kommer och kör bort oss bara", sa Fredrik och såg sig omkring oroligt. "Brukar dom inte ha högmässa här. Hur mycket är klockan nu?"

"Visar inte din hundrafemtiotusenkronorsklocka tiden? Tiden har blivit dyrbar", fnissade Susanne och sneglade på sitt armbandsur. "Hon är halv elva."

"Haaa-haaa. Det är klart att den visar rätt tid. Men jag vågade inte ha den på mig i dag. Jag visste ju att vi skulle på picknick."

Han la sig tillrätta på filten och sträckte ut armarna ovan-för huvudet. Himlen var ljusblå och det fanns inte ett moln så långt ögat nådde. Han blundade och lyssnade på trafiken på Götgatan. Den hördes bara som en svag susning och i stället la han märke till fågelläten och barnskrik. Många olika ljud bar över takåsarna en lugn förmiddag som denna.

Susanne plockade raskt fram sin picknickservis. Rör-strands Kolorita. Hon hade den i alla färger.

Fredrik tankar vandrade iväg till Elisabet. En solig dag som i dag tvättar hon sin motorcykel och putsar lädersitsen.

Som tomboy klär hon sig i avklippta jeans och ärmlös t-shirt. Eller åtminstone uppkavlade tröjärmar.

Han hade provat att ringa henne några gånger utan att få svar. Hon måste ha hemligt nummer, upplysningen hittade ingen Elisabet på Karlbergsvägen. När vi ses ska jag be om hennes jobbnummer, tänkte han. Han ville så gärna att hon skulle ha en telefonsvarare med ett mysigt meddelande, som han kunde lyssna på emellanåt.

"Vad tänker du på?" frågade Susanne.

Fredrik slog upp ögonen.

"Elisabet. Jag har försökt ringa henne i en vecka utan svar. Vill lämna meddelande, men hon har ingen svarare. Det är så otroligt frustrerande."

"Hon ringer säkert snart. Hon har oregelbundna tider om hon jobbar i tidningskiosken, inte sant?"

Fredrik hoppades att Susanne hade rätt, även om Elisabet hade sagt att kiosken bara är ett extraknäck. Hon kanske har åkt på semester och snart skulle han få ett vykort. Pussiga och kramiga hälsningar från Egypten. Hon skulle ringa honom när hon är hemma.

"Vad tänker du själv på?" frågade Fredrik.

"Jag tänker på Lukas. Han har heller inte hört av sig på ett tag. Men han kommer nog till pokern nästa gång. Vi lär se honom då. Nåja, jag får inte vara för ivrig, ringa honom och hålla på och joxa. Han är den sorten som drar sig undan om man visar tydligt intresse."

Fredrik fick en klump i halsen. Nu eller aldrig.

"Jo ... Sussi?"

"Yes?"

Jag måste få det sagt, tänkte han, tryckte sina knogar mot gräset och blev fuktig på överläppen.

"Jo ..." han tvekade en stund till "... jag tror att jag såg Lukas och Regina på konserten."

Det blev dödstyst. Fredrik visste inte om det hade slagit lock för hans öron eller om gräset och träden omkring dem helt hade tystnat. Han lyfte försiktigt på huvudet och kisade motsols för att se om Susanne hade stigit upp, men hon låg stilla som en ödla på filten. Hon blundade ansträngt och det gick några sekunder.

"Vad är det du *säger*? ..." viskade hon hest.

"Jag såg Lukas och Regina på konserten. I kyrkan."

"Du måste skämta!"

"Nä."

"Men, jag fattar inte. Hur i all sin dar varför där dom två ihop på en konsert helt utan vidare jag förstår inte–"

"Jag är ledsen Sussi", avbröt han. "Mest för min egen skull för att jag är så feg. Jag har velat säga det här så många gånger och inte fått det ur mig. Vad du än gör så dra inga förhastade slutsatser. Och bli inte arg på mig. Snälla."

Susanne rullade över på mage, ställde sig på alla fyra och kände sig för pannan. Gräsmattan bågnade och hon kunde se varenda detalj i den, från smågrus till myror och mikroskopiska bitar av döda löv. Hon föreställde sig Lukas och Regina, hand i hand på en picknick. Hon såg för sin inre syn hur han log mot henne och ville ta på henne. Susanne ville kräkas.

"Ska vi gå hem?" frågade Fredrik.

"Nä helst inte. Men jag behöver nog en kopp kaffe. Jag blev verkligen illamående, vilket du måste förstå. Är du säker på att det var dom?"

"Hundra procent. Jag hade knappt en tanke på Gruberová efter att ha upptäckt dom i publiken. Det blev en ganska vissen konsert kan man lugnt säga. Åtminstone för min del."

"För mig var den vissen redan. Men nu, nu vet jag inte vad jag ska säga. Hur kan dom? Hur *kan* dom? ..."

Stefan hällde upp kaffe i två ljusgula koppar, men det saknades fat. Susanne hade kanske glömt ta med sådana. Trots att det var varmt i solen rykte det om drycken. Han räckte över en kopp till Susanne, men hon avvärjde den häftigt och steg upp.

"Kom vi går en promenad. En kortis. Jag känner jag spyr om jag inte får frisk luft. Det är som i en gryta här. Ingen bris alls."

Han ställde ner kaffekoppen på filten. Han la även över en servett som skydd mot, nja, insekter och damm. Sedan tog han ett stadigt tag i Susannes arm och ledde henne i riktning mot Teaterhögskolan.

"Vi kilar till Skanstull och köper glass", sa han. "Jag tror vi måste prata om det här. Vågar vi lämna grejorna kvar?"

"Visst, absolut. Det spelar ingen roll om det blir stulet", sa Susanne uppgivet. "Jag vet en second hand-affär som säljer porslin i nästan nyskick. Jag tar min handväska men tycker vi lämnar allt annat."

"Jag kan bjuda dig på en glass."

De gick nerför trapporna till Götgatan och längs med biltrafiken mot Skanstullsbron. När de hade passerat Ringvägen fortsatte de i sakta mak över brons högra sida. Fredrik höll koll på Susanne, men sneglade då och då mot kanalen.

Vattnet tiotals meter nedanför glittrade inbjudande i grågrönt. Från Eriksdals utomhusbad hördes glada tillrop från uppvarvade barn. Vid Årstavikens bryggor trängdes motorbåtar och segelbåtar. Susanne andades tungt och höll sin mun öppen mot vinden.

"Känns det bättre nu?" frågade han henne.

"Ja lite. Jag vill inte spy längre. Men jag vill inte ha glass."

"Jag kan äta upp din om du vill. Ska vi gå tillbaka?"

"Mm", svarade hon. "Höll dom händer? På konserten? Lukas och Regina?"

"Nä, dom höll inte händer. Det var inget som tydde på att dom är ett par. Jag tyckte ändå jag måste berätta."

"Fast det är en definitionsfråga. Mer då?"

"Vadå mer då? Om dom är ett par eller?"

"Ja ..."

"Jag har inte en susning. Har ingen av dem någonsin sagt något om den andra? Har ni inte kommit att tala om liksom den andra, om Regina med Lukas eller tvärtom?" frågade han och ställde sig mittemot henne med ryggen mot broräcket och lutade sig bakåt. Han slickade av det sista på hennes glasspinne och la den i bröstfickan.

"Nä. Eller jo. Regina har såklart berättat om hundratals killar som hon förfört. Men det var så länge sen. Vi har ingen kontakt längre. Jag skulle aldrig berätta om Lukas för *henne*. Och jag förstår inte vad han ser hos henne. Tror du att han gillar stora bröst?"

"Have no idea", svarade Fredrik och tänkte på att Lukas kanske tycker om killar i stället. "Dra nu inga förhastade slutsatser. Fråga honom i stället."

"Aldrig! Aldrig!"

"Hur ska du annars få veta?"

Susanne svarade inte, utan började i stället att vanka långsamt tillbaka mot Götgatan. Som i protest. Fredrik såg över räcket ner på marinan och jäktet på bryggorna. Båtägare gick fram och tillbaka mellan sina båtar och bilar. Högar av saker, lådor, flytvästar, fendrar, stövlar och segel lyftes ur bagageluckorna till bryggorna och in i båtarna. Även de allra minsta barnen hade händerna fulla. Alla hjälptes åt.

Susanne hade ökat takten och gick nu raskt framåt, stel som en pinne, helt i sin egen värld. Hennes klackar smällde rytmiskt mot asfalten.

Hur kan dom? tänkte Fredrik.

SJUTTON

En rungande huvudvärk höll Stefan fastnitad mot huvudkudden. Han hörde väckarklockans tickande och det gjorde honom kissnödig. Till slut kunde han inte stå pall längre: han sparkade av sig täcket, kravlade upp, stapplade ur sovrummet och försökte gissa vilken veckodag det var.

Eftersom väckarklockan inte har ringt måste det vara helg, klurade han. Eller så har jag glömt att ställa väckis. Han såg kryptiskt på sitt alter ego i hallspegeln, en nergången rufsig sak med röda ögon och bara en socka. Han kisade för att undvika det skarpa dagsljuset samtidigt som hans utsträckta hand banade väg mot badrummet.

Han drog in sin andedräkt i näsan (oj-oj ...) och drog även ner boxershortsen som var ovanligt trånga i dag. Balansen svek honom och han fick svårt att stå upprätt. Därför satte han sig på toalettringen – om så bara för att kissa.

Han tryckte med båda händerna ner morgonståndet under sitskanten för att inte skvätta på badrumsgolvet. Att kupa högerhanden under näsan gjorde ingen skillnad, hans andedräkt gick igenom handflatan.

Usch så det luktar illa ur min mun, tänkte han och blev ledsen. Kryddstark mat, cigg, rödvin, tequila, kaffe och en stänk av att ha sovit med vidöppen mun. Ja just det, lägg till en sträng kokain och smaken av metalliskt blod, och den salta smaken av en välutrustad man, men så illa var det inte.

Den dåliga andedräkten måste väck med rejäla tag med tungskrapan, tandtråd, noggrann borstning och turkosfärgat munvatten. Fem minuters pina gör halsen torr som ett sandpapper och nästan luktfri. Tills man hostar och det börjar om.

När Stefan hade kissat färdigt la sig hans penis i vilo-ställning. Han vinglade tillbaka till sovrummet och stod bred-vid sängen. Då la han märke till det starka ljudet från väg-arbetet på gatan nedanför. Det måste vara en vardag trots allt, var hans slutsats, i går var det ju alldeles tyst.

Golvet vibrerade lite, det drog in ljummen luft från fönst-ret och han steg upp för att stänga det. Han såg att fiskarna i det nedsläckta akvariet rörde sig i takt till oljudet. De rörde inte fenorna, men drev omkring i strömmen från akvariets filterpump, som ingjutna i gelé.

Vilket konstigt liv dom lever, utan att bry sig om världen utanför glider dom fram och tillbaka mellan rutorna. Han såg hur de små skakningarna fortplantade sig i tanken och i dag simmade ingen fisk där den brukar. Det var synd om dem.

Under ett ögonblick, då Stefan iakttog akvariet, glömde han bort sin huvudvärk. Den gjorde sig dock påmind när han vände sig om och återvände till sängen. En plågsam smärta, som om att hjärnan gick varvet runt fast han stod stilla. På insidan av huvudskålen tusentals piggar som rispade fram gammalt blod och slem. Det bankade och skrapade och han saknade skärpa i övriga sinnesintryck. Det enda han förnam tydligt var lukten av skit ur munnen. Och en viss kåthet.

Han la sig på sängen och försökte tänka på något annat än sin huvudvärk. Tyvärr bara tråkiga tankar som ville poppa upp.

Varför har jag ingen pojkvän? (Därför att ingen står ut med mig över en månad.) Varför jobbar jag hela tiden även om jag tycker om att lata mig? (Jag har hög lön och behöver pengarna. Och jobb är det näst bästa jag vet.) Varför umgås Fredrik mer med Sussi än med mig? (Kanske för att hon är tjej. Kanske för att hennes pappa är rik.) Varför har killen från Prinsen inte ringt? Varför gick jag till Skinnarviksparken igår? Fast jag lovat hålla mig därifrån. (Jag har nog ingen karaktär.) Varför ville den söta tonåringen med dom tajta byxorna inte följa med mig hem? Är jag för gammal? Ser jag gammal ut? Hur gammal är jag? (Tjugosju.) Det sista hade han i alla fall svaret på.

Han svettades om ryggen och vred sig i sängen som var blöt och skrynklig. Det dunkade i huvudet och Stefan ville ha fönstret på glänt trots att han frös om sina fötter.

Han ställde sig upp igen och vaggade fram till stereoanläggningen. Drog fingret längs långa rader av skivor och valde en inspelning av Skrjabins första pianosonat (f-moll).

Solisten var självaste Fredrik, en ljudupptagning från hans diplomeringskonsert i London fyra år tidigare, och cirka en timme innan Fredrik förstod att han inte skulle bli konsertpianist.

Vad det var synd om Fredriks mamma den kvällen: Hon fick sätta sig ner på en stol och motta nyheten om sin sons inställda planer. Hon var förtvivlad, men höll masken. Hennes lidande ökade av alla gratulanter – mest kurskamrater för all del – som trängde sig fram med blommor och beröm. Till och med skolans välkänt arroganta rektor hade varit nöjd med kvällens Skrjabin, men inget av det tröstade Fredriks mamma.

Stefan sänkte volymen, la sig på sängen och slöt ögonen. Hans såg fram emot sonatens långsamma andra sats, den som flyter på lugnt och stilla, som mjuka droppar av regn. Styckets första sats, som startade alltihopa, påminde om ett styckmord – och hela konkarongen slutade ganska banalt. Ungefär med känslan av att träffa fel kille i baren och ändå inte kunna stå emot. Man tittar på honom lite hastigt, han ser ut som en styckmördare, sexig och barsk, sedan en gång till och en aning för länge, gör ett felsteg som blir två och strax är livet slut. Nackkotan av.

Den tidigare så lovande Fredrik lät begåvad.

Stefan mindes tillbaka till en konsert med pianisten Sjatoslav Richter. Han och Fredrik hade sparat i ett halvår till flygbiljetter och hotell i Östtyskland. Det var en liten förmögenhet för två tonåringar, och deras äventyr kantades av förmaningar från föräldrarna.

Väl på konserten hade Richter spelat samma stycke av Skrjabin, det som Fredrik senare valde som sitt examensarbete. Stefan hade redan då tyckt att stycket var läskigt. Richter, å andra sidan, blev deras husgud efter kvällen i Dresden. Stefan sprang till NK och beställde allt som Richter hade spelat in på skiva. Men eftersom han snabbt tröttnade på saker, hade han gett skivorna till Fredrik i julklapp.

Fredriks vardag blev sig aldrig likt efter Dresden. Richters snabba fingrar armerade en bomb i huvudet på honom. Målet blev att bemästra Skrjabins 1:a före 20, och då var det lite bråttom! Med tårar i ögonen hade han klamrat sig fast vid stolen och memorerat varenda ton som den stora mästaren framkallade. Och åter hemma blev det timmar vid tangenterna. Mamma var förstås glad. Veckan efter kungörelsen stod en Bechsteinflygel i vardagsrummet. (Den gamla flygeln från släktgården nära Sigtuna lyftes upp på vinden.)

Hon hade även ringt en ny pianolärare: 'Goddag ... Jo det är så att min sextonårige son, jo, jo, javisst, Fredrik ja du har ju träffat honom en gång ... Talangfull? Åh tack tack, jo, han har tänkt över det här med pianot och vill satsa ... Jaaa, så, vi undrar ifall ni har tid så ... Ja vad trevligt, utmärkt, javisst, ja, ja, jag ber honom att titta förbi senare i veckan. Ger honom telefonnumret också. Utmärkt. Tack så hjärtligt.'

Snart tio år sedan. Och strax innan Fredrik flyttade till England för sina musikstudier. Men det var inte de tio åren som gav Stefan tårar i ögonen just nu. Det var huvudvärken. Och tanken på att inget består. Richter skulle sluta konsertera. Och dö. Kuken skulle mjukna och vara svår att väcka till liv. Kanske även tanken på att Fredrik inte var så talangfull som de båda hade trott.

Stefan kliade sig i naveln och ryckte loss ludd som hade fastnat från t-tröjan. Han var kåt, sugen på sex och för trött för att gå hemifrån. I stället öppnade han den nedersta lådan i hurtsen bredvid sängen. Där fanns allt möjligt och han började krafsa i högen av tidningar, lappar med telefonnummer och halvtomma godispåsar.

I hurtsen fanns också porr. Han ville åt sina svenska tidningar och en del låg inom räckhåll, i diskreta kuvert adresserade till "Mats Matsson c/o S. Antoine Hiller", just in case.

Han tog den översta av tidningarna och bläddrade raskt till kontaktannonserna. Det var så han ville börja det han strax skulle avsluta. Mer kittlande att läsa om riktiga människor än att titta på retuscherade modeller, även om han ofta tvivlade på att annonserna var äkta.

Hmm, det här är spännande, tänkte Stefan. Hans manliga blick drogs till allting med bild. I en tydlig rangordning: ensamma män oavsett läggning, hetero- och bisexuella par, kvinnor och allra sist homosexuella par, oavsett kön. Det gick inte att förklara varför, även om Fredrik hade frågat honom några gånger.

Här finns sååå många annonser, smackade han belåtet. Han sträckte sig mot sänglampan och tände den. Sovrummet bytte färg från ljusblått till rödlila. Med en snabb rörelse på fjärrkontrollen tystnade Skrjabin och i stället började Cole Porters Love for sale att spelas ur golvhögtalarna.

Stefan låg ännu kvar på sängen, men svängde med höfterna i takt till musiken. Lägenheten vibrerade. Sängkläderna kittlade skönt i ryggen och det gav styrka till hans erektion. Han drog av sig kalsongerna och kastade dem mot klädställningen där de fastnade.

Först ska jag kolla om det är några stammisar som söker sällskap. Det var hans benämning på män och kvinnor (och män som förställde sig som kvinnor) som la in annons så ofta att han kände igen dem. Hur de uttryckte sig och hur de såg ut. Han hade faktiskt koll.

Långsamt nu, mumlade Stefan för sig själv. Men hans andhämtning blev tyngre. Och hans lårmuskler spändes.

Han ögnade igenom kolumner av smeknamn i snabb takt. Varje annons hade en signatur: 'Henke25, Bigboy, Tar dig hårt, GiftBSman, Karin i Skåne, Kalle ljusochsöt, Söker trogen pojkvän, Heterobrud, Hellasgårdens bastu, Leatherman, Kattmamman, Olydig pojk, Tar dig hårt (igen!), Seriös26cm, Möt oss i vår, Omättliga Marie, Rullsandsparet, Generös man, Finns du här jämnåriga quinna? ...'

Där! Den där är riktigt fin och avklädd på bild och allt. Honom skulle jag vilja träffa, för en kväll. Hur skulle det vara?

Efter två minuter var han helt klar och slut, tog fram en cigarett ur paketet i hurtsen, tände den försiktigt och blåste rökringar mot taket. Sedan somnade han tungt med fimpen i mungipan.

En timme hann gå innan telefonen ringde. Stefan studsade ur sin säng, och rabblade i huvudet alla ursäkter han kom på för att inte ha hört av sig. Han stirrade stelt på telefonen i några sekunder och svarade.

Men det var inte chefen, utan Fredrik.

"Du skulle ju ringa mig i går. Vad hände?"

"Är det bara du? Inget särskilt, jag var ute med Alexandra och Rasmus och sedan på berget", svarade Stefan sömnigt. "La mig med en jobbig huvudvärk som är borta nu. Läget?"

Han hörde hur Fredrik suckade i andra änden av luren.

"Inget vidare. Jag har dåligt samvete för att jag inte är helt ärlig med Sussi. Har du tid en stund? Jag måste prata med nån ..."

"Jaså", sa Stefan och kliade sig i skrevet. "Jag trodde att ni var helt öppna med varann."

Han gick till fönstret och tittade ut mot gatan. Det hade blivit sämre väder och alla gubbar som jobbade med asfalten var på kaffepaus i sin barack. "Har det nåt med pokern att göra? Du sa att det inte gått så bra ..."

"Nä, eller jo, vi har inga direkta hemligheter. Men det här är så känsligt. Det har *inte* med pokern att göra. Nja, eller i så fall att hon försummar pokern av fel anledning. Jag vill lätta på mitt hjärta och höra vad du tycker. Du kanske kan ge mig ett råd. Om du har tid."

"Okej okej! Säg det, rakt ut bara. Svamla inte."

"Nja–"

"Säg som det är bara!"

"Sussis kille eller vad han nu är, killen som hon dejtar. Jag tror att han har en annan", hostade Fredrik.

"Vad är det för särskilt med det? Det har väl både du och jag hamnat i. Kan inte tänka mig att Sussi inte vart med om det tidigare. Vi är vuxna människor. Hallåååå!"

Det var tyst i Fredriks ände av luren i några sekunder.

"Fast det är ingen tjej. Det är nog en kille."

Stefan hajade till.

"*Nu* blev det här spännande!"

"Har du en stund över då? Jag är på pappas jobb och har ingen tid att passa. Har blivit förkyld också, attans, men jag gick ändå hit, vi har käkat lunch och jag ska bläddra i jobb-annonsbilagan."

"Visst har jag tid. Så länge du vill. Jag har tänkt en del på vad ni håller på med. Fast det här med Sussi behöver ju inte påverka det. Eller?"

”Jorå. Att Sussi och jag spelar har inte krånglat. Men det är värre det här med Lukas.”

”Okej”, svarade Stefan sakligt. ”Första pusselbiten. Han heter alltså Lukas. Ta allt från början.”

Fredrik kom igång sakta. Han berättade om herr Aubry, uppdraget, om Lukas, Regina, Karl Stenstam och så vidare. Stefan lyssnade alert och tålmodigt och avbröt endast då och då med ett hummande eller ett 'Jaha'.

”Alltså, det jag behöver veta är hur jag kan ta reda på om Lukas är bög eller inte”, sa Fredrik.

”Hur menar du?”

”Ja, du vet, om han gillar killar eller inte. Jag har tänkt på det du sa om killen du träffade tidigare.”

”Vem då?” frågade Stefan överdrivet förvånat.

”Killen du träffade tidigare, Lars.”

Stefan sa ingenting.

”Den där Lars som du träffade!” Fredrik höjde sin röst. ”Med efterhängsen pojkvän. Dom hade vart ihop i tre år eller nåt sånt när du och Lars lärde känna varann. Heter inte den killen Lukas? Du berättade om honom när vi lunchade på Prinsen. Strax innan du fick ett span, på restaurangen och skulle träffa honom samma kväll, alltså den andra.”

”Jahaaa *den* Lasse!” Stefan skrattade högt. Egentligen lät Stefan inte fjollig, han hade med flit lagt sig till med en mörk röst när han började jobba med pengar. Men ibland, när han skrattade, sprack rösten och vokalerna blev till ett nasalt joddel. Det gav en pling i varje smygbögs hydrofon.

”Nämen berätta nurå”, inflikade Fredrik. ”Beskriv den dära Lars.”

”Okej okej. Ta det lugnt. Det är inget märkvärdigt med honom. Vi träffades ute, en blond sak med ett trevligt leende. Problemet var att han inte fastnade för mig, alltså som jag för honom. När jag frågade varför – det var inte så att jag skulle gifta mig, men jag ville åtminstone ha sex – var han först tyst, men berättade sedan om ett ex som inte lämnar honom ifred. Lukas. Det är allt. Jag tyckte det var ett smart svepskäl. Bättre bli nobbad för ett svartsjukt ex än att bli nobbad för, nja ... ingenting Hajaru?"

"Absolut. Men du, Lukas är väl ändå ett ovanligt namn?"

"Va?! Att samma Lasse har varit ihop med den Lukas som Sussi är blöt för?"

"Säg inte blöt för, det låter så billigt. Om Sussi skulle höra dig så skulle du få på käften."

"Jag bryr mig inte."

"Nä."

"Nä. Men oavsett, jag kommer inte på nåt mer om Lasse. Jag har ju försökt glömma honom. Vi sågs bara två gånger. Tänkte redan då att han vill ha nån med pengar och antog mina chanser vara små eftersom jag inte sparar ett öre. Det var nåt annat jag kunde leva med."

"Mm-hmm."

"Ja, sen hände det inte så mycket mer. Jag väntade ett par dar på att han skulle ringa men det gjorde han inte. Sen dess har jag såklart träffat andra ..."

Fredrik visste det redan. Han kände ingen med så många sexpartners som Stefan. Om Stefan reste en vecka till Gran Canaria hann han med minst fem killar, ibland flera på en och samma kväll. Det blev till många berättelser. Stefan brukade bjuda på lunch efter varje sådan semester och berätta om sina äventyr.

"Och vad saru om Lars före detta?"

"Lukas? Han är snygg tydligen, kör en fin bil och leker boy toy åt nån rik gubbe i stan. Hurså?"

"Hmm, jag försöker ju ta reda på om det är samma Lukas som den Sussi har träffat."

"Det finns många Lukas i Stockholm, inte sant?"

"Naturligtvis, men inte många som kör Porsche och som är homosexuella."

"Men du sa ju nyss att du inte vet om han är homo eller inte!"

Fredrik suckade.

"Det vet jag ju inte heller. Jag vill ta *reda* på det. Kan du hjälpa mig?"

"Bien sûr. Vad ska jag göra?"

"Ring Lars."

"Never!" väste Stefan. "Jag gör allt för dig, vet du, men ringer honom gör jag fan så heller. Nästa förslag!"

"Men Stefan, snääälla."

"Nä, jag gör det bara inte. Nästa förslag."

"Jag kommer inte på nåt mer", sa Fredrik uppgivet. "Sussi och jag pratar inte om det. Jag har visserligen inte försökt helhjärtat, men jag vet det inte funkar. Hon skulle vända och vrida på allting tills det är mitt fel att Lukas är bög, eller att jag försöker få det att verka så bara för att trösta henne. Båda blir lika fel. Nåt annat vi kan göra?"

"Säg inte *vi*. Jag hjälper dig, men jag vill inte bli insyltad. Och jag vill inte ringa Lars eftersom det är hans tur att ringa. Vi kanske kan prova nåt annat för att ta reda på om Lukas är bög. Jag har en plan."

Det sista var en lögn. Stefan hade ingen aning. Men han visste att det skulle lugna Fredrik och ge honom betänketid. De kunde klura ut något tillsammans.

"Du är en riktig kompis", sa Fredrik tillgivet.

"Minns det nästa gång du och Sussi hittar på kuligheter utan att ringa mig. Ni kunde ha sagt vad ni håller på med, så hade vi sluppit ha det här samtalet."

"Okej", pep Fredrik och skämdes. Det fanns förstås inget att skämmas för, men Stefans plötsliga utfall hade samma effekt som Susannes.

Stefan la märke till att Fredrik var tyst. Han fick lite dåligt samvete (lite lite).

"Nåt annat nytt?" frågade han uppmuntrande. Han ville somna om men hade inte hjärta att lägga på. "Jag ska nog ut i kväll. Vill du följa med?"

"Vart då?"

"Vet inte. Vi kan ragga ihop om du vill. Ut på en bit mat först och sen till nån klubb, vad sägs?"

"Kanske inte i kväll. Jag måste berätta en sak."

"Fler hemligheter? Säg det rakt ut bara."

"Jag har ju träffat en tjej."

"Men kom igen! Just som jag hade fått hopp om att du ska komma in på den rätta vägen. Jag har såå många killkompisar som du skulle passa ihop med. Dom trånar efter dig – det finns inget sexigare än en kille som spelar piano utan noter. Och naken. Och utan att behöva dra in magen. Och du går och träffar en tjej! Tala om att krångla till det. Vem är *hon* då? Säg inte att det är den där snärtan på Hornsgatan. Hon såg i och för sig kåt ut, men du förtjänar bättre."

"Bättre?"

"Bättre än… *hon* liksom."

"Du har såna fördomar. Hon gillar klassisk musik, kör mc och jag trivs verkligen med henne. Det är väl bra?! Dessutom säljer hon tidningar bara två kvällar i veckan, ifall du nu tycker att det inte är nåt yrke."

"Vad gör hon för övrigt då?"

"Öh, det vet jag faktiskt inte."

"Nähä, det vet du inte. Konstigt. Och du anar inte hur många bögar i stan som kör mc. Dom har skägg, hårig överkropp och svart läderoverall, tunga boots, rubbet. En del skulle hoppa i säng med dig om du bara släppte till lite."

"Varför vill du jämt hitta en pojkvän åt mig?"

"Det måste inte vara en pojkvän. Men jag vill att du ska hoppa i säng med åtminstone *en*, så du vet vad du går miste om."

"Som den där Peter?" gnällde Fredrik.

"Just det. Ekonom, stabil till lynnet, *jättebra* i sängen."

"Det vet du förstås."

"Jag skulle väl inte sälja nåt utan att testköra först. Då kan jag ju inte ge garanti."

"Haha", garvade Fredrik, "förstås inte."

"Dessutom har han en snygg kropp. Tränar styrkelyft och en del annat, du slipper vara rädd när ni går ut."

"Berätta igen om skorna, dom där som kostar flera tusen, snääälla."

"Du försöker låta sarkastisk men lyckas inte", sa Stefan lojt. "Lika bra du låter bli. Visst, han gillar dyra skor, du får se mellan fingrarna. Men han har okej smak och jag tror ni två kompletterar varann. Du är arbetslös, han jobbar ihjäl sig. Du är konstnärlig och kreativ, han kan det där med stålar och deklarationer. Du är tafatt och passiv, han sätter dig ner på sin soffa, ger dig en tolva gin och fixar resten."

"Det låter som om du sålde en häst ..."

Stefan rättade till telefonluren under sin haka och drog på munnen. Det där måste ha varit en freudiansk felsägning. Men han var tröttare än någonsin, fortfarande torr i munnen och med dålig andedräkt. Han ville avsluta samtalet.

"Glöm inte, jag ska bjuda er båda på middag. Alltså inte endast er två, utan en hel drös snubbar. Då kan du vraka och välja – jag ser till att det kommer singlar – och sanna mina ord, du kommer att välja Peter. Förresten, Sussi får inte komma, men det fattar du va?"

"Visst. Utmärkt. Jag gör som du säger men tänker ändå träffa Elisabet."

"It's a deal. Men glöm inte att ta reda på vad hon gör när hon inte jobbar i butiken. Kvinnor är inga helgon. Vissa är rent av slampor."

"Nejdå. Hare bra. Jag lägger på nu. Jag säger åt Sussi att du har en plan. Hon försöker nog ringa dig senare i dag eller i morgon. Ha det så fint i kväll."

"Det är okej. Vi hörs!"

Stefan ställde ifrån sig telefonen. Han laddade sin kaffebryggare och gick till fönstret för att spana in vägarbetarna. Där kunde det verkligen finnas snyggingar. Men de hade gått hem för dagen.

Han sneglade på klockan som visade fyra och lyfte på luren för att ringa sin chef. Han var på ett eftermiddagsmöte. Stefan lämnade honom ett meddelande via sin sekreterare Ingeborg. Även det samtalet tog tid att avsluta.

Han la sig på sängen ... 'Det är ju så förfääärligt att vara sjuk. Tackars tackars dej. Förresten, någon som heter Susanne har frågat efter dig, hon ringde två gånger under förmiddagen men det lät inte så angeläget. Krya på dig nu Stefan. Jag tänker på dig. Med hela hjärtat. Glöm inte det. Glöm inte det Stefan', hade hon upprepat medlidsamt tills han la på.

Han undrade hur det skulle gå med världen ifall det bara fanns sådana som han själv, och inga som Ingeborg, och strax föll han i sömn.

Fredrik hade inte ridit ut sin förkylning. Vad som hade börjat som en kittling i halsen, blivit till enträgna klumpar av snor, akne och rödsprängda ögon, och gett honom så spruckna läppar att han inte kunde dricka kaffe, var åter en kittling i halsen. Skönt att vara nästan kry, även om han nu saknade ursäkt för att inte fixa i lägenheten. Och för att söka arbete.

Besynnerligt hur idéer sinar, tänkte han och sörplade på varm consommé vid köksbordet. Några månader tidigare, i startgropen till att flytta, brann han av iver att dekorera, köpa nya möbler, låta pianot stämmas, slänga bort gamla tidningar (åtminstone mattidningar) och pocketar.

Mycket hade behövt göras: adressändring, flytt av telefon och flyttbil. Ledigt från jobbet en torsdag och fredag (Stefan ville inte hjälpa honom på en helg) ordnade sig när hans vikariat inte förlängdes, nya nycklar och kopiering av extranyckel, montering av säkerhetslås och så vidare.

Allt hade gått som smort. Flyttkillarna som bar pianot uppför trapporna till lägenheten, för att inte tala om låssmeden, alla hade varit jättesnygga. Givetvis flörtade Stefan med dem allihopa, så att ingen hade stannat kvar ens för en lättöl. De jobbade på moltyst, vände aldrig ryggen till och tittade i golvet och på sina klockor, för att springa nerför trapporna när arbetet var klart. Och Stefan visade tydligt att han inte kunde se sig mätt.

Fredrik bodde äntligen på Grev Turegatan, i en drömkåk på en tillräckligt bra adress – men luften hade gått ur. Han borde vara glad men kände sig nere, han borde bjuda in folk men ville dra för gardinerna. Framför allt kände han inte igen sig själv – hans liv hade stämningen av en sjukstuga.

Mamma hälsade inte på längre, vilket hon hade gjort nästan varannan dag den första tiden, alltid lika hoppfull om att se förändringar i bostaden, kanske en ny list, nytt kakel, ny puts. Hon tjatade förstås aldrig, men han såg missnöjet i hennes stela ansikte: 'Tre miljoner från oss, mamma och pappa, har åstadkommit ... *det här?*' låg på hennes diskret målade läppar trots att hon inte sa något.

"Jag är i alla fall skuldfri", hade han svarat, som om han kunde läsa tankar. "Tack vare dig och pappa. Tacka pappa i kväll också. Jag är jätteglad förstås och tacksam ..."

Mamma hade stängt ytterdörren och knappt visat sig på fem veckor. Hon hade återvänt endast en gång och fyllt kylskåpet med frukt och grönt och frysen med hemmagjorda släta bullar och consommé. Bullarna tog slut på en vecka och den klara buljongen började han tulla av när förkylningen slog till.

Morgonen efter det första pokerpartiet med Susanne kom ett vykort från Hongkong undertecknad 'Ma & Pa'. Ett kort postskriptum: 'När du är klar med våningen vill vi bli bjudna på middag. Vi tar med oss ditt favoritbubbel. Skynda dig!' Det sa allt, något måste hända snart.

Fredrik smuttade på den varma vätskan. Den var god och smakade starkt av oxmärg och timjan. Hans mamma hade skummat av den på alla rester, så att endast en klar mörkbrun dryck återstod. Innan Fredrik hade ställt isblocket på tallriken, in i mikrovågsugnen på tining och uppvärmning, hade han pressat två vitlöksklyftor ovanpå alltsammans. Han gillade vitlök (men inte lika mycket som Susanne) och hoppades det skulle hjälpa honom över tröskeln att bli frisk.

Kaos härskade i vardagsrummet. Fredrik såg sig snabbt omkring och röjde undan några papperskassar för att få plats för rumpan i sin gamla Ikeasoffa. Den hade han fått av sin syster Charlotte. Han var mycket missnöjd med den, dess gula mönster var omodernt och tyget söndertuggat av möss efter somrarna på landet, men han hade inte råd med ny.

Ur musikanläggningen hördes Alessandra Marc i titelrollen i Richard Strauss Elektra, en bootleg från USA:s västkust. 'Allein, ganz allein …' ljöd den bombastiska lyriskdramatiska stämman som var hennes varumärke. Fredrik hittade sin fjärrkontroll under soffbordet och höjde volymen med två snäpp. Han kände sig ensam.

Fan för att vara förkyld, fnyste han, ska det här nånsin ta slut? Det kittlar fortfarande i halsen. Fest och allting i kväll och jag ser ut som en söderpundare som svällt upp av dålig sponken eller nåt ännu värre.

Näsan sved och kändes torr, små hudflagor lossnade och fastnade på hans nariga överläpp. (Har jag feber?) Han petade sig i näsan. Inga pappersnäsdukar till hands rev han av ett hörn på en gammal kvällstidning och torkade fingret på det. Svarta fläckar på pekfingret fick honom genast att ångra sig. Madame Jansson dödar mig om jag lämnar svarta fläckar på hennes tangenter!

Klockan visade halv tre. Vid halv sju måste han gå hemifrån och promenera tre kvarter i riktning mot Karlaplan till balettskolan och ackompanjera madame Janssons (hon insisterade på att kallas precis så, aldrig vid förnamn!) elever på en våruppvisning.

Madame hade legat på hans telefonsvarare med ett omständligt meddelande när han kom hem från stan: 'Glöm inte noterna till Frühlingsstimmen är du snäll … För Guds skull ha på dig frack! … Mattias mamma du vet maran som alltid klär sig i kanariegult kommer nog att be dig spela långsamt när hennes son ska dansa pojken har gått upp i vikt så fasligt på sistone strunta i vad hon säger det ska vara exakt 85 slag i boleron och om han inte hinner så är det hans bekymmer inte ditt han får sluta om han vill ... Dom små flickornas pas de deux gick en aning för långsamt du måste öka tempot i andra satsen och när det är dags för fouetté måste du verkligen ta i så mycket? ... Fredrik raring, du spelade *à merveille* när vi övade och jag förväntar mig samma prestation i kväll ... Klockan sju au revoir mon ami!' 'Klick.'

Han raderade meddelandet och ångrade sig omedelbart eftersom han inte hade antecknat något. Varför måste hon använda så många ord och prata så snabbt? Hon vill väl låta som en fransyska ...

Mme Jansson talade med utländsk accent, vilket gav många uppfattningen att hon inte var född i Sverige, utan kanske i Paris eller Lyon, och hade gift sig Jansson. Hon bestred aldrig sådana rykten. Om någon frågade rakt på sak var hon var född, brukade hon vifta bort frågan med ett kokett skratt och vända på klacken. Men Fredrik hade fått reda på att hon var uppvuxen i ett radhus i Landskrona och hade åkt som au pair till Paris i början av 50-talet, träffat en fransman som lämnade henne för en yngre kvinna och återvänt till Sverige och startat sin balettskola.

Det var för övrigt i styrelsen för bostadsrättsföreningen på Linnégatan – Fredriks barndomskvarter – som hon hade lärt känna hans mamma, vilket händelsevis gav Fredrik två plågsamma år i åtsmitande ljusgrå byxor, tills han vågade tala om för sin mamma att han hellre ville ta pianolektioner.

Madame Jansson släppte honom på villkoret att han skulle ackompanjera hennes elever när helst hon ville. Det hade han gjort i snart två decennier, under tiden som han och madame hade hunnit bli goda vänner.

När han gick förbi telefonsvararen såg han att den blinkade. Han hade inte hört någon signal och såg att sladden från telefonen till lådan hade lossnat och låg på golvet. Han skruvade ner volymen på Elektra och tryckte igång svararen. Det var Susanne.

Ring fler än en gång i stället! klandrade han henne medan han lyssnade av: 'Hej Fredrik. Varför svarar du inte i telefon? Jag har försökt få tag på dig sedan klockan tolv och du svarar inte. Vad har hänt? Jag måste verkligen få prata med dig jag vill du hjälper mig med en grej. Puss o kraaam.'

Ja, vad har hänt nu? Fredrik gick fram till bokhyllan och kände efter med handen längs golvlisten och hittade telefonluren. Dammråttorna gled undan och en del skräp fastnade på hans febersvettiga fingrar. Sladden var urdragen, men han kunde inte minnas att han skulle ha rört den. Jag får väl ringa upp henne på en gång.

Han kopplade in sladden i uttaget och slog Susannes hemnummer. Hon svarade med ens.

"Sussi."

"Tjena. It's me. Jag fick ditt meddelande."

"Vad bra att du ringer."

"Mm. Du behövde hjälp med nåt ..." trevade han.

"Precis. Vet du var Stefan är?"

"Näää. Har du provat hemma?"

"Massor. Där svarar ingen. Jag måste få tag på honom så snart som möjligt. Jag har försökt ringa jobbet, men hans telefon är vidarekopplad till mobilen. Jag försökte prata med hans sekreterare Ingeborg. Det går inte att få ett vettigt ord ur henne. Hon måste ha tagit sig an att skydda honom eller nåt, bortsett från allt lugnande hon måste knapra i sig. Hennes röst får Kristina Lugn att verka utåtriktad. Vet du var han är nånstans?"

"Inte den blekaste. Vad är det för dag i dag?"

Susanne hostade och han kunde nästan höra hur hon såg på sin väckarklocka.

"Det är onsdag. Tror du han ska ut?"

"Det tror jag nog. På Extaz förmodligen."

"Jaha", svarade Susanne. "Är det nån svartklubb? Var ligger det nånstans?

"Det ligger vid Fridhemsplan nära bron. Det är en udda-klubb. Udda öppettider och udda allting."

Fredrik gnuggade sina ögon och drog ut ett hårstrå ur näsan.

"Okej. Kan vi ses vid Fridhemsplan om en dryg timme? Jag behöver ha dig med mig. Vi kan ta långfika innan dess."

"Det går tyvärr inte", hostade Fredrik avvärjande. "Jag ska vara på balettskolan i kväll. Jag kan inte följa med. Du måste klara dig på egen hand."

"Madame Jansson?"

"Mm."

Susanne lät förtvivlad.

"Men kan du inte hjälpa mig efteråt då? När börjar och slutar balettskolan? Jag skickar en taxi, så går det snabbt."

"Alltså tyvärr Sussi. Jag skulle ställa upp om jag bara kunde. Vi har middag efteråt och jag kommer vara klädd i frack och allt. Ibland är det efterfest och madame Jansson för-väntar sig att jag hänger på som kavaljer och lånar henne min arm. Dessutom är jag ännu förkyld, så om det skulle bli tid över vid midnatt så vill jag i säng."

"Åååhh typiskt!" suckade Susanne häftigt och drog sina fingrar genom håret. "Okej. Men låt bli då. Men få se ändå, nu är klockan tre. När öppnar dom?"

"Extaz?"

"Mm."

"Ingen aning. Jag har aldrig varit där. Skulle tro klockan tio. Dom har dresscode, det måste du tänka på."

"Absolut, du sa uddaklubb. Ska jag ha nåt i läder?"

"Inte nödvändigtvis. Men ta nåt svart så slipper du utmärka dig. Läder, lack, gummi, nylon, plast eller metall funkar. Men alla är klädda i svart. Visa mycket hud så klarar du dig alltid. Och ha med dig tjockt med pengar eller betalkort. Det är dyrt tror jag."

"Och du tror Stefan är där i kväll? Är det säkert? Så jag inte går dit förgäves ..."

Fredrik nickade tålmodigt mot sin spegelbild i hallen. Och gjorde några glada miner som Susanne inte kunde se.

"Det tror jag nog, hyfsat säkert. Hittar du inte honom där så åk vidare till Söder och ring på. Han kan vara hemma däckad. I såna fall svarar han inte i telefon. Men han svarar alltid på ringklockan, eftersom han hoppas det är brevbärarn. Portkoden är 1984."

"Okej. Tack. Och lycka till i kväll. Vad ska du spela för nåt?" frågade Susanne pliktskyldigt medan hon skyndade sig till sin garderob och rev fram några långklänningar.

"Standardrepertoar. Svansjön, lite annat ryskt, lite Johann Strauss och franska saker, sånt. Lätt repertoar även för mina förkylda fingrar."

"Okej. Hare bra. Jag ringer och rapporterar i morgon."

"En grej bara", avbröt Fredrik. "Varför vill du få tag på Stefan? Du låter lite despo."

"Det gör jag inte alls. Du sa att han hade en plan. Så jag tänkte ta reda på vad han har tänkt ut. Men du får veta i morgon. Det gäller förstås Lukas, men det kanske jag inte behöver säga."

"Förstås förstås. Men vi hörs av i morrn. Glöm inte svarta kläder och ta dina stålklackade skor. Dom riktigt höga ifall du har dom kvar. Hare så kul."

"Detsamma. Hejdå."

Vid halv elva steg Susanne ur en taxi, ungefär hundra meter från brofästet vid Karlbergskanalen. Tvärtemot Fredriks instruktion hade hon iklätt sig ett klarrött fodral av krossad sammet. Vad gäller skorna hade hon varit lydigare. Hennes svarta lackskor hade tretton centimeter höga stålklackar och såg dödliga ut.

Taxichauffören som var pratsam hade himlat med ögonen i backspegeln och nickat menande när hon sa att hon ville till Extaz nära Fridhemsplan. Han smackade belåtet när han bromsade in mot trottoaren, blicken limmad i höjd med hennes urringning. Han flinade när han tog emot hennes sedel, och fortsatte att flina, utan att lämna växel tillbaka, gasade och lämnade henne stående i snålblåsten.

Susanne drog kappan hårt runt midjan och såg ut över bron och längs husfasaderna i jakt på den skylt som Fredrik hade tipsat om. Den snäva klänningen var klistrad mot låren där vinden inte kunde gripa tag i den, och fick henne att se ut som en galjonsfigur.

Hon nästan ångrade sig. Är det värt det här besväret för att haffa Stefan? Jag kanske ska vänta i några timmar och åka hem till honom i stället. Men hon gick ändå vidare på höga klackar.

Blått, blått, blå bokstäver, var är ni nånstans? upprepade hon meditativt och kisade tills ögonen tårades. Hon undvek att se in i den mötande trafikens strålkastarljus och höll sin blick på husfasaden, spejande efter en skylt med blå text.

Nära kanalen gick hon över gatan och fick strax syn på den. Det stod Extaz i diskret blå neon och en liten pil som pekade neråt. Ingången låg inklämd mellan två nischer i en annan färg än själva huskroppen och Susanne drog en suck av lättnad när hon såg en tänd marschall. Dom har pyntat! tänkte hon, drog i det tunga handtaget och klev in.

Det var mörkt och svårt att se. Två trappor ner blev hon stoppad av en muskulös kvinna i mörkbrun skinnjacka och kängor med stålhätta.

Kvinnan var äldre än vad hennes kläder gjorde anspråk på och en prilla skymtade under överläppen. Den täckte delar av hennes tänder, en erotiskt vacker mun om inte just för prillan, konstaterade Susanne. Händerna täcktes av svarta fingerlösa läderhandskar och några billiga ringar, håret var kortklippt och färgat rostrött, nästan snaggat. Hon ställde sig i mitten av gången och visade med korslagda armar att här kommer ingen förbi.

Flata, tänkte Susanne och förvånades av hur väl hon kände till saker och ting. Men hon ansträngde sig för att le inbjudande. Bäst att hålla sig i skinnet (eller fodralet, haha). Bouncern ser ut som en beskydderska, och då är det nog bäst att jag ser ut som en duvunge.

"Heeej", kuttrade Susanne.

Den kvinnliga vakten rörde inte en min.

"Tja! Ska du in här?"

Hennes röst var mörk och raspig. Sönderrökt.

"Jo jag hoppas det", pep Susanne och kvittrade så lätt-troget som hon bara kunde. "Jag har aldrig varit här tidigare så, jaaa, är det bra drag, tycker du, hä-är? ..."

Kvinnan hulkade och började skratta så häftigt att snusen kladdade ner hennes underläpp. Hon slog sig hårt på knäna och såg över axeln efter åskådare till deras samtal. Det fanns inga och kvinnan såg nästan besviken ut, men vände sig snabbt tillbaka mot Susanne.

Susanne log stelt och såg kvinnan rakt i ögonen.

"Då får jag väl visa dig runt lite, fjompa. Fast en jädrans fin fjompa. Haha", skrattade hon. "Har du trosor på dig?"

"Ursäkta!" fnyste Susanne och rynkade på ögonbrynen. "Har *du* nåt med en sån sak att göra?"

"Hörrö stumpan, om du ska in så har jag med det att göra. Ja eller nej?" frågade kvinnan mäktigt och lutade sig framåt.

"Kanske ..." dröjde Susanne och försökte komma på ett fyndigt svar. Om bara Regina hade varit här. Hon hade lätt knuffat sig förbi. Eller förresten, bättre utan Regina just nu. Jag skulle inte stå ut med att se henne.

"Nååå lilla vännen. Har du trosor eller inte?"

"Ja, det har jag. Får jag gå in nu?"

"Nn-nn. En sak till. Har du leg?"

"Va?!" spottade Susanne. "Varför måste du se det? Du kan omöjligen tro att jag är minderårig."

Dörrvakten la huvudet på sned och hennes ögon blev som smala streck.

"Måste och måste. Ska du komma in här så tar jag en kopia på ditt leg först. Vi har haft en hel del bråk och jag känner inte igen dig! *Comprendo*?"

I takt med det sista ordet tryckte kvinnan sitt pekfinger hårt mot Susannes hals, tre gånger, och lät den vila där ett tag. Det gjorde ont och Susanne svalde.

"Visst har jag legitimation. Här varsågod", svarade hon så obekymrat som hon kunde och sträckte fram sitt körkort. "Så här illa har jag *aldrig* blivit behandlad tidigare."

"Nänänänä stumpan, såklart du inte har. Du går väl bara ut på Stureplan. Men här är det *mina* regler som gäller. Att heta Gyllenbark", hon sneglade på körkortet, "eller Lilja för den delen hjälper dig inte in här. Inget utom att du gör som jag säger. Jag är herre på den här täppan, *comprendo*?"

Kvinnan la körkortet på en liten kopiator, det hördes ett surr och korridoren lyste upp av ett grönt ljus. Hon gav körkortet tillbaka till Susanne som lät det glida ner i handväskan.

"Vi ska väl inte vara ovänner va. Förresten, en vecka från i dag trashar vi kopiorna. Papperstuggen är här bakom, om du vill kan du få se den. En guidad tur, så att säga."

"Okej. Nänä. Jag litar på dig. Får jag gå nu?"

"Visst."

Susanne la handväskan över axeln och passerade kvinnan sakta och värdigt. Hon gissade att dörrvakten skulle kolla in henne bakifrån och hon gissade alldeles rätt. Hon hörde hur kvinnan skrattade till och spottade ut sin prilla på golvet.

Susanne gick sakta vidare och det blev snabbt mörkare. Trappan ledde neråt i snäva kurvor. Hon stannade upp lite, tände en cigarett och hostade, lät ögonen vänja sig vid det sparsamma ljuset. Det luktade starkt av rök (får man röka här?) och ögonen sved när hon trevade sig längre in.

Framme vid det första rummet hade hon redan gått förbi åtskilliga små ingångar åt sidorna. Som en labyrint, allt var helt och hållet mörklagt, med en strid ström av män och kvinnor som gick ut och in utan att säga så mycket. De dök upp som ur ingenstans och försvann spårlöst. Inte en enda hade ens tittat åt Susanne som kände hjärtat slå snabbt och höll allt hårdare om sin handväska.

Ett större rum var svagt upplyst av röda lampor i taket. Susanne skymtade en lång bardisk som löpte längs ena sidan. Vid den stod främst män, bara några pratade med varandra, de flesta var tysta och höll i varsitt ölglas eller en drink.

På den andra sidan fanns två utgångar som såg ut att fortsätta i en till korridor, och i hörnet stod ett spelbord med både roulett och Black Jack. En vacker och långbent kvinna med mandelformade ögon och blonderat löshår stod och tog emot pengar. Hon var klädd i en snäv kjol som slutade nästan innan den började. På överkroppen hade hon inte en tråd.

Svarta kläder och bar hud hade Fredrik sagt och det stämde till fullo. Susanne var glad över att ljuset var så svagt att hennes långklänning såg svart ut trots att den var röd.

Hon slätade ut klänningen kring midjan och gick fram till blondinen vid spelbordet och tog fram en tusenlapp.

"Hej. Kan du växla den här åt mig?"

"Javisst, ett ögonblick bara", svarade blondinen artigt men kallt, och tog fram en trälåda med spelmarker i rader av rött, grönt, gult och blått. Det undslapp ett litet leende när hon gav Susanne tjugo femtiokronors polletter och därefter ryckte hon undan lådan.

Jag spelar ett tag för att lugna mina nerver, övervägde Susanne. Sen börjar jag leta efter Stefan. Kanske hinner han hitta mig i stället för tvärtom, om jag står här ett tag. Tusen spänn räcker förstås inte så långt ...

Hon gick till rouletten. Även här var personalen bar på överkroppen, men det kändes mer naturligt på den man som stod bakom disken. Han var kort, spänstig och även han blonderad, med tydligt skulpterade magmuskler, markerade bröstvårtor och en rödsvart tatuering som föreställde ett genomborrat hjärta. I mitten av hjärtat fanns ett namn som Susanne inte kunde läsa fastän hon kisade. Det var för mörkt.

"Hej", sa hon för att få hans uppmärksamhet. "Kan jag få satsa femti spänn på rött."

"Du kan lägga din pollett på rutan själv raring, så länge du inte rör den när jag satt igång hjulet", svarade Adonis uppriktigt men nedlåtande.

Faaan alla är tråkiga här, Susanne surnade till. Prinsessor och prinsar hela bunten. Jag tänker i alla fall inte ge honom glädjen att se mig förlora! Jag ska satsa på färg varje gång.

Under tiden hade några andra samlats vid bordet, mest killar. En spinkig man med rakat huvud ställde sig obehagligt nära och Susanne flyttade åt höger för att inte känna hans höft mot sin. Han låtsades inte märka, utan flyttade närmare, tills Susanne kilade in sin handväska mellan.

Hjulet stannade på rött. Den välbyggda croupieren jobbade snabbt med ett spadlikt verktyg, snabbare än ögat hade han fördelat vinsterna på bordet och dragit undan lejonparten ner i bordets egna kassa. Susanne fick tillbaka en spelmark på hundra kronor.

Adonis rörde inte en min när hon satsade femtio kronor på svart. Inte nästa gång heller, eller nästnästa.

Minuterna gick, hon förlorade och vann om vartannat och sneglade på klockan. Den visade tolv. Hon påminde sig själv om att ungefär då skulle hon börja leta efter Stefan, rafsade polletterna i handväskan och lämnade rouletten.

Fler och fler gäster anlände till Extaz och lokalen började kännas trång. Susanne tog den högra utgången till rummet och fick till sin förvåning syn på ett ännu större rum med höga pelare med speglar och ett dansgolv i färgat glas.

Musiken dånade ur högtalarna, men ingen dansade, bortsett från en medelålders kvinna som hade fått i sig sprit. Inte ens ett tjockt lager kajal dolde hennes kråkfötter och hon gjorde fräcka rörelser i takt till musiken.

I vänsterhanden hade kvinnan en dry martini som svävade mellan att bli uppdrucken och utspilld. Hon svängde häftigt fram och tillbaka med höfterna och gjorde koketta nigningar mot en osynlig publik. Grogghagga, fördömde Susanne. Precis så där blir jag en vacker dag om jag inte låter bli flaskan. Den där tillvaron ser trist ut.

Ingen annan brydde sig dock det minsta. Om de ens såg mot kvinnan så var det med liknöjda blickar. De flesta såg rakt igenom henne.

Susanne stannade upp vid ett litet barbord och tände sin andra cigarett. Fan fan fan, här står jag, tänkte hon. Gud vet hur stort det här stället är. Var *är* han?

Hon tummade på ett fotografi som hon hade tagit med sig hemifrån, för att kunna fråga personalen om de hade sett Stefan. Det hade legat inklämt mellan bh:n och klänningen och var klibbigt på ytan. Nu ångrade hon att hon ens hade det med sig, hon skulle ändå inte våga visa det för någon. De skulle ta henne för polis eller liknande, kanske börja ställa motfrågor. Stefan vill heller inte bli utpekad, kom hon på, han skulle bli arg.

Hon spejade ut över publiken så gott det gick. Alla stod tysta. Vill ingen prata eller vet dom inte hur dom ska göra? Medelåldern var inte så hög och hon la märke till att de hårt sminkade och välklädda tjugoåriga tjejerna som hängde runt Stureplan inte fanns här.

Det stod en man i rätt ålder tre bord längre bort. Bakifrån såg han ut som Stefan. Hon höll andan i några sekunder och plötsligt vände mannen sin profil mot henne. Hon kände igen Stefans spretiga lugg. Bingo!

Susanne skärpte blicken, fimpade cigaretten i askfatet och ställde sig på tå för att kunna se ordentligt. Stefan var inte ensam utan talade med en kvinna, en ung tjusig dam som hade på sig en fotsid klänning i guldlamé. Inte svart. Tyget reflekterade diskokulans blixtar på ett övernaturlig sätt och i sitt sällskap hade hon tre svartklädda män.

Stefan stod mittemot kvinnan och babblade på. Precis som den bedagade kvinnan på dansgolvet hade han en cocktail i handen, men han parerade varje skvalp med en van motrörelse. Stefan var alkoholist, men skulle aldrig bli en grogghagga.

De tre männen – Susannes tankar gick till mellanöstern – stod i en tät klunga bakom kvinnan i guldlamé och sneglade misstänksamt omkring sig. Sedan tog det inte lång tid förrän Susanne insåg att kvinnan var den sydländska kvinnan som hon hade sett i blomsteraffären, och som hon och Fredrik hade fotograferat på italienska ambassaden, i sällskap med herr Aubry. Hon började svettas på överläppen.

Vad fan snackar Stefan med henne för? Hon tog upp sin mobiltelefon ur handväskan och slog Stefans nummer. Samtalet kopplades fram och hon såg att Stefan tog upp sin telefon ur bröstfickan. Hon kunde inte höra någon ringsignal, även om bara några meter skilde dem åt – musiken var för stark eller så hade Stefan ljudlös signal. Han tittade på sin display, log med ena mungipan och stängde av telefonen.

Vafaaan! spottade Susanne och tryckte på Off. Han måste ha sett mitt nummer på siffertavlan. Svarar han inte när *jag* ringer? Hon fick hjärtklappning och flackade med blicken medan hon försökte tänka klart.

Stefan stod kvar och pratade oändligt snabbt. Den sydländska kvinnan nickade och log artigt. De tre männen stod ännu tätare intill henne och såg sura ut. Stefan verkade inte ta någon notis. Han hade bara ögon för sig själv.

Susanne lämnade barbordet, gick i en halvcirkel runt den stora lokalen och ställde sig några meter bakom dem. Hon provade också Fredriks telefon hemma, trots att han nog inte skulle svara. Inte så konstigt, då han antagligen satt inbäddad i en mjuk fåtölj i madame Janssons salong och drack sherry med hennes vänner, de så kallade *beaux amis* hon alltid tjattrade om (Fredrik hade berättat). Susanne hade stött på madame Jansson bara en gång, men hade fattat misstycke. Fru Jansson pratade för mycket och för fort och om ingenting.

Susanne fäste blicken på spegeln bakom den vackra sydländska kvinnans rygg och försökte få syn på Stefan. Hon trängde sig fram sidledes till ett sällskap lite längre bort. De såg på henne misstänksamt och bildade en tätare ring för att inte låta henne komma för nära. När hon inte flyttade på sig så gjorde de det. Med långdragna suckar och himlande ögon gick de mot baren och lämnade Susanne ensam.

Hon vände sig återigen mot Stefan och fick honom till slut i skottlinjen. I spegelns riktning såg hon honom nästan framifrån där han stod, och Susanne räknade ut att kvinnan i guldlamé inte kunde se henne. Hon började vinka med hela handen.

Gäster som råkade gå förbi såg för en gångs skull lite förvånade ut. De trodde att Susanne var påtänd eller galen, men hon tog ingen notis utan fortsatte att vinka. Det här måste funka!

Plötsligt fick Stefan syn på henne. Han tappade hakan och vände sig nästan om, men hejdade sig i sista bråkdelen av en sekund. I stället kliade han sig i håret, som för att visa att han inte förstod vad hon gjorde där och varför hon stod fem meter ifrån och vinkade i stället för att komma fram. Han gjorde en långsam fransk axelryckning för att det skulle bli extra tydligt.

Susanne tog fram sin mobiltelefon och svängde den i luften. Stefan fattade poängen och tog fram sin egen och slog den på. Han vände sig till sitt tjusiga sällskap.

"Ursäkta. Jag måste ringa ett kort samtal bara. Det går snabbt."

Han slog Susannes nummer och hon svarade.

"Vad fan gör du?" väste Stefan. "Jag fick just ett samtal från dig men kunde inte svara. Jag är faktiskt upptagen med viktiga saker. Vad vill du?!"

"Stefan, lyssna noga. Du behöver bara säga ja och nej. Jag ser att du har sällskap."

"Det har du rätt i. Så det här måste gå snabbt."

"Du minns att jag berättade för dig om Fredriks och mitt projekt med att spionera på en ambassad och så vidare. Det gäller nåt brottsligt och hon som du står och pratar med är insyltad. Har du berättat för henne att du känner oss? Har du sagt nånting om oss?"

"Ja på sätt och vis. Vadårå?"

"Du är i *livsfara* om du berättar vad jag har sagt. Du ska inte prata med dom om oss över huvud taget, fattar du?"

"Lugna ner dig Sussisen. Ingen anledning till drama. Jag har inte sagt nåt. Vi ska bara prata lite till och ta ett glas."

"Så bra", pustade Susanne ut och hjärtat började slå långsammare. Hon rättade till sin klänning. "När dom har gått måste vi snacka. Jag har frågor om Lukas. Det är därför jag är här, jag måste snacka med dig."

"Men det går inte, för jag ska följa med henne hem. Vi ska fortsätta hemma hos henne. Efterfest."

Susanne tappade andan.

"Stefan. Gör det inte. Hon är farlig."

"Närå, det är hon inte. Hon är förtjuuusande! Dessutom har jag redan lovat att hänga på. Jag är lite sugen på en av killarna, han heter Samir, ser du honom? Han är den korta och stabbiga till höger. Ser du honom? Du anar inte hur stora händer han–"

"Skärp dig Stefan! Du är i fara. Vart ska ni? Vad du än gör drick inte mer i kväll. Prata på så där som du brukar, var allmänt trevlig och lämna dom så tidigt som möjligt och ring mig sen. Jag följer er på avstånd och hämtar upp dig."

Innan Stefan hann svara hade Susanne lagt på.

Han såg hur hon stegade till baren och beställde en dubbel espresso och mineralvatten. Det ligger kanske nåt i det hon sa, tänkte han. Han vände sig åter till sitt sällskap, log artigt och sneglade på klockan. Natten är ung.

I dagsljus och vardagsklädd var den sydländska kvinnan som vem som helst. Hennes hennafärgade självlockiga hår var uppsatt i en lös knut som svajade när hon gick över parkettgolvet.

Ansiktet var sammanbitet och de fylliga läpparnas nyans av rosa pärlemor hade ett nordiskt uttryck. Susanne anade att det kanske inte var en komplimang, men vad visste hon? Hon beslöt sig för att inte säga något, men drog Fredrik närmare till sig.

André Aubry hade ringt till Fredrik tidigt samma morgon: 'Ni bara måste komma och hälsa på oss på mitt kontor i femte Hötorgsskrapan', hade han föreslagit emfatiskt. Fredrik ringde vidare till Susanne som hade en svår migrän, men inte visste vad hon skulle hitta på för att slippa. Han hade redan tackat ja, vilket gjorde undanflykter svårt.

Umgänget hemma hos madame Jansson hade slutat tidigare än vanligt och Fredrik hade fått sina åtta timmar sömn. Susanne däremot var både sömndrucken och förkyld. Efter en kvart framför spegeln, med mascara och läppstift i vardera skakig hand, hade hon målat sig ett piggare ansikte.

"Varsågod, en liten iskall Manhattan till den vackra unga damen". Herr Aubry sträckte fram ett sirligt cocktailglas och Susanne sträckte fram en kallsvettig smäcker hand som darrade en aning.

Fredrik tog till orda.

"Vad kul att festa på morronen! Jag har haft några lugna kvällar i rad nu och längtar efter glam. Eller vad säger *du* Sussi?"

Susanne fokuserade på det röda innehållet i cocktailglaset och kände en envis kväljning i magen. Hon tittade upp och log så gott hon kunde.

"För all del ... Det var en överraskning det här, kan man säga. Jag trodde att jag skulle bevaka en bolagsrapport i dag och – vips! – här sitter man och dricker drinkar och äter tilltugg. Eller vad säger *du* Fredrik?"

Det sista lät taggigt, men Fredrik låtsades som ingenting.

"Jag ska strax förklara varför ni är här", sa Aubry bestämt och lite otåligt. "Ett ögonblick bara. Hallå stumpan, Ursula raring ..."

Är det så hon heter? funderade Susanne. Det hade Stefan glömt att berätta på Extaz.

"Ursula! Kommer du med mer tilltugg är du snäll. Dröj inte är du snäll."

Den sydländska kvinnan trippade kvickt mellan soffbordet och köket på sina höga klackar. Hon såg kompetent och effektiv ut, trots att hon egentligen inte gjorde så mycket. Ett smalt och brett leende, som hos en konstsimmerska, satt fastklistrad på hennes fylliga ljusrosa läppar, och emellanåt utstötte hon små läten, som när man pratar med en krukväxt.

Hon är inte ett dugg nordisk längre, tänkte Susanne, för kvinnor uppe i den kalla norden agerar inte så *där*. Ursula är elegant och tillmötesgående, som en kurtisan, feminin och tillgjord och inställsam. Det var kanske inga höga tankar, men låt gå.

Susanne lutade sig mot sin högra armbåge och tittade surt på Fredrik. Han satt demonstrativt tyst och studerade sitt glas. Hon såg på klockan som visade halv nio. För fasen, halv nio på morgonen! Hade han inte kunnat välja en senare tidpunkt?

Hon såg sig omkring. Allt var dyrt i herr Aubrys kontor. Det bestod av rummet där de satt och ett mindre rum som fungerade som arbetsplats. Det fanns en dator, en gigantisk tv ingjuten i betongväggen, ett par välfyllda bokhyllor och en sekretär för pärmar, pennor och linnepressat papper.

Tre diplom hängde på väggarna, men Susanne kunde inte läsa texten på så långt avstånd. På en minimal anslagstavla vid glasdörren till det mindre rummet fanns några vykort och fotografier på barn. Om det var herr Aubrys barn eller syskonbarn, eller den sydländska kvinnans barn, gick inte att avgöra. Fotografierna var soliga och sorglösa, alla barnen hade en glass eller ett gosedjur i handen.

I det större rummet hängde mängder av tavlor, på glasbordet stod en konisk mörkblå glasbehållare med snittblommor som solens strålar lekte på. Mattan på golvet var persisk. Gardinerna från Svenskt tenn (Susanne hade tittat på samma mönster några dagar tidigare) var Josef Frank. Inte ett dammkorn på glasbordet. Och doften av en hotellobby.

Susanne konstaterade att helheten var fin och utsikten mot Sergels torg var hisnande. Om man ändå skulle leta efter fel, var det att allt var så utstuderat dyrt – det gav ett intryck av att vilja göra intryck. Trafiken nedanför på torget hördes en aning, men störde inte. Det här påminner om min pappas kontor, tänkte hon, även om det ligger på Stureplan och är mycket större.

Hon bläddrade med pekfingret genom raden av dagstidningar på glasbordet. En av dem var Svenska Dagbladets näringslivsbilaga, med en stor rubrik om reklamföretag i kris. Ett av företagen var Benign Design, så hon visade upp hörnet av bilagan och log menande mot Fredrik. Han sken upp i ansiktet och gjorde ett glatt tummen upp.

Herr Aubry kom tillbaka till dem. Han hade en oförutsägbar uppsyn.

"Nå, mina ungdomar, hur är läget? Jag tänkte ni skulle få berätta för mig om era framgångar och motgångar". Herr

Aubry lät artig men otålig. Han tittade ner på glasbordet och snabbt upp igen. "Vem vill börja?"

Alla i rummet såg på Susanne. Hon svalde.

"Nja. Vad säger du Fredrik?"

André Aubry avbröt henne raskt.

"Nämen Susanne, var inte anspråkslös nu! Jag förstår att du är hjärnan bakom alltihop, seså, berätta för oss hur det har gått för er så här långt."

Susanne ställde sitt glas på bordet och det blev en våt ring runt det. Alla satt tysta och hon kunde höra blodet rusa i tinningarna.

"Nja, vi har spelat poker och så–"

André Aubry klappade ihop händerna och såg förtrollat på den sydländska kvinnan och sedan på Susanne.

"Säger du det?! Så bra!"

"Jaaa, vi har spelat poker, det låter inte som så mycket men det har *verkligen* inte varit enkelt att lära sig. Tycker jag. Eller vad tycker du Fredrik?"

Han satt fortfarande tyst.

"Det var ju meningen att jag skulle spela med Lukas först. Men han, nja, hade inte riktigt tid att spela. Fredrik har dock fattat galoppen och jag kan nog säga att allt går bra."

Hon såg upp hastigt, först på Fredrik och sedan på den sydländska kvinnan, men undvek Aubrys genomborrande blick.

"Vad mer kan jag säga? ..."

"Nä men det är utmärkt. Eller hur Fredrik? Ursula? Visst är det utmärkt. Hur har det gått då? Hur ofta har ni vunnit? Har ni en chans att komma in i den *stora* ligan snart?"

"Ja, det antar jag", harklade Susanne. "Vi väntar på en inbjudan när som helst. Egentligen har vi fått en redan, men vi känner oss inte riktigt redo. Kanske–"

"Säg inte så! Ni är redo. Bra bra!" utbrast Aubry. "Låt oss skåla för det. Ursula, hämta champagne ur kylen! Det här måste vi fira. Era framgångar och att vi träffas i dag och har så trrrevligt ihop."

Fredrik hade suttit alldeles tyst hela tiden. Han tyckte synd om Susanne som såg så tillplattad ut. Hade hon sagt nåt konstigt?

Susanne kände sig osäker. Hon var dessutom arg! Att först leta efter Stefan halva natten, en helt resultatlös frågestund om Lukas, biljakt till Botkyrka, hack i häl på den sydländska kvinnans vita limousin, soppatorsk och en taxichaufför som hade fullkomligen ignorerat henne, en stinkande nattbuss hem på morgonkvisten och så slutligen – herr André Aubrys sista minuten-inbjudan till cocktails på en vardag: '...som dy båra innnte kan mottstå-å'.

Susanne uttalade André Aubrys befallning i huvudet. Han betonade ofta den sista stavelsen i ord, hon visste inte om hon ville skratta eller gråta. Att de satt i hans kontor denna morgon gjorde att hon såg som genom en tunnel. Hon måste blunda i några sekunder.

Fredrik satt i tankar och svängde cocktailglaset fram och tillbaka över sina knän. Hans drink var halvt urdrucken och körsbäret låg på glasets botten.

Han mindes tillbaka på gårdagskvällen och spelningen på balettskolan. Madame hade presenterat honom nästan som en kavaljer, de nya barnen hade stått stilla och gapat eftersom de inte tog någonting som madame Jansson sa på allvar. '*Mon ami*' hit och dit, även barnens föräldrar hade fått nog och nickade frenetiskt när madame presenterade programmet.

Hon hade benämnt Fredrik som sin unga kavaljer och uttalat hans namn 'Fredrikkö'. En del föräldrar drog på munnen.

Själva uppvisningen hade dock gått utmärkt. Fredrik var nöjd med sitt musicerande och ingen elev hade gjort någon större tabbe. (Typ trillat omkull.) Klockan tio, när allt var färdigdansat, hade han och några andra ensamma män följt madame Jansson hem på en supé på rökt lax, sallad med potatis, aprikos och kapris samt ljummen spenatomelett. Det var catering, då madame Jansson inte lagade någon mat, men gott hur som helst.

Fredrik svängde på sin drink och såg på körsbäret som studsade på glasets botten. Herr Aubry kom med nya glas och Ursula åstadkom en fläck i taket när hon sköt av korken på champagneflaskan, och en del av innehållet landade på parkettgolvet. Lika bra det, tänkte Fredrik, redan den första drinken känns i magen.

Susanne bröt tystnaden.

"Hur känner ni varandra egentligen?" frågade hon och tittade omväxlande på André Aubry och den vackra sydländska kvinnan.

Ursula gick snabbt ut ur rummet.

"Nja, det är nog lite svårt att förklara", tvekade André Aubry.

"För all del", sa Susanne näsvist, "men gör ändå ett litet försök, för min skull."

"Vi har ett förhållande", sa Aubry och höjde på axlarna. "Ursula arbetar som sekreterare på italienska ambassaden och vi har ett kärleksförhållande. Hurså?"

"Nä inget särskilt", svarade Susanne torrt, "bara att vi aldrig har blivit ordentligt presenterade för varandra, även om vi träffats några gånger. Hon är enormt vacker *och* trevlig, tycker jag."

André Aubry såg nöjd ut.

Susanne sträckte sin hand efter cigarettlådan som låg inom räckhåll på bordet. Aubry tog blixtsnabbt fram en tändare och erbjöd eld. Hon drog ett par långsamma bloss.

"Jag visste inte att du börjat röka Sussi", invände Fredrik.

"Åh, Fredrik, du *kan* tala!" sa hon sarkastiskt och drog ett djupt andetag ur cigaretten. "Och jag har inte börjat röka. Jag röker bara den här just nu."

Hon kände sig ändå tagen på bar gärning. Fredrik hade rätt, det hade blivit flera undantag på sistone. Hon som hade lovat sig själv att aldrig röka. I går på Extaz hade hon rökt ett halvt paket. Visserligen var det ett litet paket.

Hon fimpade cigaretten i askfatet varpå den sydländska kvinnan bar det med sig till köket och kom tillbaka med ett rent.

"För all del, fröken Susanne, man får röka här. Eller hur Ursula?" sa Aubry milt.

Det kommer du att få äta upp din jävla idiot, tänkte Susanne och tände raskt en ny.

"Var var vi?" frågade hon förstrött. "Ja just det, du sa att du och Ursula har en kärleksrelation. Får jag fråga dig: Vet hennes arbetsgivare om det?"

"Haha! Det tror jag då inte", skrattade herr Aubry. "Hon är högst lojal – mot mig det vill säga. Eller hur Ursula?"

Ursula var kvar i köket, så frågan dröjde kvar i luften tills Fredrik tog till orda.

"Ja, det är förstås inte vår sak att lägga oss i ert privatliv."

"Fredrik!" Susanne lät upprörd.

"Döma eller så", fortsatte han lugnt, "alltså avgöra ifall man får ha ett förhållande med sin sekreterare eller någon annan för den delen heller. Vad tycker ni? …"

André Aubry såg frågande ut.

"Fredrik, jag förstår inte riktigt hur–" började herr AA, men Susanne avbröt.

"Fredrik menar att det var ofint att fråga."

"Nej", invände Fredrik, "det menar jag inte alls. Fråga kan man, men man kan inte alltid förvänta sig ett svar."

"Jaha."

"Jaha?"

"Jaha", konstaterade Aubry som ett andra eko. "Men vi har ju lite champagne kvar i våra glas! Låt oss tömma och glömma och sen har jag en överraskning åt er. Ursula!"

Den sydländska kvinnan kom in i rummet med två omsorgsfullt inslagna paket. Hon la dem mitt på glasbordet och satte sig bekvämt med benen i kors i soffan. Endast sydeuropeiska kvinnor kan sitta med benen i kors så där snyggt, tänkte både Susanne och Fredrik.

För övrigt såg Fredrik ut som på julafton. Susanne satt tyst och tittade avmätt på det mörkblå papperet runt de båda kartongerna.

"Vad är det här för nåt?" frågade hon misstänksamt.

Fredrik sträckte sig fram och tog paketet som låg närmast honom. "Är dom till oss? Vad trevligt! Vilken dag i dag! Kan jag ta det här eller är dom öronmärkta?"

"Nejdå", förklarade Aubry. "Det är samma innehåll i båda. Öppna nu så kan vi skåla på nytt."

Susanne tog fram en papperskniv ur sin handväska. Hon vek upp den med ett klick medan Fredrik rev upp papperet runt sitt eget paket. De fick upp dem ungefär samtidigt.

Det var två små silverkannor. Glänsande cylinderformade tekannor med handtag i teak och ett emaljerat ornament som löpte runt på båda sidorna. Fredriks emalj var blå, med en nyans av syren, och Susannes var klarröd. På undersidan av kannorna fanns gravyren 'A. A.'

"Jag vet inte vad jag ska säga", utbrast Fredrik. "Tack! Visst är dom fina Sussi? Tack så hjärtligt. Dom är tjugotal va?

Jag har sett såna här på Bukowskis, men inte så ofta. Dom växer inte på träd och kostar ju skjortan! Tack!"

Susanne vände och vred på sin kanna. Hon öppnade det lilla locket på översidan och blåste in i kannan. Det rasslade till inuti.

"Det är något här inne", sa hon.

"Är det nåt inuti?" upprepade Fredrik.

André Aubry höjde dramatiskt på ögonbrynen och slog ihop sina händer.

"Jag ville ge er mer än bara tekannor. Ta ut det, det är varsin liten överraskning till er båda."

Susanne förde in två fingrar i pincettgrepp och knep tag i ett smalt kuvert som låg inuti kannan. Hon fick upp det och la det på bordet. Fredriks kanna vilade i hans knä, han tittade ivrigt på Susanne när hon öppnade kuvertet.

"Vad är det?" frågade han.

Susanne läste innantill: "Bergmans resebyrå presentcheck hundratusen kronor" och tystnade.

"Va? Är det sant? Hurra!" skrek Fredrik och kastade sig om halsen på André Aubry som ryckte till och försökte backa undan. "Vad snällt, verkligen! Vart ska vi åka Sussi?"

Susanne tittade upp och såg förvånat på Aubry.

"Det finns ett likadant i din kanna Fredrik. Jag tänkte ni skulle åka iväg tillsammans, en bonus för väl utfört arbete. När ni är helt klara det vill säga. För visst blir ni klara?"

"Naturligtvis blir vi klara", sa Susanne självsäkert. "En resa som morot och vi jobbar på som sjutton. Tack ska du ha André. Jag menar det."

Den sydländska kvinnan tindrade med ögonen. Hon var ungefär jämngammal med Fredrik och Susanne, men just nu såg hon ut som deras mamma.

Herr Aubry poängterade att checkerna inte hade något utgångsdatum. Han tyckte ändå att de borde försöka komma iväg någonstans tillsammans, så fort som arbetet var klart.

"Jag har en villa på norra Sicilien. Ni kan låna den om ni vill", la han till. "Har ni hört talas om byn Monreale? Min mamma föddes där. Min pappa är ju fransman, men hennes by ligger strax utanför Palermo. En bördig dalgång löper från Monreale in till stan och vart man än tittar växer citronträd. Jag har själv tre citrusodlingar och dessutom enstaka exotiska träd. Samt tolv hektar vinstockar. Eller är det hundratolv?! Haha! Solnedgångarna är magnifika! Ni får vara där så länge ni vill, men ni väljer förstås själva. Jag tror checken räcker till en längre resa, om ni känner för det."

"Tack, vi åker gärna till Monreale", sa Fredrik.

Susanne såg tvekande på resechecken och bet sig i nagelbandet.

"Vi ska åtminstone fundera på saken. Tack så länge för ditt fina erbjudande. Vi är mycket tacksamma. Stort tack."

Ursula gick till köket och hämtade en till flaska champagne och hällde i allas glas utom sitt eget. Sedan gick hon ut i köket igen.

De skålade och André Aubry sa oväntat att han måste ringa några samtal och att de måste gå.

Susanne neg kort men artigt och Fredrik omfamnade den sydländska kvinnan på utvägen. En björnkram. Sedan stapplade de ut i vimlet på Sergels torg.

Har du lust att fika?" frågade Fredrik och tittade förstrött mot Kulturhuset.

"Jo, det är nog bäst vi synkar saker. Jag har ett och annat att berätta från i går. Men sen måste jag göra en grej på jobbet. Bara den här migränen går över. Min chef blir helt galen om jag inte får ihop mina timmar den här veckan. Vart vill du gå?"

"NK. Det är nära och jag är för packad för att orka knalla längre bort."

"Jag ser dig vingla", skrattade hon.

"Dessutom ska jag vara på Musikhögskolan före klockan två. Hann aldrig ringa återbud till ett möte i dag. Men den jag ska träffa tror nog att jag blir försenad, men man vet aldrig. Ska vi gå?"

"Mm. Men jag ändrar mig om fikat. Vi går en promenad istället. Det är fint väder, vi måste passa på. Och jag är inte hungrig efter all sprit. Kom vi går till Kastellholmen! Det är lagom och du hinner nyktra till längs vägen."

"Visst."

De sneddade genom Kungsträdgården och förbi Grand Hôtel. På bron efter Nationalmuseum berättade Fredrik om hur han hade haft det. Han hade väckts oväntat av André Aubry, en halvtimme innan klockradion skulle gå igång, som sa bestämt att de måste ses samma förmiddag.

"Jag bara måste ringa dig. Han lät så himla bossig och ville få till det genast. Du låg och sov eller hur?"

"Ja precis. Jag hade inte sovit nästan nånting eftersom jag inte var hemma förrän klockan fem. Vill du höra vad som hände mig i går?"

"Det är klart", sa han och strök henne över kinden.

Susanne berättade kortfattat om hur hon hade valt ut sin klänning för kvällen och tackade för tipset att ta på sig något svart, även om hon inte hade följt det.

"*Alla* var klädda i svart utom jag. Nästan, men jag återkommer till det strax. Tur att tyget såg svart ut i den mörka belysningen."

Hon berättade om hur hon till slut hittade Stefan bland alla gäster, och om överenskommelsen som de hade gjort om vad han fick och inte fick säga till sitt sällskap.

"Jag trodde dom aldrig skulle gå", suckade Susanne.

Hon tog upp en trädgren från marken och drog den längs potthålen i trottoaren. De mötte gäster från vandrarhemmet af Chapman, sävliga norrlänningar och coola skåningar vars barn spred oro i stadens museer och restauranger.

Det var både par och familjer. En del äkta män såg bistra och tankspridda ut. De hade nog inte klippt helt med jobbet för sin semester i Stockholm. Deras fruar pratade oavbrutet med varandra, om trängseln i tunnelbanan, den-och-den utställningen, den-och-den kändisen, hur allting är så dyrt och om sängarna på vandrarhemmet.

Susanne och Fredrik vek undan när de fick möte.

"Jag trodde dom aldrig skulle gå. Tiden rann iväg, jag satt och drack mitt kaffe och Ramlösa i baren. Typiskt nog kom det fram ett par puddingar och stötte på mig. För en gångs skull och på så fel tidpunkt. Dom måste ha trott att jag är galen eller nåt eftersom jag inte ens svarade på tilltal."

Hon hostade.

"Klockan halv fyra såg jag hur Ursula, Stefan och hennes kanske tre livvakter började röra sig mot garderoben, och jag följde efter. Där mötte jag min plågoande igen – jag måste återvända och slå in hennes framtänder! – som nästan röjde mig genom att ropa högt när jag gick ut. Folk vände sig faktiskt om för att se vem hon menade, men Stefan och company var redan på övervåningen. Som tur var!"

Fredrik nickade intresserat och kastade iväg en bit av en tegelsten som han hade plockat på sig några meter därifrån.

"Jag hade tur med skjuts. Ursula hade parkerat sin BMW på Drottningholmsvägen och jag fick tag på en taxi medan jag hade dom under uppsikt. Chauffören var trevlig. Vi åkte söderut på E4:an och svängde av först vid Botkyrka. Men plötsligt fick taxibilen soppatorsk, jag trodde faktiskt inte att nåt sånt kunde hända på riktigt, och jag panik bara!"

Fredrik skrattade.

"Men vi var i nerförsbacke och jag vädjade till chauffören att inte åka åt sidan. Medan vi rullade sakta framåt ringde jag efter ny bil, men den behövdes sen inte för dom svängde in vid en bensinstation framför oss, gick ut och låste bilen. Allihopa. BMW:n blev stående vid macken och den var kvar när Stefan och jag tog nattbussen hem."

"Vad gjorde du? Följde du efter dom hela vägen?"

"Typ. Jag följde efter så långt jag kunde. Jag fick noja när Stefans span, en biffig man med dom största händerna jag nånsin sett, vek av på en skogsstig. Jag trodde att han anade oråd och skulle hoppa på mig bakifrån. Men han försvann, utan att komma tillbaka. Jag tittade i en stadskarta när jag kom hem och såg att stigen fortsätter till ett bostadsområde bakom en dunge. Kanske bor han där, jag vet inte ..."

"Var bor den sydländska kvinnan själv då?"

"Det är lite sorgligt. Ursula verkar bo i ett sjabbigt hyreshus en kilometer från bensinstationen. Efter det att Samir – killen med dom stora händerna – vikt av mot skogen kunde jag riktigt se hur Stefan tappade sugen för efterfest. *Anyway,* jag kunde inte skugga dom hela vägen. Trappuppgången var låst. Så jag ställde mig utanför huset, först på parkeringen och sen i en tvättstuga. Rökte förstås. Vid femtiden ringde min mobil, det var Stefan som undrade om jag kunde köra honom hem. Nä, sa jag, jag hade ju inte nån bil. Men vi knallade till bensinstationen och åkte in till stan med bussen."

"Ujuj, nattbuss. Inte så populärt!"

"Jag trodde att du hade lärt dig allt om nattbussar under din scouttid norr om stan", påminde Susanne.

"Stefan också. Han bodde i Djursholm då, men följde ofta med mig till Sollentuna. Vi åkte mycket buss på den tiden. Jag slutade åka först när jag slutade i kåren. Allt sånt har du fått slippa. Örebro förresten–"

"Jag var *tre* när vi flyttade hit. Du får sluta tjata om det där. Även jag har åkt nattbuss, trots att jag alltid bott innanför tullarna."

Fredrik tog upp tråden igen.

"Så vad snackade du och Stefan om på vägen hem?"

"Han snokade förstås om vårt arbete för herr AA och på vilket sätt den sydländska kvinnan är inblandad."

"Vad sa du dårå?"

"Jag sa som det var. Det är ingen idé att undanhålla Stefan något, han känner det på sig. Om han börjar fråga Ursula om oss är det kört!"

"Varför då?"

"Jag tror inte hon är så dum som hon verkar. Eller dum verkar hon väl inte, men jag kan inte klura ut någon som hela tiden står ett steg bakom mig och gnolar på barnvisor. Stefan sa att han tror hon är i fara."

Fredrik gapade.

"*Det* tror jag inte. Hurså?"

"Han säger att Ursula verkar rädd. Men döljer det."

"Jaså. Av vilken anledning?"

"Han sa inte vad som gett honom idén. Han vågade nog inte ställa så många frågor heller, eftersom jag sa åt honom på Extaz att det måste vara vattentäta skott mellan honom, oss och Ursula."

"Det var ju ovanligt att han tänkte så långt. Eller tog nån hänsyn. Det hade kanske slutat illa om killen med dom stora händerna följt med till efterfesten."

"Kanske. Eller att Stefan kände sig hotad hos henne trots allt. Hon hade ju sällskap av tre män, minns du?"

"Nä."

"Hur som helst. Stefan sa att han gått husesyn i lägenheten, utan att se en enda pryl som visar att hon arbetar på nån ambassad eller att hon har kontakter med Italien eller italienare eller nåt annat sånt där, du vet."

"Bilen då? Frågade inte Stefan om hennes BMW?"

"Han sa att han hade berömt den. Jag tror inte at hon svarade nåt särskilt. Han satt bredvid den där Samir i baksätet, så han hade tankarna på annat håll", sa Susanne och log.

"Nja, vem hade inte haft det?"

De såg ut över vattnet mot Erstaberget. Kajkanten på andra sidan såg varm och inbjudande ut. De satte sig på en gammal parkbänk och en fullproppad Djurgårdsfärja gled förbi. Några änder simmade undan dess farvatten och satte kurs mot japanska turister som strödde ut små bullbitar på stranden ett stenkast längre bort.

"Vad ska vi göra nu?" frågade Fredrik.

"Ingen aning. Kanske till Bimbo och filma så snart som möjligt. Vi får försöka glömma Ursula och ha is i magen. Jag känner att det här tar en evighet om vi inte kavlar upp skjortärmarna. Har du nåt annat förslag?"

"Har du köpt en videokamera?"

"Jag köpte den dyraste som jag kunde hitta. Rättare sagt pappa köpte. Vem vet, det kanske blir min julklapp. Kan ju vara kul med en sån. Åtminstone om Lukas poserar ..."

"*Sure*. När ska vi till Bimbo?"

"Så snart som möjligt. Vi har en inbjudan redan, men jag ligger lågt med det. Kan du i nästa vecka?" Susanne drog in luft, kisade, vände sig bort och nös.

"Prosit. Nä, inte nästa vecka, men veckan efter. Jag har blivit bjuden på herrmiddag hos Stefan nästa helg och har lovat hjälpa till med dukningen kvällen före."

"Nån ny pojkvänskandidat på g?"

"Till mig menar du? Nä eller jo. Han ska bjuda nån Peter som är 'helt förtjuuusande'. Men jag har ju Elisabet."

Vadå *har*? tänkte Susanne men höll tyst eftersom Fredrik föreföll så stolt och glad.

"Hon har inte ringt mig, men jag fortsätter att lämna meddelanden. Kanske äter vi middag nån kväll."

"Det blir många middagar för dig", skrattade Susanne och kastade ännu en sten i vattnet. "Vi måste ändå ta tag i Bimbo, öva lite på vår poker, rigga videokameran och så vidare. Allt det andra fixar jag själv. Nån av oss kanske rent av vinner nåt parti."

"Kanske. Kanske inte. Ska vi gå?"

Susanne nickade, de reste sig upp och gick mot befästningen. De tog adjö av de japanska turisterna som ångrat att de hade börjat mata änderna. Över trettio änder stod nu runt deras byxben och nafsade på allt inom räckhåll. Bullret från trafiken steg långsamt men stadigt när Susanne och Fredrik närmade sig Blasieholmen.

Susanne gick till närmaste tunnelbanestation för att ta tåget till universitetet, och Fredrik stakade ut kursen mot Musikhögskolan. Hans bekant hade dock inte kommit in för dagen ännu. Lugna puckar alltså.

TJUGOTVÅ

"Hej! Puss och välkommen!"

Stefan ryckte åt sig Fredriks jeansjacka och kastade den på hatthyllan där den fastnade med ena ärmen hängande. Ytterdörren stod ännu på glänt och Stefan försvann in i vardagsrummet. Musiken i lägenheten ekade ut i trapphuset och Stefan fortsatte att prata utom synhåll.

Fredrik drog igen dörren som gick i lås med ett dovt ljud. I nästa sekund återvände Stefan med två immiga glas, räckte det ena till Fredrik och nickade uppmuntrande.

"Här varsågod. En iskall drajja, *comme tu l'aimes*. Eller just as you like it babe."

"Dada baby, dada. Och tack."

De skålade. Drinken var så kall att det började pulsera i Fredriks tinningar, och han var tvungen att ställa glaset ifrån sig. Han fick syn på sin jacka, drog ner den och vek ihop den i en prydlig fyrkant. Även Stefan ställde undan sin cocktail på hallbordet och gestikulerade ivrigt åt honom att följa med in i köket.

Det stod kastruller och byttor både längs diskbänken och ovanpå mikrovågsugnen. Allt var odiskat och trängdes bland knippor av färska kryddor, frukt och brödsmulor. Två travar av nydiskade silverbestick låg på tork på en rutig kökshandduk. Bredvid dem en myrstack av citronskal och lime.

"Jag stänger dörren in hit sen", sa Stefan lakoniskt och pekade ut oordningen i rummet. "Jag har lite låg energi efter allt slit", tänkte han högt, "men jag tror maten ska smaka bra. Nu vill jag bara koppla av."

"Det doftar gott i alla fall", uppmuntrade Fredrik.

Fredrik drog fram en barstol till diskbänken, satte sig och började bläddra i dagens tidning.

"Hur många blir vi?" frågade han förstrött och slickade på tummen för att kunna vända blad lättare.

"Jag har bjudit in sex andra ..."

Stefan tog fram en keramikbricka ur ugnen och ställde den på spisen. Vattendropparna på spisplattan fräste till och det smattrade metalliskt. På brickan stod tio rykande timbaler och formarna av korrugerad plåt skakade.

"... men alla kommer inte. Två har inte hörts av, det tycker jag är dålig stil. Inbjudan gick ut för tre veckor sen. Bengt och Göran förstås, dom struntar blankt i att tala om hur dom gör. Har tänkt på att inte bjuda dom längre. Man blir inte bjuden tillbaka heller. Kevin från USA ringde och han har åkt på en förkylning. Så vi blir fem eller sju med oss båda."

"Okej. Lagom antal. Har du bordsplacerat?"

"Nä, jag gör det när vi går till bords. Jag ska sätta dig och Peter i ett hörn har jag tänkt."

Fredrik vek ihop tidningen. Han hade råkat se ytterligare en dålig nyhet om reklambyrån som hade nekat honom jobb, smålog skadeglatt och la undan tidningen.

"Vi *måste* inte sitta tillsammans. Jag sitter gärna bredvid dig eller nån annan."

"Nä-ä. Ni ska visst sitta tillsammans, för det har jag redan bestämt. Du anar inte hur laddat det blir, två killar som är nyfikna på varann och låtsas som att dom inte är det."

"Du har fel Stefan", rättade Fredrik. "Om det inte är så att du har snackat mer med honom än med mig. Eller så menar du att det blir laddat för dig. Jag måste tänka på Elisabet. Glöm inte bort det."

Stefan vände sig om och höjde på glaset.

"Det tror jag så mycket jag vill på. Har inte glömt bort henne, men det har du – snart. Haha! Skål."

"Okej? Varför då undrar jag, alltså vad vet du om mitt känsloliv egentligen?" Det lät som ett ängsligt försvar, men Fredrik insåg även själv att det låg en uns sanning i det Stefan sa. Elisabet hade inte hörts av över huvud taget, på hela tre veckor. Varje utflykt han hade föreslagit på hennes telefonsvarare, varje fika, varje lunch – inget hade blivit av. I hans fantasi var Elisabet lika förtvivlad och ledsen varje gång.

Stefan tryckte en tändsticka i en av timbalerna, skakade skeptiskt på huvudet och ställde tillbaka brickan i ugnen.

"Vill du höra vad jag ska bjuda på i kväll?"

"Självklart", log Fredrik.

"Håll i dig. Vi börjar med lite saltiner som jag köpt på NK. Det är inte så märkvärdigt men dom är *delicious*! Alla får en fördrink, en drajja eller en cosmopolitan. Du får påtår raring, men först när dom andra dyker upp. Så var inte orolig att bli utan."

Fredrik ryckte på axlarna och tänkte flyktigt på André Aubry.

"Förrätt blir gazpacho med osttimbal. Det är dom där i ugnen. Jag hoppas dom är klara strax. Sen blir det ankbröst med en sky av kalvfond, torkade fikon och små vindruvor. Potatisstomp till. Jag har köpt fyra ostar till våran ostbricka – franska såklart. Allra sist blir det glass med fläder och lime. Rödvinet i är argentinskt ... eftersom ingen av grabbarna i kväll är det. Haha! Trapiche."

"Det låter väldigt gott allting", och för avancerat tänkte Fredrik. Han tvivlade på att Stefan kunde ro i land med sin meny. "Har du gjort rubbet själv?"

"Bara timbalerna och glassen. Ankbröstet och såsen är från Hötorgshallen, men potatisen kokar jag förstås själv. (Fniss!) Vi hade släktmiddag nyss, när pappa fyllde sjutti, vi åt exakt det här. Fast det behöver inte gästerna veta."

"Spelar det nån roll?" Fredrik tömde sitt glas.

"Nä eller jo. Varför undrar du över maten förresten? Du lagar ju aldrig nån mat."

"Du vet varför ..." suckade Fredrik uppgivet. Han fångade upp de sista dropparna ur sitt cocktailglas och snattade en saltin ur skålen som Stefan hade glömt framme.

"Apropå ingenting", fortsatte Fredrik, "Sussi berättade om er kväll på Extaz, nattbussen och allting ... Du är tänd på den där killen, vad heter han, Samir?"

"Äsch, börja inte prata om *henne* nu. Det är förbjudet att prata om kvinnor i kväll. Särskilt när dom andra kommer. Men han är verkligen läcker, alltså killen du nämnde, men försvann som en tvål ur händerna!"

"Vad fånig du är."

Stefan flinade stelt och tog ut keramikbrickan ur ugnen. Han ställde timbalerna på blombänken och öppnade fönstret för kallras utifrån. En bil hade stannat på gatan nedanför, Stefan sträckte sig nästan obemärkt ut, böjde överkroppen neråt och busvisslade högt.

"Dom kommer nu", sa han ivrigt och vände sig om och gick förbi Fredrik in i vardagsrummet och bytte skiva. Det hördes fotsteg i trappan och efter en minut klev fem män in i hallen. En doft av tvål och eau de toilette letade sig in i köket. Fredrik funderade på vilken av dofterna som var Peters.

"Välkomna", sa Stefan innerligt. "Nä inte hade ni behövt köpa nåt till *moi*! Tack tack. Häng av er här och kom och ta drinkar."

Fredrik gick ut i hallen och ställde sig vid sidan av för att titta på de andra när de tog av sig kläderna. Ingen hade på sig mer än en tunn jacka eftersom det var ljumt ute. Alla kom fram till honom, en efter en och presenterade sig, trots att alla kände varandra sedan tidigare (förutom en): 'Bengt, Göran, Lasse, Anders, Peter ...'

"Är det han? Det är det förstås", viskade Fredrik bakom Stefans rygg när gästerna hade gått förbi och in i vardagsrummet.

"Jepp. Visst är han söt?"

"Jorå."

De satte sig till bords. Stefan kryssade fram och tillbaka mellan matbordet och köket. Vid varje vända bar han in ett nytt fat och en fjollig susning gick genom sällskapet.

Först efter en halvtimme tinade samtalet upp. Soppan var nästan slut, men Fredrik hade inte sagt ett ord. Lasse och Anders höll låda, men Peter satt också helt tyst. Det här är ju pinsamt, tänkte Fredrik, han tvivlade på sin salongsfähighet och vågade inte titta åt Peter. Han såg ingen öppning till ett samtal utan ville hellre låta någon annan ta initiativet, kanske med en fråga.

Bengt och Göran pratade och pratade. Om motorcyklar, sin senaste semester på Jamaica, 'där killarna är sååå läckra och sååå stora!' De pratade om sina jobb också, 'chefen dittendatten och den unga nya snygga vaktmästaren som var och varannan frotterar sig mot i kafeterian. Sextrakasserier, vadååå? Haha!'

Fredrik satt fortfarande alldeles tyst. Peter följde diskussionen som om den var en tennismatch.

"Ska jag hälla upp lite vin åt dig?"

Där kom den! Peters efterlängtade fråga som bryter isen. Han log artigt och Fredrik nickade ivrigt tillbaka. Men han kom av misstag åt flaskan, som föll omkull. En rännil av rödvin över duken började droppa ner på golvet. Fredrik tog snabbt fram en pappersnäsduk för att hjälpa till, gnuggade intensivt och de tittade på varandra för första gången.

Peter hade strindbergska ögon, intensivt klarblå, till en början avvisande, och han rynkade lätt på ögonbrynen. En trotsig och pojkaktig blick. Ändå såg han varm och glad ut och Fredrik fick hjärtklappning. Håret var ljusbrunt, en aning lockigt och tunt över hjässan. Frisyren kortklippt och Fredrik la märke till att Peter inte hade någon gelé i håret. Vad skönt utan klegg, tänkte han, och föreställde sig hur det skulle vara att dra fingrarna genom luggen.

"Du dricker ju inte nåt", sa Fredrik menande. "Ska jag i min tur hälla upp lite åt *dig*?" frågade han och pekade på flaskan.

"Jag kör bil i kväll och ska till ungarna tidigt på morgonen."

Fredriks klunk fastnade i halsen.

"Det är därför jag inte dricker nåt, jag nöjer mig med Ramlösa i kväll. Det får bli spritfest nån annan gång."

"Jaha. Jag menade inte att du måste dricka. Jag–"

"Det är ingen fara", avbröt Peter häftigt, "det trodde jag inte heller. Men så är det hur som helst."

Nu finns det åtminstone en öppning, hoppades Fredrik och lutade sig bakåt i stolen. Han har barn, och föräldrar älskar att prata om sina barn. Om de inte gör det, är det nåt som är fel, antingen på föräldrarna eller på barnet.

Konversationen i andra änden av bordet hade glidit ifrån jamaicaner och vaktmästare och stannat upp. Alla tittade åt Fredrik och Peters håll. Fem par nyfikna ögon och Stefan såg full i fan ut.

"Har ni börjat prata nu?" skrattade han kokett och tittade på de andra. "Så bra! Det var på tiden. Skål då!"

Allihopa höjde sina glas och Fredrik var inte riktigt säker på om det var Peters knä eller bordsbenet som han kände mot sitt högra lår. Han flyttade undan sin stol en bit.

"Så vad jobbar du med?" frågade Fredrik.

Peter tittade upp från sin tallrik och log artigt. Han tog sin servett – Susanne hade gett Stefan mörkblå linneservetter i tjugofemårsgåva – och torkade sig försiktigt om mungiporna.

Det såg lite feminint ut, men ändå inte eftersom det var Peter som gjorde det.

"Jag är ekonom", svarade han. "Jag gick på Handels, så det är där som jag och Stefan råkade på varann, fast det är länge sen nu."

"Jaså, jag har dejtat några såna", sa Fredrik och ångrade sig omedelbart. Han försökte vända sin groda till ett skämt. "Man kan nästan säga att jag har specialiserat mig på ekonomer. Du får se upp! Haha!"

"Jaha? Det låter jättespännande. Vad brukar du göra med oss?"

Peter hade ett flörtigt tonfall. Men Fredrik hade tappat tråden och visste inte vilken väg framåt som var den bästa.

"Det låter märkvärdigare än vad det är förstås. Jag har haft två korta förhållanden eller flings med ekonomer. Det sista var ganska länge sen och det första var faktiskt alldeles jättejättelänge sen. Men jag tror inte att jag låg med nån av dom. Durå?" frågade han snabbt.

"Vadå?"

"Har du dejtat en ekonom?"

Peter började skratta och blinkade med ena ögat. Fredrik trodde ett tag att han hade fått skräp i det.

"Jag har inte haft förhållanden över huvud taget."

"Varför inte?" frågade Fredrik ivrigt och drack lite rödvin för att dölja att han var nyfiken.

"Förutom att jag gifte mig en gång i tiden. Jag har inte kommit ut egentligen. Bara mitt ex vet hur det ligger till. Och barnen skulle inte förstå, dom är så små. Och min före detta fru är inte så förstående. Hon lämnade mig för två år sen när jag berättade. Barnen bor med henne och jag ser dom ganska ofta. Dom är hos mig varannan helg. Varannan månad hälsar jag på dom i Göteborg och då bor vi tillsammans allihopa, hon, barnen och hennes nya kille."

"Det låter ... vidsynt."

"Det är det också. Men det är spänt under ytan."

"Vad menar du med att inte ha kommit ut *egentligen*?"

"Är det här tjugo frågor? Haha."

"Närå. Svara bara på det du vill. Jag är alltid nyfiken", sa Fredrik kort och, vilket han upptäckte när han hörde sig själv, med ett lite sårat tonfall.

"Ingen på jobbet vet. Mina föräldrar vet heller inte. Jag har en fot i gayvärlden, går ut ibland, äter mat hos killar ungefär som i kväll. Den andra foten är i den vanliga världen, hur hetero som helst, på jobbet under fikaraster, jag spelar tennis med min chef som undrar om jag ligger med hans assistent. Släkt och vissa vänner som jag har kvar från gymnasiet och från då jag var gift, ingen vet nåt."

"Var träffar du killar då?"

"På videoklubbar, nakenbad, badhus, ibland på fester som i kväll. Jag lever ett dubbelliv och det går hyfsat om man är framåt. Att jag inte är helt öppen betyder inte att jag är en tråkmåns, va? Jag känner många bögar."

"Jo, förstås ... Blir det nånsin jobbigt?"

Peter såg på honom allvarligt och hans ljusa ögon blev en aning mörkare.

"Jo det blir jobbigt ibland. Eller ensamt. Tycker du att jag är för uppriktig med dig? Det verkar lite så."

"Öh, nejdå."

Fredrik visste inte vad han skulle säga.

"Men ibland känns allting bra också, ungefär som i kväll. Jag får träffa nån intressant och spännande kille, som dessutom verkar ha nåt innanför pannbenet."

Fredrik smakade på kommentaren. Den tilltalade honom – vem gillar inte smicker? – men han tyckte också att Peter var ganska nedlåtande. Om nån säger att jag har nåt innanför pannbenet (Fredrik funderade i flera led ...), menar han ju indirekt att han kan avgöra det, är med andra ord lika smart eller smartare. Eller var det bara en komplimang? Något hos Peter gav honom dåliga vibbar, men tyvärr var han samtidigt så manlig och spännande. Fredrik tittade på Peters nacke, där håret var klippt med trimmer, och innanför den välstrukna skjortan. Inget halsband.

"Lever *du* helt öppet?" frågade Peter oväntat.

"Närmast. Alla på jobbet som jag inte har just nu vet, jag brukar berätta redan på första intervjun. Jag tror faktiskt det kostade mig det senaste jobbet, som jag blev lovad men inte fixade till mållinjen, eller hur jag ska säga, jaaa, dom har blivit stämda i tingsrätten nu i alla fall så ... Mina föräldrar vet. Pappa köper mig kondomer ibland. Halvt på skämt, halvt av omtanke. Han har sagt att han inte vill att jag ska få aids. Han använder det ordet. Det är rörande."

Fredrik visste inte om han skulle berätta att han gillar tjejer också. Peter kunde ta det för ointresse. Eller kanske som ett tecken på oväntad samhörighet (åtminstone om Peter själv var bisexuell).

Är jag intresserad? funderade han vidare. Kanske, kanske inte. Elisabet kändes mer avlägsen än på länge. Han hade fantiserat om henne så sent som i eftermiddags, men mindes inte längre hur hon såg ut. När han tänkte på henne blev han hård mellan benen och mjuk i skallen. Han ville ta på sig själv. Och han ville sitta bakom henne på en motorcykel och krama om hårt.

Han försökte tänka på henne nu, men det hände ingenting. Det enda han kände var Peters knä mot sitt lår, varifrån det spreds en värme till resten av kroppen. Jag håller på att bli knäpp.

"Vad tyst du är."

Peter sköt fram hakan och en flik av hans lugg föll framför ögonen så att han såg ut som en liten pojke.

"Ja, jo, det är inget speciellt. Sitter i tankar bara."

"Vill du ha skjuts hem av mig sen? Jag dricker ju som sagt inte alkohol i kväll. Vi åker tidigt eller sent, bestäm du."

Fredriks hjärta föll som en medicinboll mot ett gympagolv och han förnam en värme som började i vaderna och spred sig uppåt och neråt och framför allt till tårna. Skorna blev varma och trånga och fuktiga.

"Visst. Schysst."

"Då säger vi det. Fast vi behöver inte dra än – på ett tag. Bestäm du och säg till när det passar."

Stefan bar in ostbrickan och hela sällskapet applåderade. Han gick tillbaka in i köket och kom tillbaka med tre vinflaskor mellan fingrarna.

"Ta-daa. Vi byter vin till osten. Drick upp mina herrar!"

"Såna talanger du har raring", sa Lasse majestätisk. Han var den pratsammaste av Stefans gäster. "Du kan hantera tre samtidig. Det kan inte jag."

Stefan neg kokett, gjorde en stram bockning åt båda sidorna och ställde flaskorna på bordet. Tafatt sträckte han sina armar mot en avskrädeshög och krafsade bland ihopskrynklade servetter. Korkskruven låg där någonstans.

"Bengt. Ouvrez s'il vous plaît!"

Bengt, en lång norrlänning med skogshuggarutseende och jättelika underarmar, öppnade de tre vinflaskorna i snabb följd: 'Plopp, plopp, plopp'. Göran, som var Bengts pojkvän sedan två år (en evighet i bögmått mätt, tänkte Fredrik), satt med händerna i luften, full av beundran.

"Du är så mannnlig älskling när du håller på med dom dära grejerna. Jag blir till mig, sluta nu! Haha! Annars får du öppna mig också." Göran fnissade hysteriskt.

Göran föreföll inte maskulin, utan lite androgyn. Han var visserligen nästan lika lång som sin man, men gänglig och med ett hår i mörk page, alldeles för slitet för att inte vara kortklippt, stor näsa och stora ögon. Han jobbade förstås på ett filmbolag. Rösten var gäll och armbågarna riktigt vassa. Bokstavligen. Lite dålig hållning, tyckte Fredrik. Om han inte hade fått höra av Stefan (skvallerbyttan) hur Bengt och Göran fördelade arbetet i sängen, skulle han utan tvekan ha trott att Göran låg underst.

"Nu äre klatt", mumlade Bengt och skickade runt buteljerna. När en av flaskorna nådde deras bordsände tog Peter den helt sonika ur Fredriks grepp och hällde upp.

"Tack", sa han tveksamt.

"För all del. Jag måste göra intryck på dig."

"Det är okej. Du har lyckats med det redan ..." svarade Fredrik, men han var inte så glad.

Middagen fortsatte muntert och närmade sig efterrätten. Trots mängder av mat var alla ännu hungriga. Det var som om alkoholen grävde fram mer utrymme i magen.

Fredrik såg att Stefan skelade med ögonen, han måste ha druckit en hel del.

Fredrik var inte heller själv nykter och försökte mobilisera den del av skallen som ännu tänkte klart. Han såg åt Peter, som log tillbaka, och tänkte på Elisabet. Faaan, nu har jag glömt bort hennes telefonnummer också, yrade han för sig själv.

Stefan bar in efterrätten på en avlång teakbricka. Den svagt gula glassen satt som klistrad på träytan och hade dekor av skalade apelsinklyftor. Bredvid glassen en silvrig såsskål fylld till brädden med vispad grädde. Fredrik tyckte att glass med grädde var tårta på tårta, men ville inte klaga inför de andra. Alla såg förvånade ut och berömde Stefan för hans kokkonst.

Fredrik ville inte vara sämre.

"Stefan. Det här är den absolut bästa middan du nånsin köpt!"

Stefan var inte tillräckligt nykter för att komma på något fyndigt att säga.

"Tack-tack. Fascht jag har gjort glassen själv."

"Jag bara skämtade."

"Vad sa du?"

"Han skämtar bara", avbröt Peter högljutt och la en beskyddande arm runt Fredriks midja. Ingen kunde se att han klämde lite på Fredriks mage strax ovanför vänstra sidans byxlinning. Fredrik stelnade till och drog reflexmässigt in magen.

Peter vände sig mot honom och viskade i hans öra, som blev varmt och fuktigt: "Om du inte vill att jag har armen runt dig måste du säga till."

Kommentaren var saklig, men med en ton av ett hotfullt sinnelag hos den som brukar få som han vill. Det var sexigt och obehagligt, på en och samma gång.

"Ingen fara", svarade Fredrik, "det är bara mysigt. Jag hoppas du inte leker med mina känslor bara. Dessutom är det något som jag måste berätta."

"Vadå?" frågade Peter förvånat.

"Vi tar det sen, nån annan gång."

"I bilen kanske."

"Kanske. Vi får se."

Bengt och Göran hade redan lämnat bordet och hånglade i Stefans soffa. Bengt hade lagt sig över sin partner så att bara ena benet syntes, förutom en muskulös arm som tog spjärn mot soffbordet.

Stefan satt kvar vid bordet och vajade på stolen. Han höll sig fast i bordskanten och blundade. Munnen rörde sig lite mekaniskt, men han sa inget.

Lasse och Anders, till synes helt nyktra, vred och vände på en av de tomma vinflaskorna och pekade på etiketten och nickade intresserat åt varandra.

Fredrik tittade på Peter som hade kvar sin arm runt hans midja. Han ville säga något men kom inte på vad.

"Ska vi åka?" frågade Peter plötsligt.

"Det är en bra idé. Du kan väl vänta så länge som jag tar adjö av Anders och Lasse och ser till att Stefan kommer i säng."

"Visst."

Peter reste sig, gick ut i hallen och började ta på sig skorna (som kostade 5 000 kronor eller mer). Han skramlade med en nyckelknippa och kände efter i sina jackfickor. Sedan ställde han sig som en fura och väntade på Fredrik.

Fredrik tog Stefan i hand. Stefan kunde inte stå på benen men log med hela ansiktet. Fredrik ledde in honom i sovrummet, satte ner honom på sängkanten och tog av honom skor, sockar och skjortan.

"Tänker du schova med mig Fredrik? Schka vi ha sex *nu*? Jag vet inte omja or-kar ..." mumlade Stefan.

"Nädå. Jag får skjuts av Peter. Vi går alldeles strax men jag vill veta att du kommer i säng. Anders och Lasse tar sig ut på egen hand. Bengt och Göran ligger på din soffa och Bengt har nästan somnat. Dom är nog kvar när du vaknar i morgon. Hoppas du har frukost åt dom."

"Du schka få skjush hem av Peter? Det gick ju brå dehär isåfall. Eller du kanske menar skfå ett *skjut* avnom. Haha ..."

Fredrik klappade Stefans etanolfebriga panna och kände hans snabba puls i sin handflata. Han såg ut som ett barn, lycklig och ovetande om morgondagens baksmälla.

"Den som lever får se. Vi hörs i morgon. Jag drar nu, hejdå."

"Hej", mumlade Stefan svagt och började snarka innan Fredrik hann stänga sovrumsdörren.

Det var kallt ute. Fredrik stannade upp utanför trapphuset och letade i jackfickorna efter sina läderhandskar. Peter hade gått runt hörnet till Maria Prästgårdsgata där han hade bilen. Det gick en minut innan en mörkgrå Volvo rundade hörnet, bromsade in och stannade framför Fredrik. Dörren öppnades och han lutade sig över passagerarsätet.

"Hej, hur mycket kostar det?" skämtade Peter.

"Jag är gratis i kväll", svarade Fredrik. "Har inte fått nåt på länge så är helt desperat. Ge mig så jag tiger!"

"Haha."

Fredrik steg in, smällde igen dörren och gav instruktioner åt Peter vart han skulle köra. Det gnisslade skönt om skinnsätena, sitsvärmen tog vid där värmen från rödvinet avtog.

"Du behöver inte köra mig ända hem. Lämna av mig där det passar. Var bor du själv nånstans?"

"Huddinge", svarade Peter, "men jag kör dig gärna hela vägen. Inget annat kommer på fråga. Jag behöver inte gå upp så tidigt. Ska köra ner till barnen, det tar några timmar."

"Jag bor på Grev Turegatan", sa Fredrik och gnuggade sina händer. Han gillade ännu att säga sin nya adress. Det var fint men inte *för* fint. "Var bor dina barn?"

"Dom bor i Majorna. Med sin mamma och hennes man."

"Ja just det. Det sa du tidigare ja."

Peter hade gjort två vänstersvängar och de var på Götgatan.

"Jag kör genom tunneln och till Östermalm. Det blir lite sidovägar på grund av vägarbete. Du får ge mig fler detaljer när vi närmar oss, okej?"

"Okej."

Klockan var fyra på morgonen. Det var alldeles ljust och Götgatan var full av tonåringar med färgglada tygkassar och ölburkar i händerna. Vissa var så berusade att de inte kunde stå upp, utan lutade sig mot elskåp, hängde i trafikskyltar och satt på fönsternischer.

Bilar i rörelse, men inga raggarbilar, vilket annars var en vanlig syn under den varma årstiden. Bilburna gäng från söderförorter åkte i karavan och tutade hejvilt. Unga (vackra, tänkte Fredrik) män och kvinnor satt och hängde ut från bilfönster och skrek på förbipasserande fotgängare: 'Buäääh!' och annat barnsligt.

De åkte förbi en tvärgata med en känd videoklubb. Fredrik tittade förstrött mot ingången och märkte att han inte kunde fokusera med ögonen. Han såg två yngre män på väg ut, kanske i sällskap, och en på väg in.

"Brukar du gå dit nån gång?" frågade han Peter och pekade mot den diskreta ingången.

"Dit? Det har väl hänt. Men jag tycker inte videoställen ger mig så mycket längre. Det är mycket roligare att gå på pub och ut och dansa. Du då?"

Fredrik höjde på axlarna.

"Ja, det har väl hänt. Inte så ofta, kanske en gång om året sådär. Jag gillar det faktiskt, om man är lite blyg så kan det ta emot men jag brukar ha kul. Mest själv. Låter det konstigt?"

"Nä. Inte alls. Jag gillar det också lite …"

Skenhelig, tänkte Fredrik. Du gillar det och skulle väl gå dit nu om du inte behövde köra mig hem och åka till ungarna i morgon. Han tittade på Peter och var glad över att det inte gick att läsa tankar.

"Då är vi ur tunneln", konstaterade Peter. "Vilket nummer av Grev Turegatan bor du på?"

Frågan var påträngande, även om Stefan kunde ge honom samma fakta på en handvändning. Men Fredrik tyckte inte om att bli utfrågad. Han dröjde med svaret.

"Stanna vid korsningen av Grev Turegatan och Karlavägen. Det är jättenära därifrån."

"Okej", svarade Peter missnöjt.

De passerade Humlegården och svängde in på Karlavägen. Peter gasade och bromsade häftigt och de låg ständigt bara några centimeter bakom framförvarande bil. Fredrik drog upp axlarna varje gång det slog om till rödljus. Han höll krampaktigt om sätet, men försökte se avslappnad ut.

"Nu är vi framme", sa Peter och saktade in vid korsningen. Han la in parkeringsbromsen och drog ur bilnyckeln. Motorn stannade och det blev tyst.

Fredrik hörde sina hjärtslag och kände alkoholen rusa i kroppen. Han ville luta sig mot Peter och kyssa honom, rufsa honom i håret och ta in hans varma andedräkt, men något höll honom tillbaka. Magkänslan var densamma som efter Peters kommentar om saker innanför pannbenet och att videoklubbar inte ger något.

Peter vred sig otåligt i förarsätet och tittade på klockan.

"Hon är redan halv fem. För sent att ta en kopp te nånstans, men kanske nån annan gång? Bio?"

"Javisst. Jag bjuder in dig nån annan gång."

"Vi hörs", sa Peter och Fredrik fick en klump i halsen. Peter hade sagt den förbjudna frasen, den värsta av alla enligt Fredrik, utan antydan till förpliktelse, funkar i varje situation, något som går att säga till ens värsta fiende för att verka civiliserad.

"Jo ... vi hörs."

När Fredrik öppnade bildörren och skulle stiga ur bilen, la Peter sin hand på hans knä. Den låg kvar i några sekunder som blev till en oändlighet. Handen var så varm och tung och avslappnad genom det tunna byxtyget. Fredrik kände sig yr och la sin egen hand på Peters och tryckte till lite kort.

"Vi hörs."

Drygt trettio långklänningar tävlade om garderobsutrymmet. Tillräckligt för att besätta en liten kostymfilm, men mångt färre än hos damerna i kungafamiljen. På kralliga aluminiumgalgar längs en utdragbar stång, från vänster till höger i ordningen som hon hade haft dem på sig. Vissa av klänningarna hade ännu klisterlappar från kemtvätten.

På ett av plaggen längst till höger, en smal cylinderformad cocktaildress i glansig indigo, stod 'MajV2'. Den hade Susanne burit på sina föräldrars återkommande majmiddag nyligen.

Mamma hade som vanligt klagat på färgen: 'Den är mer påsk än vår, håller du inte med lillan?' Susanne mindes sin irritation, hur hon hade bitit ihop tänderna så hårt att de gnisslade. Men hon hade ändå inte sagt emot sin mamma. Då skulle middagen vara förstörd.

Susanne rev bland galgarna till vänster. Hon plockade fram tre stycken klänningar från längst in, inspekterade tyget, backade några steg och hängde dem på dörren, två på karmen och en på handtaget.

Hon gick tillbaka till garderoben och stod på tå för att se om det fanns några passande skor på överhyllan. Då fick hon syn på två kartonger märkta 'John' och 'Greger'. De hade inte öppnats på flera år, och det låg ett tunt lager damm ovanpå (måste städa här nästa gång ...) och klisterlappen 'John' hade nästan trillat av.

Etiketten är trasig, det är åtta år sen, himmel! tänkte hon förbluffat. Lådorna innehöll minnessaker från hennes två längre förhållanden.

John hade varit (kanske ännu var) möbelsnickare, lång och senig och stark med ett i Stefans öron charmigt arbetartugg och förvånansvärt rena naglar. Han och Susanne hade blivit kära och hon hade flytt från sitt flickrum, nästan som i protest mot lägenheten som pappa hade köpt åt henne, hem till John i hans pyttelilla tvåa på Ringvägen.

Mamma och pappa hade aldrig vågat sig dit. Fredrik och Stefan hade besökt dem, men bara en gång, en kall vinterdag i februari. John hade kokat kaffe och vridit alla element på max, vilket ökade temperaturen med ungefär en grad. Kylan dröjde sig kvar envist under hela besöket. Det här är slummen innanför tullarna, hade Stefan tänkt. Han hade sett sig omkring misstroget, kommenterat affischerna och blängt illavarslande på Fredrik.

De hade stannat en halvtimme och aldrig kommit tillbaka. Sådana förolämpningar var förlorade på John, men såklart inte på Susanne. Hon hade gråtit otröstlig, John hade hållit om henne och luktat gott, naivt ovetande. Och hon skulle aldrig komma att våga berätta vad som hade hänt.

Innan de somnade den kvällen lyssnade hon på Toscas bön i sin Walkman, insjunken i en fantasi om hur hennes pappa skulle hitta dem båda ihjälfrusna några veckor senare. Blå i ansiktet och på läpparna. Då skulle allt vara försent.

John och hon fick ändå två lyckliga år tillsammans. Ingen kunde säga vem som tröttnade först. När hon började läsa juridik lämnade hon Söder och flyttade in i lägenheten som pappa hade köpt åt henne, med stor terrass högt ovanför Norr Mälarstrand. 'För att få läsro'. Det gick längre och längre mellan Johns besök och så småningom hade de inte ens hörts av i telefon. Nu hade hon inte sett honom på över fem år. Han kanske inte ens bodde kvar i stan.

Den andra mannen för henne var Greger. Först var han bara en av många kurskamrater på juristutbildningen. Hon förtrollades av hans vinnande leende, hans poetiska efternamn, som visade sig vara taget, och hans envishet.

Han hade ett stadigt följe av glamorösa juristbrudar i släptåg, men fastnade ändå för Susanne, som var den enda som inte gjorde åthävor för att prata med honom. Att hon dessutom var kursetta och fick stipendier gav henne en särskild glans i hans ögon. Hon bar dyra kläder. Alla på utbildningen visste vem Susanne var.

Greger var den mest ambitiösa person som hon någonsin hade mött. Han sprang ur enkla förhållanden i en småstad i Östergötland, pratade aldrig om sin uppväxt, pluggade hårt, kuggade aldrig en tenta, gick med i en frimurarorden ('... för kontakternas skull, Susanne kära, för kontakternas skull') och gjorde ingen hemlighet av sin dröm att bli ordförande i Advokatsamfundet.

De hade hoppat i säng på första dejten, hon hade berättat om sin uppväxt och sin familj, han hade haft ett glansigt uttryck och tjatat om att få träffa hennes pappa. Inte kunde hon ana att Greger skulle be om ett sommarjobb redan på *första* middagen hos föräldrarna. Men det gjorde han, strax efter att ha lindat hennes mamma runt lillfingret, och Susanne var trollbunden av hans mål och mening i livet.

I dag var Greger på god väg att bli domare, precis som förutspått. Mer än en gång hade hon fått syn på hans namn i tidningarna. Senast i ett reportage i tidningen Affärsvärlden, från Grand Hôtel Saltsjöbaden och någon kongress. Tjejen bredvid honom på bilden var lång, långbent och smal, och bar upp sin korta klänning utan en tråd av skam på kroppen. Hon hette någonting Bonnier. Typiskt Greger.

Susanne sköt kartongerna längst in i sin garderob, de innehöll ändå inget viktigt: några gamla fotografier, någon ylletröja, flygbiljetter och ett par dagböcker. Hon tryckte in tre par ratade skor i utrymmet framför och ryckte åt sig ett godkänt par högklackade skor, som hon ställde framför de tre aspirerande klänningarna.

Ett fönster i sovrummet var på glänt. Vädret hade svängt om till det sämre under förmiddagen, snålblåst och regn.

Felix satt på sin vanliga plats på terrassen och spanade efter småfåglar. Han såg komisk ut bakifrån. Svansen viftade fram och tillbaka, men ingen kunde ta katten på allvar. Om en serietecknare just nu avbildade Felix, skulle det vara iförd sydväst, tänkte Susanne. Katten anade förstås att hans matte iakttog honom, vände sig om och jamade. I nästa stund återtogs jakten på småfåglar, något som katten hade slipat till fulländning de senaste åren.

Susanne la tevatten på uppvärmning, återvände till vardagsrummet och kände med fingret i ett par blomkrukor. Hon satte sig i en Mathssonfåtölj med fötterna på en mjuk skinnpall och drog en yllefilt om sig. Hon hade glömt att sätta på musik, men tystnaden inomhus dög bra. Den var vederkvickande och dämpades av monotona, ibland överraskande ljud utifrån, regnet som rann längs fönstrens utsida. Felix var fortfarande inne i sin jakt.

Hon blundade och lyssnade till regnet ...

Regnet faller mjukt. Det letar sig i rännilar på en gudom i mjölkvit marmor. Lukas är en gud av marmor, han överraskar dödliga själar genom att ta mänsklig gestalt en gång vart hundrade år. Det är dags! Plötsligt ringer det på dörren, han har letat upp sin utvalda och stiger in i hallen med en plastkasse i vardera hand. I den ena finns vitt bröd, ostar, torkad frukt, kanderade nötter och praliner. I den andra en utsökt chablis, som marmorguden nonchalant ställer in i kylskåpet innan han tar av henne alla kläder.

Hon ligger naken på soffan, magen är platt utan att hon behöver dra in den, hennes bröst häver sig i åsynen av den perfekta mannen och bröstvårtorna är styva. Lukas tittar på dem, stående framför henne i sin gudom, lätt svettig om pannan och röd om läpparna.

Hon fylls av förväntan. Doften av hans rakvatten når henne, men det doftar bara solvarm hud. Hon drar in hans doft med uppspärrade näsborrar och kvider 'älskling ...' så tyst att det inte hörs. Hans svarar genom att eftertänksamt ta av sig den grå lammullströjan, t-shirten, bältet, byxorna och sockarna, tills han står framför henne i endast kalsonger. Bländvita.

Hans hud är brännande och mjuk och luktar sand. Han går långsamt mot henne och ställer sig framför henne med höfterna i ögonhöjd. Hon anar konturen av en del av hans kropp. Sedan lyfter han upp henne och bär henne in i sovrummet, och de älskar ohämmat tills vinet har kallnat och kan hällas upp. Det tar timmar.

'Klick!' 'Klick! ...' Felix trummade ohämmat på rutan och Susanne slog upp ögonen. Att se alla välbekanta möbler och höra regnet slå mot fönsterblecket var som att vakna upp ur en opiumdröm. Luften i rummet var kulen.

"Ska du in precis nu?" frågade hon irriterat, klev upp och drog hårt i dörrhandtaget. Katten studsade in och sprang nonchalant förbi henne och in i köket.

"Det finns ingen mat Felix! Och använd kattdörren nästa gång i stället för att väcka mig", ropade hon.

Hon hörde katten krafsa i matskålen och efter ett tag kom Felix med en sur min tillbaka in i vardagsrummet. Hon tog upp honom i famnen och gosade lite. Felix stirrade intensivt mot köket och buffade henne på handleden. Undrar om det är dags att ringa Fredrik, funderade hon. Oavsett så kommer jag inte att hitta tillbaka till min dagdröm, så lika bra att återvända till verkligheten och dess vedermödor.

TJUGOFYRA

Fredrik låg i sängen och hade en vaken mardröm. Han hade snott in täcket flera varv runt benen och var vagt medveten om att högra armen hade domnat. Klockan är bergis redan elva, tänkte han förtvivlat och försökte somna om. Han var kissnödig. Regnet piskade mot fönstret och dropparna på dess utsida såg ut att fläcka tapeten där han låg.

Det var glåmigt och mörkt i sovrummet. En unken lukt av tvål och svett bildade en barriär mot den fuktiga luften som ville tränga sig in genom fönsterspringan. Den fuktiga luften utomhus hade inte en chans.

Elisabet låg bredvid honom på sängen. Hon hade på sig en av hans t-tröjor och tennissockar och låg lite längre bort vänd mot fönstret. Hennes blonda hår var inlindat i täcket, oborstat och lite fuktigt. Han hade hoppats på att få sätta på henne kvällen före. Han ville göra det tufft, på ett sätt som han trodde att hon skulle tycka om, utan frågor och ursäkter, bara rakt på. Han hade slitit av henne kläderna, bitit henne i nacken, kramat om hennes höfter, lagt sig under henne och dragit henne ovanpå sig.

Allt hade gått så bra tills hon började skratta. Ett hysteriskt skratt fyllde lägenheten. Hans erektion slaknade i deras åsyn, ett generande ögonblick för honom och kanske också för henne. Båda iakttog det med öppen mun och rynkade ögonbryn, och Fredrik hade sagt 'Sluta garva' flera gånger.

Men Elisabet hade skrattat ännu mer, tills han steg upp och tog på sig byxorna. Först då tystnade hon och såg allvarligt på honom, utan att säga något. Hon iakttog honom när han gick omkring rastlöst och borstade sina tänder.

Hon hade ändå blivit kvar och de hade sovit tillsammans. Han hade inte lyckats klura ut hur han skulle få henne ut ur bostaden före mötet med Susanne. Det är svårt att tänka klart när man är kissnödig. Han behövde även duscha. Det ordnar sig nog snart, tröstade han sig själv, la armen om Elisabet och somnade om.

Telefonen ringde.

"Tar *du* det?" frågade Elisabet sömndrucket.

"Såklart, ett ögonblick." Vem annars? Vi är ju hos mig, tänkte han och sträckte sig efter luren.

"Hallååå. Fredrik."

Elisabet steg sakta upp, höll sig för pannan och satte sig på sängkanten.

"... klockan är tolv Sussi. Det är först på kvällen."

Hon drog på sig strumpbyxorna på ett sätt som påminde om Helena Bergström i Änglagård.

"... precis. Det tycker jag också. Har du riggat kameran och kabeln och mikrofonerna? Oroa dig inte, såklart jag har valt ut kavaj. Durå?"

Elisabet steg upp och la sin portmonnä i fickan och tog på sig vigselringen.

"... jag kommer förbi hos dig klockan sju. Vi testar allt i förväg. Det är ju gott om tid ... Nä."

Hon gick ut i hallen och tog på sig skorna med stöd av en hög papperskassar med serietidningar. Hon tittade in i köket och såg med kritisk blick på ölflaskorna från kvällen före. På bordet låg en full askkopp trots att ingen av dem rökte.

"... klockan sju då, precis", hörde hon Fredrik fortsätta sitt telefonsamtal i sovrummet. "Nä, jag har inte hört av honom. Jag vet inte var han är. Nä, jag tror inte han kommer dit. Lukas? Nä, har inte sett honom på länge. Jaha. Ja. Nähä."

Fredrik såg sig om i rummet. Elisabet var försvunnen.

"Jag måste sluta Sussi. Kan jag få ringa dig om ett par timmar? Vi tar det sista sen. Nä. Jag måste verkligen. Nu med detsamma. Okej. Ha det. Kram hej."

Han sprang upp ur sängen och hasade upp brallorna. Han sköt upp dörren till vardagsrummet och såg ytterdörren slå igen mjukt framför sitt ansikte. Elisabets kvicka steg ekade i trappan när han gick in i badrummet och satte sig på toaletten. Fan fan, svor han, jag sumpade det.

Susanne släppte ut Felix. Hon återvände till sovrummet och hämtade klänningarna som hade fått godkänt för kvällen. Vilken blir bäst? Det måste vara något svalt elegant, sa hon självkritiskt. Samtidigt får det inte vara för snyggt. Jag ska se supersnygg ut, men det får inte verka som att jag ansträngt mig. Nåt enkelt och dyrt måste det vara.

Hon drog av sig linnet och kastade det på golvet, tog den mörkblå tunna sammetsklänningen med silverbrokad längs axelbanden och åmade sig i den. Det var inte så lätt, men genom att hålla in magen och inte andas lyckades hon dra upp dragkedjan med en trådgalge.

Hon tog på sig svarta högklackade skor och lyfte upp håret bakom nacken och såg sig i spegeln. Lite smink på det här och jag ser oemotståndlig ut, sa hon hemlighetsfullt mot sin spegelbild.

Hon lyfte upp telefonluren och beställde taxi till klockan halv sju. Onödigt, på torsdagar är det inga problem med våra bilar, sa kvinnan i andra änden av luren med ett självklart och irriterat tonfall. Hur många ska åka? Två, svarade Susanne.

Felix ville tydligen in igen. Hon öppnade terrassdörren och katten sprang i cirklar runt hennes ben när hon gick in i sovrummet, och hoppade upp i hennes famn när hon hukade sig ner. Katten balanserade smidigt på bakbenen när hon tog fram broschen från André Aubry och fäste den nedanför klänningens urringning.

Den glittrade dyrbart. Hundrafemtio tusen, hade Fredrik sagt! Det låter bra. Alltid trevligt med fina gåvor och Fredrik kan smycken.

Hon återvände till sin favoritfåtölj och satte på stereon. Av de många olika cd som Fredrik hade mixat åt henne, valde hon titeln Galen. Den hade bara fem spår och det första var slutet av Strauss Salome. Fredrik hade kallat skivan sin stridsmusik. Ingen höjdare, tänkte hon. (Fredrik har sån konstig musiksmak.) Som ett soundtrack till en skräckfilm, spelad på högt varvtal. Sångerskan skrek sitt sista skrik.

Men just nu ville hon vara nära Fredrik, på alla tänkbara sätt. Hon la cd:n på skivtallriken och den åkte in med en knapptryckning. Hon tryckte på Repeat, gick in i badrummet och började tappa vatten i badkaret.

Kranen skvalpade högljutt och badkaret fylldes av skum som doftade apelsin och vällde sakta ut över kanterna och ner på badrumsgolvet.

Susanne hällde upp ett glas vitt vin (som hon hade köpt själv, en bra kvinna reder sig själv) och la i en stor iskub. Ingen ser mig, så det spelar ingen roll. Hon tog glaset och sin silkeskimono och tassade tillbaka till badrummet medan Felix granskade hennes varje steg.

"Du får ingen mer mat i dag katten. Ät upp det du har i stället". Hon pekade på honom med långfingret. Felix backade och skakade missnöjt på huvudet, jamade och hoppade upp på hurtsen och sedan på toalettsitsen när hon klev i badkaret. Katten började tvätta sig.

Susanne blundade men kunde inte frambringa den angenäma bilden av Lukas. Sexguden med den fulländade marmorvita bringan var som bortblåst, och hon kände bara uppdämd ilska mot hans dandyaktiga arrogans. Varför ville han inte ha henne? Måste jag alltid köpa mitt eget vin? Vad gör alla gudar åt den här situationen? Patetiskt …

'Warum siehst du mich nicht an?' dånade musiken i vardagsrummet. Högtalarna skickade ut självömkande skrik på hämnd: 'Hättest du mich gesehn …' Väggarna skakade. Susanne hörde att glasen i köksskåpet klirrade mot varandra, som i baren på en finlandsfärja. Volymen var högre än någonsin men grannen hade ännu inte ringt på.

Susanne hade gråten i halsen. Bra att jag inte har sminkat mig, snyftade hon. Felix hoppade upp på badkarskanten och trippade försiktigt längs dess hala yta till hennes ansikte. Han tryckte nosen mot hennes kind och fick skum på morrhåren.

När han upptäckte det backade han flera steg och fortsatte att tvätta sig noggrant i just ansiktet. Han stödde sig på ena framtassen, låste klorna runt badkarskanten och drog målmedvetet den lediga tassen bakom öronen och runt kinderna. När sopranen sjöng sin allra högsta ton spetsade Felix öronen en aning och såg oroligt mot dörren, men fortsatte inte desto mindre sin hygieniska rutin.

Susanne lyfte upp ena knät och blåste iväg badskum. Knät kastade en läskig skugga på marmorväggen. Det var ett monster som fladdrade och som dansade i skenet av det levande ljuset och fick trubbiga horn av badskummet. Hon formade figuren till en profil av Lukas, gav den en örfil med pekfingret och plattade till den med handflatan.

Efter en knapp timme hade Salome blivit dödad några gånger. Susanne tappade ur det ljumma vattnet, drack upp sitt vin, virade en handduk runt huvudet, kimonon runt midjan och återvände till vardagsrummet. Och bytte skiva till Ella Fitzgerald.

TJUGOFEM

Den här torsdagen låg Bimbo i en lokal nära Münchenbrygg-eriet på Söder Mälarstrand. Regnet hade inte avtagit, snarare tvärtom, och Fredrik satt dyblöt i taxin med byxbenen droppande vatten på gummimattan. Han hade misstagit sig på tiden och väntat in Susanne utanför sitt trapphus en kvart för tidigt. Utan paraply.

Taxichauffören tittade missnöjt på dem i backspegeln och drog växelvis på mungiporna.

Susanne tyckte inte om chaufförens vassa ögonkast. Han påminde om mattanten i bamban, hon som slevar upp för mycket falukorv och mos och förmanar: 'Du kastar väl inte bort nåt?' Eller en supernojig butiksägare som misstänker snatteri: 'Ska du inte ta fram det du har i fickorna nu?' Ögon som nålstick på dom oskyldiga, fast Fredriks enda brott var ett par vattendroppar på inredningen i en bil som hade sett bättre dagar.

"Han tittar murket på oss, tyckeru inte?" frågade Fredrik och klappade henne på knät.

"Jag tänkte precis samma sak", svarade Susanne. Hon gav ansiktet i backspegeln ett dröjande ögonkast, men den vek inte undan. "Han kanske tror vi är brottslingar."

"Eller ännu värre, han kanske har fått körningar till samma adress i kväll med gäster som *är* brottslingar. Vad sägs om det?"

"Det tänkte jag inte på", svarade Susanne, "men låt oss inte spekulera. Det blir bara läskigt då."

"Kanske..." dröjde Fredrik och klappade henne på knät igen.

Han kikade ut genom fönstret när taxin vek av från Hornsgatan och ner mot vattnet. Riddarfjärden låg stilla trots allt regn, likt en helgjuten mörk parkeringsplats avgränsad av broar, Stadshuset och kedjan av fritidsbåtar. Regnet yrde ner, men åstadkom blott stilla krusningar och färgskiftningar på vattenytan. Såg det ut som på håll åtminstone. Eller var det vinden?

Taxin stannade, chauffören stoppade taxametern och grymtade 'Tvåhunratretti kroner' på södervis. Ett långt kvitto började rassla ur maskinen.

"Varsågod här tvåhundra och femtio. Behåll växeln". Susanne försökte låta vänlig och mötte hans blick en sista gång. Chaufförens ögon ljusnade och han mumlade något obegripligt. Fredrik himlade med ögonen, tog sin väska och öppnade bildörren. Båda småsprang från parkeringen för att ta skydd från regnet under en baldakin vid ingången.

En mörk och muskulös man stod vid entrén och gjorde ingenting. En svart bomberjacka och kamouflagemönstrade byxor gav honom en militär uppsyn och han stoppade Fredrik med en gigantisk handflata just som de skulle förbi.

"Har ni inbjudningskort? Jag vill se."

Fredrik höjde på axlarna och tittade på Susanne.

"Visst har vi det", sa hon och började rota i handväskan. "Jag har det här någonstans. Vi är vänner till Kalle. Du vet, vad heter han i efternamn nu igen, Stenstam förstås! Vi är jättebundisar med honom faktiskt–"

"Inbjudningskort tack!" upprepade dörrvakten myndigt, tog ett steg framåt och blockerade effektivt ingången med sin kroppshydda.

"Här är det ju. Varsågod." Susanne log. "Du heter Samir eller hur?"

Han flinade överrumplat.

"Stämmer. Jag är Samir. Har vi setts nånstans?"

Hon skrattade kokett och rättade till frisyren.

"Någonstans absolut, minns inte var. Fast jag har *hört* så mycket om dig."

Dörrvakten log tvekande, men hans ansikte vaknade till liv. Han mönstrade henne uppifrån och ner och upp igen och ner igen. Ja, så höll det på ett tag. Han följde klänningens slits och höfternas kurvatur med en stadig blick och stannade till flera gånger vid hennes urringning.

Susanne såg konturen av hans lem, rätt så tydlig i ett par trånga armébyxor. Så hon förde sitt vänstra ringfinger till munnen och slickade lite på nageln.

"Jaaa. Att du är väldigt bra och sååå-å."

Fredrik hade aldrig sett en så nöjd dörrvakt. Samir visade alla tänder, bröstade upp sig, steg åt sidan, öppnade dörren, klappade Fredrik broderligt på ryggen och bockade lätt när de spatserade förbi.

De kom fram till garderoben och Fredrik gav Susanne en hård knuff i sidan.

"Var det där nödvändigt Sussi?"

Hon skrattade.

"Haha! Inte mycket i livet är nödvändigt. Jag kunde bara inte motstå, med tanke på att jag följt efter honom och Ursula och Stefan mitt i natten genom mörka söderförorter. Det skadar inte att ha en vän här inne förresten. Rätt vad det är behöver vi en hjälpande *stor* hand!" skrattade hon. "Tycker du han var söt?"

"Nä, det där biter inte alls på mig", fnyste Fredrik och tog av sig jackan. "Tyckte du?"

"Nä. Jag tycker om ljusa grabbar. Han är nog mer Stefans typ."

"Det får jag lov att säga. Som en injektion testosteron."

De lämnade ytterrockarna till en glamorös brunett som vaktade garderoben. Hon gav dem varsin biljett 'att nyttja i baren' och ett likgiltigt leende. Susanne gick in på damtoaletten och Fredrik ställde sig och rullade tummarna.

Han såg ut över rummet. Det fanns drygt tjugo pokerbord i grupper om tre, och det hängde en mörkblå lampa ovanför varje. Som rekvisitan till en amerikansk gangsterfilm. Det måste ha tagit timmar att släpa hit allting, att få till den rätta feelingen.

På andra sidan av rummet fanns en bardisk. Det var absolut ingen trängsel och de flesta var i tjugo-till-tjugofemårsåldern och hängde kring disken, drack och rökte.

Fredrik lät blicken svepa långsamt över lokalen och försökte få syn på någon som han kände. Efter ett par minuter kom Susanne tillbaka från toaletten, tog honom under armen och så kryssade de mellan borden och fram till bardisken.

"En champagnecocktail tack". Susanne undersökte dragkedjan på sin handväska.

"En dry martini till mig", sa Fredrik. "Eller förresten. Hur mycket kostar det?"

Flickan bakom bardisken såg besvärad ut.

"Det kostar inget förutom din barbiljett. Om du ska ha fler än tre kostar dom en hundring. Vi är generösa i kväll."

Fredrik svalde och gav Susanne en flyktig blick.

"Det är ingen fara Fredrik", sa Susanne med en röst som antydde något annat. "Jag har kort med mig." Hon vände sig till flickan bakom disken. "Vi tar varsin drink nu till att börja med. Här är våra biljetter."

"Mutter mutter", muttrade Fredrik. "Jag antar att om man betalar drinken med en tusenlapp så ger hon inte ens tillbaka växel om man inte ber särskilt. Fy faaan!"

Susanne hyschade.

Fredrik trummade nervöst på kopparplåten som löpte från bardiskens nederkant till golvet. Den var nypolerad och han kunde spegla sina skor i den. Kul!

"Tror du det blir av att spela strax?" Han klängde på Susanne, som hade tagit fram en fickspegel och bättrade på nästippen. "Vi måste ju bli uppropade eller nåt, typ stå uppskrivna på nån lista nånstans. Det här är väldigt jobbigt. Jag är tillräckligt nervös som det är, orkar inte tänka på praktiska saker också."

Susanne gav honom en förstående liten klapp på rumpan och skulle just till att säga något, men hejdade sig.

De hörde snabba fotsteg. Karl Stenstam var på väg mot dem i rask fart. Han hade armarna utbredda och både Fredrik och Susanne stelnade till eftersom ingen visste vem av dem han tog sikte på.

"Fredrik! Sussi! Varrroligt att se just er här! Velkomna!"

"Tack", svarade Susanne och stoppade undan sin silvriga puderdosa.

"Och tack för senast", kompletterade Fredrik och log så artigt han kunde. "I kväll blir det alltså av till slut."

"Precis. I kväll är det dags. Jag förstår att ni längtat efter det här. Men inte i onödan må jag lova. Vi har ju våra regler om nåt slags, vad ska jag kalla det, *professionalitet* och det går inte att bjuda in noviser. Har servisen försett er?"

"Ja tack. Inbjudan blev till varsin drink. Väldigt generöst tycker vi. Eller hur Fredrik?" Susanne såg strängt på honom.

"Exakt ..." svarade Fredrik och tänkte frenetiskt på innebörden av ordet novis och tonen som Karl Stenstam hade sagt det i. Förstod han hur sopiga de var?

"En sekund bara", utbrast Stenstam och lyfte på sitt lillfinger. Han gick snabbt över till baren och pratade med flickan som hade fixat i ordning drinkarna.

"...och ta inte betalt av dessa två. Förstår du?" Fredrik hörde på ett ungefär vad samtalet handlade om. Han tittade på tjejen bakom bardisken, på hennes uttråkade ansiktsuttryck och tillbaka på Susanne som hade slutat lyssna.

Karl Stenstam återvände.

"Fria drinkar till er båda i kväll. Nu ska jag bara ta er till ert spelbord. Ni sitter vid samma förstås. Det är nog många här i afton som väntar på att få möta ert motstånd."

Han travade iväg och Susanne och Fredrik följde tätt inpå. De kom fram till en griffeltavla som stod uppställd i ett hörn av rummet. På den fanns ett papper fasttejpat. Fredrik såg på bladet och räknade ut att en kolumn innehöll initialer på för- och efternamn. Susanne tappade färgen i ansiktet, som om hon hade sett ett spöke. Hon ryckte i hans arm och drog honom tätt intill sig.

"Fredrik! Vi ska spela vid samma bord som Lukas och Regina."

Hon kippade efter andan och började stamma.

"Va?!" väste han. "Var ser du det?"

Hon pekade längst upp på papperet.

"Där. Ser du initialerna? Det är bergis Lukas och Regina. Dom har samma bordsnummer som vi. Jag vill kräkas, jag tror jag svimmar."

"Nä, *det* går inte ..." svarade han torrt och började se sig omkring i rummet. Om det nu var Lukas och Regina som stod på papperet, var de inte på plats. Ännu. Fredrik försökte tänka klart, kanske gick det att slingra sig ur det här.

"Sussi lyssna på mig. Nu går du snabbt tillbaka till toaletten. Kissa, kissa igen, sminka dig, vad som helst bara du slutar skaka. Öppna handväskan och sätt på mikrofonen och starta videon som vi sa tidigare. Vi kör på som om inget hänt. Jag knallar och hämtar oss varsin ny drink. Jag väljer nåt svagt så vi inte tappar omdömet. Partiet spelar ingen roll, vi vinner eller förlorar. Spelar roll förresten, höhö."

Susanne såg inte road ut. Hon tog sin handväska, vände på en femöring och nästan sprang mot utgången. Det nybonade golvet reflekterade svagt glittret från silverbrokaden i hennes aftonklänning. Fredrik stod kvar, vänd mot Karl Stenstam som såg förvånad ut på avstånd fastän han inte hade hört deras samtal.

"Liten festblåsa", ursäktade Fredrik när Stenstam kom fram till honom. "Hon är strax tillbaka. Haha. Ha... Inget att oroa sig för faktiskt."

Stenstam höjde på sitt glas och de skålade. Han sa inget ytterligare, utan vinkade till några på andra sidan av rummet, ursäktade sig, gick sin väg och lämnade Fredrik ensam vid griffeltavlan.

Fredrik skärpte blicken och spanade mot människovimlet. Vissa gick in och ut genom ett tungt draperi på högra långsidan av rummet. Genomfarten vaktades av en man lika muskulös som den i entrén. Biffen svepte med blicken på lokalen, på samma sätt som Fredrik.

Snart hade Susanne varit borta i minuter. Fredrik såg på sitt dyra armbandsur och minuter kändes plötsligt som en lång tid.

Han tittade på nytt mot draperiet och fick syn på Lukas och Regina som gjorde intåg i rummet på ett dramatiskt sätt. Lukas, två meter lång och med en galge i ryggen, höll upp en flik av draperiet åt Regina. I högklackat var hon nästan lika lång som han, men såg farligare ut. Hon trippade med små listiga steg och det kalla ljudet av hennes klackar studsade längs väggarna ända fram till Fredrik.

Fredrik knäppte upp sin kavaj och vände sig mot toaletterna. Susanne var på väg tillbaka och hade fått syn på samma scen. Hon krockade med en stol och höll upp handväskan i ansiktshöjd, som om det gick att gömma sig bakom den.

"Fredrik titta, men inte på en gång! Schhh! Dom är där borta, vid baren."

Han suckade.

"Jag har sett dom redan. Dom kom ut från nåt rum bakom det där draperiet. Den som står vakt skulle kunna vara din Samirs tvillingbrorsa. Vafan är det som pågår?"

Susanne klämde in sig mellan honom och griffeltavlan.

"Jag vill hem", gnydde hon. "Jag vill inte spela mot dom, jag kan inte spela över huvud taget om dom är här. Lukas borde ha ringt mig i början av veckan och jag har väntat och väntat. Han har väl varit busy med fröken yppig där borta. Fan dom tittar hitåt!"

Fredrik vände sig reflexmässigt mot Lukas och Regina. De fick ögonkontakt.

"Vi kan inte gå hem nu Sussi", sa han. "Dom har sett oss och är på väg hit. Är kameran klar och mikrofonen på?"

"Öh? Ja ..."

Regina hade tagit täten och ett par meter från dem busvisslade hon. Lukas gick strax bakom och såg självmedveten ut i en mörkgrön kostym. Fashion victim, fnyste Fredrik.

Han tyckte instinktivt illa om Lukas även om de bara hade setts två gånger. Lukas var sparsmakad och stolt, likt en journalfilm från 50-talet. Kanske en man med inre kvaliteter, men knappast, i så fall märktes det inte. Fredrik kom oväntat att tänka på Peter och önskade att han hade varit där med dem. Det hade varit en bra motvikt till två meter Lukas, som såg snyggare ut än någonsin.

"Men hej Sussi!" inledde Regina. "Och Fredrik! Vad du har magrat. Du borde träna mer på Sturebadet. Vaaa?!"

Hon gav Fredrik en blöt puss.

"Det här är Lukas, han är mitt sällskap för kvällen", jamade Regina och vände sig till sin följeslagare som hann fram och sträckte ut handen. "Lukas, det här är Fredrik och Sussi. Sussi och jag är barndomsvänner och han är hennes bögkompis. Man kan vända på det om man vill! Hah! Fredrik är bög och Sussi hans fag hag. Eller hur? Visst får jag väl säga så, du blir inte sur va?"

Fredrik rodnade och sträckte fram handen. Lukas handslag var kort och fast men vänligt. Susanne stod alldeles tyst och ansträngde sig för att hålla balansen.

"Hej Regina", sa hon. "Vad roligt att ses."

"Nöjet är helt på din sida", utbrast Regina och började att fnittra hysteriskt.

Susanne vände sig bort och svalde. Jag måste hitta på något att säga, socialt pladder är ju precis min game. Efter en sekund fann hon sig.

"De facto känner vi Lukas redan. Men att råka på er båda *två* är faktiskt en stor överraskning." Hon såg på Lukas och la huvudet på sned. "Jag trodde inte du kunde spela poker."

Lukas log men svarade inte. Regina nöp demonstrativt hans kind.

"Inga nyheter för mig. Jag visste redan att ni känner varann. Lukas berättar *allt* för mig sörrö. Jag vill bara inte att situationen mellan oss ska bli pinsam."

Regina vände sig till Susanne, men talade så högt att alla hörde. "Du har dejtat Lukas helt nyss eller hur?"

Susanne bleknade och hennes ansikte blev som en fågelholk. Regina tog ingen notis.

"Kom igen nu Sussi. En dejt är väl inget att skämmas för. Fast som ryssarna säger, en svala gör ingen sommar. Hah! Du ska väl åtminstone få honom i säng innan du planerar er förlovning. Enligt min info har ni nämligen inte kommit så långt. Fått till det. Eller ska vi säga *ännu*?"

Susanne fick blodsmak i munnen.

"Vadå fått till det? Vad pratar du om?"

Regina log retfullt och såg ner i djupet av sin drink.

"Jaaa? Fått till det. Att du fått honom i säng."

Regina nöp Lukas i kinden en gång till.

"Du skulle väl inte tacka nej till sånt här godis Sussi. Eller så har du förändrats sen sist. Gått i celibat måhända ..."

Susanne kunde inte hejda sig. Hon höjde sin arm och skulle till att ge Regina en örfil, om inte Regina hade greppat tag i handleden en decimeter innan den träffade ansiktet.

"Aha, vanan sitter i. Börja inte slåss Sussi, det är sååå, nja, okvinnligt."

Hon släppte Susannes handled som hade fått ett tydligt blåmärke.

"Kom Lukas. Vi går till baren igen. Vad vare jag sa? Dom här tråkmånsarna går inte snacka med."

Lukas nickade diskret och vände sig bort. Susanne och Fredrik stod kvar ensamma vid griffeltavlan.

"Oj", sa Fredrik.

"Fan-fan-fan", stönade Susanne och höll stadigt om sin sargade handled. "Snart blir jag riktigt arg. Jävla bitch from hell, jävla jävla ränksmiderska. Varför var hon tvungen att förolämpa mig inför honom?"

"Nja. Han tog inte dig i försvar direkt. Vilken jävla typ!"

"Struntprat. Skyll inte på Lukas, det är Regina som håller på. Men vi ska hämnas. Vi ska vinna över dom i kväll."

Fredrik såg ner på sina skor.

"Kom vi går till baren", fortfor Susanne till synes lugn. "Jag behöver en till drink och en cigg. Vill du också ha? Jag bjuder, haaa-haaa."

Lukas och Regina försvann bakom draperiet. Fredrik tog sig för pannan och bönade till Gud om att få slippa fler uppträden. Sedan tog han sats för att gå fram till vakten och fråga vad som fanns bakom draperiet. Men just då ringde klockan som gav signal om kvällens första parti.

Sommaren hade börjat illa, regnet öste ner varje dag. En yra av blöta kläder, skoskav och tomt stirrande blickar gjorde stadslivet farligt i rusningstid. Den som stod på vänstra sidan av rulltrappan fick räkna med en armbåge i ryggen.

Vissa undvek trängseln helt och hållet, de satt hemma och slötittade på tv eller ut i det grå genom solkiga fönster. Andra tog taxi även till grannen.

Bara två grupper av stadsbor tog denna olycksbådande första semestervecka med jämnmod: nyblivna föräldrar som puttade barnvagnar i det varma sommarregnet, och pundare som släpade på sina plastpåsar, till synes tacksamma för att den svala våren var till ända.

Fredrik lutade sig mot husfasaden utanför biograf Grand på Sveavägen och spejade efter Stefan. Han sneglade på sitt dyra armbandsur, den som kostade flera månadslöner för en lågstadielärare: Fem i halv nio ...

Stefan hade lovat att möta honom prick. För en del andra skulle det vara rogivande att stå under ett tak och titta på fotgängare, veta att andra blev blöta medan man själv höll sig torr. Men allt eftersom minuterna gick blev Fredrik irriterad.

Jävla dumbom! svor han, här väntas det så tålmodigt i regnet. Han förnam en skugga i ögonvrån. En ömkansvärd flykting från Kosovo (det stod så på lappen) räckte fram en valkig hand och Fredrik krafsade ihop några mynt ur sin bröstficka. Han fick ett hjärtligt leende till tack.

Plötsligt, med ett vrål, stannade en taxi utanför biografen och ut studsade Stefan. Han gestikulerade yvigt med armarna, knyckte med huvudet, tog fram en cigarett och tände den i farten, fick ett kvitto i handen, rotade efter en penna och skrev något på kvittot, räckte det till chauffören och sa hejdå.

Flyktingkvinnan hade sett alltihopa och var på väg mot honom med bestämda steg. Hon drogs till Stefans doft av pengar likt ett bi till nektar. Så hon sträckte fram sin hand, men han höll henne undan och tog ett skickligt steg åt sidan och fram till Fredrik. Under ett ögonblick såg hon snuvad ut, men sedan gav hon upp och fortsatte långsamt neråt gatan.

"Förlåååt att jag är liiite sen. Jag ber så himla mycket om ursäkt". Stefan såg att Fredrik var upprörd. Han pustade ut flera gånger och försökte sig på en kindpuss.

Fredrik drog undan ansiktet.

"En halvtimme! Snabbis i taxin eller vadå?! Jag slet hund för att vara här i tid och jag har faktiskt väntat på dig i en halvtimme!"

Stefan skrattade till.

"Nänä ingen snabbis. Men kanske senare. Hann du se? En dalmas, skitsöt, har bott i Stockholm i åtta månader och–"

"Nämen menar du?! Jag borde ta fram mitt anteckningsblock! Men så råkade jag tro att *vi* två hade en dejt och det är blött här ute! Jag skulle ha hunnit se nån av filmerna."

Stefan slingrade sin arm sakta runt Fredriks midja, men Fredrik motade bort den ilsket.

"Jaha, vad visar dom?"

"Schindler's List till exempel."

"Schindler's list dysterkvist ..." rimmade Stefan "fast jag tror att du snarare bör muntras upp, av nåt lättsamt. Annars kan vi lika gärna stå här och titta på regnet."

Som av ett trollslag hade regnet visserligen avtagit, men Fredrik såg ändå arg ut. Trafiken på Sveavägen ökade i varvtal, horder av människor sprang villrådigt över gatan och framför bilister tutade. En regnig sommarkväll på väg mot en ljummen sommarnatt.

"Vart vill du gå?" frågade Stefan försiktigt. Han ville inte starta ett fullskaligt gräl och Fredrik verkade trött.

Han tog fram sin plånbok och kollade läget. Det låg några sedlar inklämda i en tjock bunt av kreditkort.

"Om du inte har en bättre idé, vad sägs i så fall om gamla TipTop? Dom har öppnat upp igen där borta."

"Okej för mig. Behöveru ta ut pengar?"

"Nä, i så fall behöver jag inte det."

De gjorde ett stopp i en kiosk och Stefan köpte ett paket cigaretter. Strax efteråt var de inomhus i det torra, i skydd av höga takbjälkar och diskokulor. När de gjorde entré i den glest befolkade baren observerade Fredrik att ingen ännu dansade. Det var närapå tomt på folk, så de fortsatte in i restaurangen och slog sig ner vid ett ledigt bord.

Stefan tog fram en cigarett, tände den och såg sig omkring efter bekanta ansikten och kändisar.

"Hur hade ni det med pokern?" frågade han blaserat och blåste rök åt sidan.

"Sussi och jag menar du?"

"Mm."

"Bra. Vi vann växelvis båda två. Fast ändå inte, Regina och Lukas gav upp typ halvvägs."

"Regina och Lukas? Vafan, Lukas som du har snackat om tidigare?" Stefan såg förvånad ut. "Vad gjorde dom där?"

"Ja, det undrar vi med. Det var en konstig uppställning. Vi trodde inte att vi skulle råka på dom, vi visste inte ens att dom spelar. Sussi fick spader, du vet hur hon kan bli ..."

Stefan nickade.

"Men i grevens tid hon tog sig samman. Regina sa elaka saker som vanligt. Lukas sen – kan du tänka dig att hon vill dejta honom? – han var som ett mähä. Tog ingens parti, var bara tyst och stirrade uppgivet."

"Jaha?"

"Och han hade sagt till Sussi att han inte kan lära sig poker. Det var ju därför hon frågade mig. Hajar du? Och där står han plötsligt med Regina och kan vartenda trick. Vi gjorde det såklart också, som tur var. Men om vi inte hade övat varje söndag hade vi inte haft en chans. Så det gick bra får jag lov att säga", sa Fredrik med en belåten min.

Stefan tände en ny cigarett.

"Mer då?"

"Det är ett otroligt ställe, inte Münchenbryggeriet alltså utan klubben. Bimbo. Alla var där, jag menar *alla*. Jag har inte sett så många kändisar på en och samma gång. Trodde att Svensk damtidning skulle dyka upp. Men det var tomt på folk just där vi satt. Inte så att man undvek oss eller nåt, men det fanns ett inre rum dit bara vissa släpptes in."

Stefan skrattade.

"Sveriges kändiströskel är ganska låg. Vadå *vissa*?"

"Jag tar tillbaka. Liksom speciella så att dom kunde betala tusenlappar för att komma in. Rika förstås."

"Oj."

"Du fattar att du inte får berätta det här för nån va?"

"Självklart, du kan lita på mig", svarade Stefan och blåste rökringar mot taket.

"Okej. Så det inre rummet vaktades av en biffig kille. Du skulle ha tyckt om honom. Förresten, ditt steroidspan Samir vaktade på utsidan! Susanne flirtade hejvilt med honom och han är hetero."

"Hallååå, det där säger du bara för att retas", sa Stefan och fimpade.

"Om du hade sett hans kalasbula när han slickade Sussi med ögonen hade du förstått. Han stod i dörren när vi steg ur taxin. Jag blev rädd när jag fattade vem det var, att han skulle känna igen Sussi från Extaz och så. Sen blev jag rädd att *du* skulle dyka upp. Du vet där villebrådet finns ... Du skulle såklart ha tjattrat med oss och han skulle ha känt igen dig på rösten bla bla bla och så vidare."

"Det får jag hoppas". Stefan slickade sig om läpparna.

"Det hoppas inte jag. Dom här killarna kan vara farliga. På allvar, jag skämtar inte."

"Haha", skrattade Stefan. "Du överdriver jämt! Världen är inte så farlig som du tror."

"Det är knark i det här", sa Fredrik dramatiskt.

"Nänänä, det tror jag inte."

"Men vänta, jag är inte klar. Sussi och jag har fått jättedyra presenter. Om herr AA riskerar livet på två som oss måste dom förstås få betalt. Vi har fått så många gåvor att du anar inte. Allt står i kassar eftersom jag inte fått upp hyllor än."

"Haha. Du har bott i din lya länge!" häcklade Stefan och såg sig roat omkring i restaurangen.

"Men hör du vad jag säger?! Knark! Skämta inte om det. Hela grejen kan smälla i fejset och jag och Sussi kan råka riktigt illa ut."

"Äsch! Du låter som en hysterisk hagga!" bräkte Stefan. "Vad har ni fått då? Jag vill höra."

"Jag har fått en klocka som kostar en bra bit över hundra tusen, en silverkanna som kostar det dubbla, en dyr resa, en förstklassig golfutrustning fast jag inte ens spelar, massor med stålar och två oljemålningar av Peter Dahl. Sussi har fått lika mycket fast lite andra prylar. Dessutom får vi betalt när uppdraget är klart. Fatta hur mycket det blir totalt! Han är gjord av pengar. Det måste vara knark."

"Det låter onekligen mycket."

Fredrik fortsatte.

"Jag misstänker just nu inte André. Vad som får mig att misstänka knark är att man betalar så bra. Om det är nåt annat än knark så vet jag inte vad."

Fredrik hämtade andan, lät blicken glida över borden och vinkade till sig en servitör i tajt svart polyesterskjorta. Han bad honom att skynda på med deras beställning, men fick ett nedlåtande svar.

"Såg du hur han tittade på oss?!" väste han. "Vem fan tror han att han är, va?!"

"Lugna dig. Det är inte lätt att åldras i den här miljön. Än så länge är han ett kex, men bara några år till. Han kommer att åldras som en steward, långsamt långsamt, klamra sig fast vid mirakelkrämer och happy hour på Yumbo Centrum."

Fredrik såg nöjdare ut.

"Ungefär som du och jag med andra ord. Men såg du hur han tittade på mig? Hur kan man vara så ohyfsad?"

Stefan viftade bort frågan. "En miljon", sa han.

"Va?" sa Fredrik.

"Värdet av det som ni fått. Du har förstås inte berättat vad oljorna är värda, men det andra plus arvodet blir i runda slängar en miljon."

"Så mycket? ..."

"Jorå. Du kanske har rätt ändå, att det är knark som får hjulen att snurra på Bimbo."

Stefan tände sin tredje cigarett och nickade uppskattande till servitören som återvände med menyer och gratis drinkar. Fredrik ryckte åt sig glaset från brickan.

"Du har inte hört det bästa än", fortfor han. Han drog in stolen en bit under bordskanten och klämde sig närmare Stefan. "När spelkvällen var klar kunde vi inte låta bli att gå in bakom draperiet. Och det var precis som vi trodde."

"Vadå? Mer poker? Haha!"

"Dom sniffar kokain."

"Nänänä, Fredrik lilla. Det skulle du inte ens känna igen. Du har sett för mycket på film–"

"Sussi såg det också! Dom gör det öppet och ogenerat. Glöm det där med glasbord och rakblad, där har du din film. Här drog dom pulver i näsan ur gröna plastampuller, genom korta sugrör. Såg maskingjort ut. Jag har inte sett så mycket som du, men jag är inte dum i huvet. Typ om en tjugoåring lägger sig raklång bredvid en nersolkad toastol och pladdrar på om hur fint kaklet är."

Stefan fick något illmarigt i blicken.

"Har du aldrig haft sex Fredrik?!"

"Haaa-haaa. Inte vid en toastol. Men jag ser vart det här barkar. Du tror allt är hittepå. Och jag är nån som inbillar sig saker. Men det spelar ingen roll, Sussi och jag har filmat det och nu behöver vi din hjälp."

Stefan himlade med ögonen.

"Vadå min hjälp? Ni tackar ju alltid nej till min hjälp när jag erbjuder den. Ska ni be om hjälp *nu*?"

"Javisst."

"Okej", suckade Stefan. "Shoot!"

"Vad ska vi göra?"

Stefan la huvudet sakta på sned och tittade avtrubbat på Fredrik.

"Göra vadå? Menar du knarket, pengarna, den där André, pokern, Lukas eller Regina, presenterna eller nåt annat? Du har ju babblat om tusen saker och jag får veta allt när det är försent. Sussi och du och era hemlisar. Prata om bästis va?! Hade jag några principer hade jag sagt upp vänskapen med dig för länge sen. Och med Sussi, henne skulle jag knappt ens träffa om det inte var för dig."

"Men Stefan snäääällaaa, vi pallar inte helt själva", gnydde Fredrik.

"Vilka pusselbitar fattas?"

"Det vet jag inte. Jag–"

"Okej, vänta nu", avbröt Stefan otåligt. "Vi tar det i rätt ordning. För det första, är det fara för ert liv?"

Fredrik vilade huvudet på sina armbågar. Han andades med små och snabba andetag.

"Sussi tycker inte det, men jag är faktiskt rädd. Det är min uppfostran, ja du vet, kokain och sånt, det är livsfarligt säger mamma."

"Hon har både rätt och fel", svarade Stefan och ryckte på axlarna. För första gången på länge kände han medlidande med Fredrik. *Han ser så bortkommen ut Ingeborg måste ha påverkat mig.*

"Men livsfara vet jag inte. Ingen har hotat oss och dom enda som ser farliga ut, din sötnos och hans polare, har vi knappt sett röken av. Den sydländska kvinnan verkar smart men osäker, jag tror hon är farlig bara om hon blir trängd. Vad ska vi göra?"

Stefan tände sin fjärde cigarett och servitören gick förbi och lyfte ett varnande finger. Farligt, farligt, viftade han. Han parkerade sina snäva byxben framför dem och tog deras matbeställning på nytt. Den hade slarvats bort på vägen till köket. Stefan upprepade sin lasagne med bacon, spenat och pinjenötter. Fredrik tog samma och de bad också om en flaska rödvin.

"Om ni inte är i fara så sitt stilla i båten. Låt oss snacka om dom konkreta bitarna i uppdraget. Pokern? Hur är det med den? Ska ni fortsätta?"

"Jag tror inte det. Det var ju mer en grej för att bli inbjuden till Bimbo. Nu har vi gästkort och kommer in precis som vi vill. Sen har vi Lukas och Regina förstås."

"Exakt. Vad ska ni göra åt dom två?"

"Jag kan inte tänka klart. Lukas ger mig kalla kårar. Sussi skyr Regina som pesten och tycker att allt är hennes fel, men jag är ändå lite lättad av att Regina är med. Hon håller alltid huvudet kallt och skulle inte skada oss. Det är förstås inte bra att hon och Sussi är ovänner. Och så vet vi inte varför Regina och Lukas håller ihop. Han kanske sätter på henne ..."

"Hon sätter på honom menar du", skrattade Stefan. "Med en strap-on, om du frågar mig."

"Just det, hon sätter på honom. Men jag gillar inte att han får insyn, är intim med Regina och flörtar med Sussi, får reda på saker och känner AA som kan vara hans arbetsgivare."

"Glöm inte att AA är er uppdragsgivare också", invände Stefan.

"Det stämmer. Fast det känns inte så."

"Du har fått en miljon, jag kan inte se det på annat sätt. Ur juridiskt perspektiv kan man åtminstone se det så, fråga Sussi om du inte tror mig", svarade Stefan. "Beskriv mer vad som hände på Bimbo."

"Vi filmade hela kvällen. Sussi hade monterat en video-kamera i sin handväska. Smart. Hon är prylgalen och så köper hennes pappa allt hon pekar på."

"Fler nyheter?" gäspade Stefan.

"Så vi filmade. Det såg konstigt ut med handväskan på bordet hela tiden, kanske bara jag som tänkte på det. Men Sussi hade full koll, jag fick bära den bara två gånger. Hon sa det var en principsak eftersom väskan är hennes. En grej som jag kom på var att filma i toan. Den gick där i en halvtimme – Susanne var rejält nervös. Hon var inte säker på att hon hade stängt av alla funktioner."

"Så dom kollade inte väskor vid ingången."

"Nä det gjorde dom inte. Och din Samir var helt upptagen med att äta Sussi med ögonen. Han skulle inte ha märkt om hon hade haft en k-pist i väskan."

"Jajaja, det räcker nu. Du lyckas ändå inte övertyga mig att han är hetero. Han behöver bara träffa rätt kille, så är han besiktigad och klar."

"Efter halva kvällen dök den sydländska kvinnan upp. Hon hade med sig nåt konstigt par. Och jag förstår inte hur hon kunde stå på benen. Hon hostade hela tiden och snöt sig och kliade sig i ögonen. Först trodde jag att hon åkt på däng, men hon sa att hon är allergisk. Hon sprejade sig i munnen hela tiden."

Stefan kliade sig om näsan och kände vanemässigt efter sin andedräkt.

"Det andra paret, sa du, vilka var dom?"

"Dom var så udda. Mannen sa att han var uppvuxen i Sverige, men pratade konstigt. Så jag frågade var och han sa Täby. Jag frågade var i Täby och han bara försvann. Kvinnan såg skitskraj ut, kedjedrack och bet på naglarna. Hon gick ut var tionde minut och ringde från telefonen i entrén. Hon sa att hon är aktiemäklare. Var då? frågade jag, och då bytte hon samtalsämne."

"Du ska jämt fråga ut folk helt gränslöst. Jag förstår att dom blev stressade."

"Mmmh." Fredrik viftade irriterat med handflatan. "Aha! Här kommer vår mat. Vad gott det ska bli."

Stefan vände sig om och servitören bytte skickligt plats på tallrikarna och de tomma glasen. Han lämnade räkningen på bordet och svassade iväg.

"Det ser så gott ut!" utbrast Fredrik. "Ser du hur himla fräsch spenaten är?"

Stefan svarade inte men petade redan i maten.

Det hade kommit mer folk. Musiken kom igång i rummet intill och på andra sidan glasrutan såg de hur gäster släppte loss på dansgolvet. Två kvinnor dansade hårt med varandra och krockade med övriga gäster. De buggade, båda i flanellskjortor och obligatorisk väst. Den ena hade en piercing.

"*Go on*", sa Stefan när han hade förfasat sig klart.

"Okej. Det började gå bra för oss, till Reginas stora förtret. Hon kunde inte dölja det, utan tog hästbett i nacken på Lukas och skällde ut honom framför ögonen på allihopa."

"Det skulle jag också göra. Bita honom. Fast inte i nacken. Haha."

"Sen gav dom upp, halvvägs, och gick en sväng i det inre rummet och sen var dom borta. Vi hade inte koll på allt. Sussi bytte batterier i videokameran två gånger. Ursula och jag snackade lite medan hon gick en runda. Det kändes konstigt, jag tror att hon listat ut att jag är bisexuell–"

"Det var det dummaste jag hört! Du är *bög* Fredrik, inte nån jädrans bisexuell. Get over it!"

Fredrik låtsades som om han inte hörde.

"Dessutom hade hon ett kuvert från herr AA. Med ny inbjudan till poker i Nacka om drygt en vecka. Hon bad om våra kontonummer så att herr AA kan sätta in vårt arvode. Så skulle vi ha med oss videofilmen från Bimbo. Det fanns också två checkar in blanco som AA har undertecknat. Och en post-it-lapp: 'Ta ut femtiotusen var i förskott. But don't spend it all at once', plus så hade han ritat en glad gubbe."

"Wow! Sicken skojare!"

"Det är ju det jag säger! Och han är gjord av pengar."

"Har ni löst in checken?"

"Jag har gjort det. Vet inte om Sussi har."

"Såg ni mer av Lukas och Regina under kvällen?"

"Nä. Dom försvann sa jag ju. Vi gick in i det inre rummet och filmade. Dom var ingenstans. Jag tror att Regina blev arg och Lukas fick sig ett straffknull."

Stefan slickade sig om läpparna.

"Det leder oss in på ditt kärleksliv. Ut med språket."

"Vadå?" pep Fredrik. "Det finns inget kärleksliv."

"Fel svar! Det är *jag* som inte har något kärleksliv. Du har ju två på gång samtidigt. Elisabet och Peter. Blir du inte glad av sånt smicker? Du är bekräftat bisexuell. En riktig tjur! Haha. Hur har det artat sig?"

Fredrik mulnade.

"Att du frågar om det just nu. Elisabet är en svikare och jag vill inte träffa henne nåt mer."

"Vad hände?"

Fredrik fick en knut i magen. Han försökte dölja det genom att titta ner i sitt vinglas. Stefan satt tyst och undrade om Fredrik spelade teater, men det skulle ju vara ovanligt i så fall. Fredrik gör inte sånt. Stefan la handen på hans arm.

"Men vännen, vad har hänt?" frågade han mjukt.

"Jag vill inte träffa henne. Hon är gift. Jag är så besviken. Hon har hört av sig dåligt. Det har jag väl berättat?"

"Jodå", nickade Stefan.

"Så jag kollade upp henne. Till slut sjönk jag så lågt att jag bad Sussi fråga nån som tar fram hemliga telefonnummer. Jag ville ringa och fråga och hennes jobb lämnar inte ut nåt. Sussi var effektiv som vanligt, återkom med två fasta abonnemang. Ett av dom kände jag ju igen."

"Va spännande."

"Så jag ringde upp det andra. Tre gånger svarade en man och jag la på. Fjärde gången frågade jag efter Elisabet och han frågade vad jag hade för ärende till hans fru. Snopet va? Jag anade nåt sånt och vi hade en dålig natt ihop några dagar före. Hon bara drog utan att ens säga hejdå."

"Ojojoj, så tråkigt". Stefan såg uppriktigt ledsen ut. "Vad ska du göra nu?"

"Ingenting", svarade Fredrik och sköt undan sina bestick. Han snöt sig i en pappersservett. "Jag får väl skylla på mig själv som vanligt. Jag har ju inte frågat. Hon berättade så gärna om allt möjligt."

"Vet hon om att du är singel?"

"Ja."

"Tjejer är tydligen inte bättre än killar", sa Stefan.

"Verkar inte så."

Fredrik torkade sig om mungiporna och avslutade sitt vin. Musiken hade tystnat tillfälligt och de såg sig omkring i restaurangen. Klockan var snart halv ett och en kö ringlade in från gatan utanför. Snart skulle kvällen starta på riktigt.

Stefan tittade på klockan.

"Håhåjaja. Sånt är livet. Hurdan är maken?"

"Hennes? Jag ringde kommunen. Han är gymnasielärare norr om stan. Mörk, tunnhårig, väderbiten, du vet. Femton år äldre än hon, men ser bra ut. Hurså?"

"Nä jag undrade bara", sa han och slickade rent sin tumme. "Vad ska du göra?"

"Vet inte. Hon har inte ringt, men om hon ringer ska jag säga hur besviken jag är."

"Bra", svarade Stefan sakligt.

"Bäst att vara ärlig" instämde Fredrik. "Jag fick en fantasi om att jag skulle förföra honom och låta Elisabet få reda på det efteråt. Typ att han och jag ska flytta ihop!"

De skrattade tillsammans.

"Vilken bra idé", sa Stefan. "Men hur går det med Peter då?"

"Sådär. Tack för senast förresten. Han körde mig hem och snackade hela vägen till Östermalm. Snackade sig nästan in i min bostad och la handen på mitt lår innan jag klev ur."

"Mmm! Verkar lovande. Har ni bestämt nåt?"

"Nä. Vi ska på bio nån gång. Han sa 'Vi hörs' på det där trista sättet. Som en vissling ungefär."

Han torkade sig rastlöst om munnen.

"Han har ont om tid", sa Stefan allvarligt. "Han jobbar en massa, och barnen på västkusten. Nämnde han det?"

"Jorå. Han pratade om ungarna och sin ex-frus nya man, vad han nu heter. Men jag var inte riktigt klar."

"Vad menar du?" frågade Stefan.

"Så här. Jag väntade in i det längsta med att ringa. 'Vi hörs' du vet, ville inte verka angelägen. Så småningom ringde jag förstås ändå. Och abonnemanget hade upphört."

"Va?! Men jag pratade ju med honom nyligen! Han ringde och tackade för senast. Har du fått rätt nummer?"

"Absolut", svarade Fredrik. "Och det här var i förrgår. Jag ringde 07975 och dom bekräftade. När jag sen ringde Televerket, eller Telia menar jag förstås, sa dom att numret är stängt. Dom kunde inte ge hänvisning."

Stefan såg ut som ett frågetecken. Fredrik tog upp servetten och torkade sig i ögonvrån. Båda satt tysta ett tag.

"Nja, ser inte så lovande ut", sa Stefan till slut. "Och du är inte den första som råkar ut i så fall. Men jag trodde bättre om Peter, även om jag bara känner honom från studietiden ... Ska vi betala?"

"Jepp", sa Fredrik och vinkade till sig servitören. De bad om notan.

Stefan såg på sitt armbandsur och stängde av sin mobiltelefon. Fredrik tittade ut genom fönstret och försökte få en skymt av vädret.

"Jag knallar hem nu om det inte regnar. Vart ska du?" frågade Fredrik.

"Jag drar på videoklubb. Du borde följa med, det skulle göra dig gott."

"Nä, jag knallar hem och lägger mig. Varför ska du på videoklubb så här sent?"

"Få lite. Vad annars? Men vi kan väl höras i morgon?"

"Jepp."

Susanne hade aldrig sett ett så nergånget hus. Det stod som en gammal utpost i rött tegel, delvis inbäddad i grönska och omgiven av renoverade kontor, som en kvarleva från industrialismen. Men trots den höga takhöjden – här kunde bostäder säljas som ateljévåningar – var det mycket annat som var fel.

Teglet hade inte rätt röd nyans och det skulle inte tåla puts. Fönstren var stora, men simpla. Strax bakom huset höjde sig en klippa som tycktes putta kolossen framåt och in i saltsjön. På framsidan mot vattnet fanns gott om plats.

Hon undvek att se på fasaden när hon trippade längs trottoarkanten i sina högklackade skor. Ena armen var helt utsträckt och den andra höll hårt i kjolen där vinden ständigt försökte slita upp slitsen över midjehöjd. Hon var uppmärksam på var hon la fötterna, klippte med ögonen som blev grusiga av vinden och höll blicken stadigt riktad framåt. Hon undvek glasskärvor från krossade ölflaskor. Det låg skräp överallt.

Fredrik raskade på snett framför henne och inspekterade byggnaden nyfiket. Han hade aldrig sett ett så kul hus och nästan inne i Stockholm! Det var på promenadavstånd från Folkungagatan, men bortsett från blåsten var det alldeles tyst. Den som kom högre upp i byggnaden såg nog hela vägen till Gröna Lund. Det sög i hans maggrop, han vände sig mot Kaknästornet och var glad över att det stod kvar.

Han kikade uppåt. Ytterväggarna av tegel hade en lite udda spräcklig ton och konstruktionen hölls uppe av stålspända timmerstockar. Stockarna tittade ut lite här och var mellan de stora fönstren, på många av dem hade fåglar byggt bon, fulla av skrikande ungar. Trottoaren utanför byggnaden var asfalterad och krackelerad, och att döma av alla trasiga fönster hade det inte funnits någon verksamhet i huset på decennier.

"Är det här rätt nummer?" frågade han Susanne.

Hon stannade upp och började gräva i sin stora handväska. Fredrik gick fram till henne och sneglade samtidigt efter en port.

"Här har jag det ..." Susanne hade hittat sin anteckning i filofaxen. "Det är helt rätt, det stämmer."

"Vad konstigt. Men då är det väl bara att vänta då."

"Nej", svarade hon snabbt, "vi skulle gå in sa André. Jag har nyckel."

"Jaha. Jag förstår. Var är ingången i så fall?"

"På andra sidan enligt min lapp."

"På andra sidan av den där sidan?" frågade Fredrik och pekade mot hörnet tio meter bort.

"Vi provar."

De gick runt hörnet och hamnade på en pytteliten solig bakgård med skylten 'Kenneths plåtslageri' ovanför en portal stor nog att svälja en lastbil. Susanne kisade och tog fram två våtservetter ur handväskan och räckte över den ena till Fredrik. Han tog emot den tacksamt, öppnade försiktigt, vek sedan servetten på nytt två gånger och la över sin panna. Sedan flinade han åt hur det måste ha sett ut.

Susanne skakade på huvudet och fläktade ansiktet med en tunn beige silkeshandske.

"Kolla här!" sa hon plötsligt. "Dörren in är larmad. Då förstår jag varför jag fick en kod. Ser du hur det blinkar? Det är en klisterlapp här också, det står Securitas. Det *finns* alltså nåt här trots allt."

Fredrik teg men stod kvar i solgasset och blev fuktig om ryggen. Sicken vacker och blåsig dag! Han öppnade ögonen först när Susanne ryckte honom i skjortärmen. På den här sidan var huset nio våningar högt och alla fönster var hela och rena. Dom kanske fixar bostäder, funderade han, men orkade inte säga det högt. Han hade läst om omfattande marksanering i stadsdelen. Gamla industrikåkar jämnades med marken och finare människor flyttade in i området. Fult flyttar ut, fint flyttar in. Det fanns ofta möjlighet att påverka planlösningen i sin bostad, åtminstone för den som kunde lätta på plånboken.

"Kommer du då?!" röt Susanne. Hon hade öppnat dörren och stod med ena benet innanför och vinkade åt honom. "Kom nu då! Jag ser att du plågas av hettan lika mycket som jag och det är svalare här inne."

De steg in och Susanne famlade efter en strömbrytare i mörkret. Hon följde väggen och kände så småningom av något runt och plastigt i midjehöjd. Hon tryckte till och ljuset gick igång med ett dovt surr, hela ingången lystes upp och de kunde inte tro sina ögon.

De stod mitt i en reception som sträckte sig fyra våningar upp i huskroppen. Det fanns en glasdisk, en låg soffgrupp i läder och en enorm Venus födelse i sandsten mitt framför entrédörrarna. Gudinnan höll generat handen framför blygden och tittade på vattnet som rann nerför hennes lår. Susanne insåg att statyn påminde om logotypen på André Aubrys visitkort. Hon vände sig mot Fredrik som stod och gapade.

"Wow!" skrek han. "Det här tar priset!"

"Jag tror knappt mina ögon", mumlade Susanne. "Hur mycket har det här kostat? Vad *är* det här?"

Fredrik tog ett smidigt skutt över glasdisken.

"Sussi … Kolla! Det heter Vandatorcom, det står så på den här lilla skylten som var vänd bak och fram. Ringer det nån klocka för dig när du hör det namnet?"

Susanne bet sig i underläppen.

"Nä. Jo. Jag vet faktiskt inte. Kanske."

"Det är ett ökänt skalbolag på Malta. Com måste stå för company. Men det är ett tag sen jag läste om dom i tidningen, tre fyra år."

Han plockade upp en telefon på glasdisken.

"Jag får ingen signal. Det finns nog ingen verksamhet här trots allt. Sussi?" Han höjde rösten, "Sussi?!"

Susanne kom ut från toaletten. Hon såg på klockan och suckade djupt.

"Förlåt Fredrik, vad sa du? Visst finns det verksamhet här. Det finns i alla fall papper och handtvål på toan. Luft-konditioneringen är på. Strömmen också. Och vi är ju här, voilà!" och började skratta.

Fredrik nickade men såg inte så övertygad ut.

"När kommer dom andra?"

"Jag vet inte. Dom borde vara här redan. En hel bunt, antar jag. André sa att vi ska spela i några timmar och sen ska han bjuda på middag i stan. Jag hoppas på Operakällaren, det var ett tag sen. Och så har jag med mig videofilmen från Bimbos knarkfest. Förresten, Lukas och Regina dyker nog också upp. Jag vill åtminstone vara beredd på det. Turtur-duvorna! Lite trösterikt att vi två var kvar i spelet efter att dom fick sluta. Regina fick minsann tillbaka."

Ytterdörren gick igen med en smäll.

"Speaking of the devil", viskade Fredrik. "Tjenare Regina. Läget?"

"Men hejjj Fredrik rrraring", spann Regina. "Läget är så bra det kan bli! Och Sussi! Påbyltat finklädd som vanligt. Läget själv?"

Susanne öppnade handväskan och tog fram sin silvriga puderdosa. Regina stegade fram till henne med huvudet på sned.

"Glansig i ansiktet? Nog för att du har anledning, vi möts igen. Poker, ha! Den här gången kommer du ...", hon vände sig även till Fredrik, "... *ni* inte undan lika lätt som tidigare."

Susanne skrattade kärvt.

"Så sa du förra gången också, Regina *raring*?"

Ett tag föreföll det som att Regina skulle ge Susanne en örfil. Fredrik tryckte axlarna mot öronen. Men hon nöjde sig med att fnysa och gick fram till fontänen och strök Venus stortå med sitt långfinger.

"Var är dom andra?" frågade hon.

"Vi vet faktiskt inte", svarade Susanne torrt. "Jag har bara en liten lapp att gå efter. Det står tid, den gick ut för en halvtimme sen. Apropå ingenting, var har du gömt Lukas?"

"Apropå ingenting? Det där var en vit lögn, jag ser ju hur angelägen du är! Men tare lugnt, han kommer. Vi åker väl upp själva så länge?"

"Vart då?" undrade Fredrik.

"Vi tar hissen upp såklart."

Regina tog ett långt skutt framåt och tryckte på en knapp på väggen. De hörde ett svagt 'pling' högt uppe någonstans och ett hummande ljud. En digital display ovanför koppardörrarna visade att hissen var på väg ner: 8 ... 7 ... 6 ...

"Vi kan väl inte bara åka upp!" invände Susanne.

"*Watch us*", skrattade Regina. "Fredrik och jag åker i alla fall upp. Eller hur Fredrik? Häng på du med."

"Nja. Jag vet inte", tvekade Fredrik och såg på Susanne.

"Okejrå", gav Susanne med sig. "Vi gräver ner stridsyxan och åker upp tillsammans. Vad det nu ska tjäna till ... Vilken våning då Regina? Vet du det också kanske?"

Regina la pannan i veck.

"Vi åker till våning åtta. Hissen var där när jag tryckte ner den. Alltså måste vi dit."

De steg in i den svala hissen, Susanne längst in och Fredrik och Regina bredvid varandra nära utgången. Fredrik tryckte på siffran åtta och koppardörrarna gled igen.

Hissen rörde sig ljudlöst. Fredrik funderade på om den kanske inte ens var i bruk eftersom skyltarna för de olika våningarna var omärkta. Han noterade att två av dem var otillgängliga utan särskild nyckel.

Hissen stannade, de hörde ett tydligare 'pling' och dörrarna gled upp. Fredrik steg ut i mörkret och började famla efter en strömbrytare.

"Det är verkligen ont om belysning här", sa han ynkligt.

Regina följde försiktigt efter medan Susanne stod kvar i hissen. Hon ville vänta tills de andra två hade tänt ljuset i korridoren. Under tiden tog Regina fram en pytteliten ficklampa, den kastade ett svagt vitt sken som slukades upp av det enorma och kolsvarta utrymmet.

"Hörni!" utbrast Susanne plötsligt. "Någon har tryckt ner hissen. Ringen runt knappen till entrévåningen tändes nyss härinne."

Regina och Fredrik vände sig om förvånade. Dörrarna började gå igen och Susanne hoppade ut strax innan hissen satte av neråt. Det blev helt mörkt bortsett från siffrorna ovanför kopparschaktet, som lyste upp deras ansikten i rött: 6... 5... När hissen kom till nedersta våningen blev det becksvart. Susanne andades häftigt och kunde höra Regina och Fredrik väsnas några meter längre in. Hon grävde i sin handväska och hittade en tändare.

"Är du inte klok!" väste Regina när Susanne åstadkom en liten låga och sträckte ut sin arm i mörkret. "Det kan finnas brandvarnare!"

"Äsch, håll käft Regina", svarade hon. "Jag vet att du har för mycket hårsprej. Och jag vet att jag måste släcka den här innan brandlarmet går. Men jag föredrar ta den risken framför att stå här i mörkret när hissen kommer tillbaka. Jag är faktiskt rädd nu. Och du håller käft!"

Regina teg, men Fredrik kunde se i skenet från tändaren hur hennes bröst hävde sig av upphetsning. Han fortsatte att gå längs väggen åt höger från hissen sett. Mest var han rädd för armeringsjärn eller hål i golvet. Han tog det säkra för det osäkra och skred framåt sakta och eftertänksamt, som en Lucia med långa fjät.

"Kliv försiktigt", viskade han ut i mörkret. "Det verkar vara en byggarbetsplats här. Det sista vi vill är att någon ska trilla genom golvet eller trampa på en spik!"

"Okej", viskade Regina och Susannes okej hördes som ett eko strax efteråt. Hon hade hunnit bränna sig på tummen innan hennes tändare slocknade.

Fredrik kom att tänka på berättelsen om Minos och den läskiga labyrinten. Den gången hade hjälten haft med sig ett nystan för att hitta vägen ut. I andra Alien-filmen hade hjältinnan tänt ljuspatroner för att hitta tillbaka till rymdskeppet, men själv hade han ingetdera med sig. Suck.

Efter ytterligare några steg anade han ett prång på sin högra sida. Väggen var av en annan struktur, han vågade inte gå längre in, utan vände i stället om och gick tillbaka mot hissen. Det är smart att alltid ta höger när man inte vet rätt riktning, konstaterade han självbelåtet. För att komma tillbaka, i det här fallet till hissen, svänger man helt enkelt alltid till vänster. Jag är så smart.

Han hörde Susanne hojta och ökade takten.

"Vad är det Sussi? Regina, var är du nånstans? Hallå?!"

"Hissen är på väg upp". Susannes kvävda rop åts upp av mörkret.

Regina svor i en annan del av rummet, men Fredrik kunde inte lokalisera var.

Ojojoj, tänkte han och såg sig omkring utan att se något. Plötsligt såg han nummertavlan ovanför hisschaktet komma till liv igen. De ilsket röda siffrorna kastade ett övernaturligt sken över Susanne.

"Jag är rädd", gnydde hon.

"Käft påre. Gör dig beredd istället!" skrek Regina. Hon stod endast en meter från dörrarna, med knytnävarna i ansiktshöjd.

"Beredd på vadå?" Fredrik förstod inte.

Hissen stannade med en gnissling. Dörrarna gick upp och hela rummet blev upplyst. Ut steg Lukas, han böjde huvudet när han tog steget ut ur hissen och dammade av sin kavaj med handens översida.

"Goddag allesamman", hälsade han melodiöst. "Vad har hänt här? Har ni sett ett spöke?"

Regina vek sig dubbel av skratt.

Susanne sänkte sina axlar och pustade ut.

Fredrik rätade på ryggen och log eftertänksamt.

"Hej Lukas", svarade han. "Inte nåt särskilt. Vi har bara stått i becksvart mörker i tio minuter och blev skraja", sa han uppriktigt och kliade sig om näsan. "Det är skönt att det var du som kom. Vi undrar vad det här går ut på egentligen. Plötsligt tänds ljuset och så står *du* här."

"Jaså?" konstaterade Lukas och tittade på Susanne. "Jag tände belysningen inifrån hissen. Såg ni inte knappen med texten 'Våningsbelysning'? Jag tryckte på den när hissdörrarna gick upp."

Susanne skakade på huvudet och försökte samtidigt skaka liv i sin frisyr.

"Nä ..."

"Och jag som trodde att du inte kunde bli skraj över huvud taget", fortfor Lukas till Susanne. "Du verkar så ... nja, tuff."

Fredrik suckade övertydligt, men Lukas tog ingen notis.

"Alltså, inte på nåt okvinnligt sätt, men du vet, orädd." Han log. "Syrran har ju mer testosteron i sitt blodomlopp, fast gullig på sitt eget lilla vis. Eller vad säger du Regina?"

"Är det sanningsleken nu Lukas? Du hade kunnat fråga mig först", sa Regina irriterat och gick fram till Lukas och slog honom hårt i magen.

"Aj! Var det där nödvändigt. Va?!"

"Du förtjänar det", sa Regina och sparkade till en trälåda så att den hamnade mellan hissdörrarna. "Så där! Nu åker den inte ner förrän vi själva vill."

Susanne var förbluffad. Lukas, Regina, 'syrran', slaget i magen. Hade hon hört rätt?

"Menar du", tvekade hon och pekade på Regina, "att du och Lukas är syskon? Hörde jag rätt?"

"Javisst", svarade Regina självklart. "Tråkigt bara att det blev avslöjat redan nu, jag njöt av tanken på att du trodde vi är ett par. Eftersom ni dejtat varandra, ja det har Lukas i alla fall påstått. Är det så?" Hon vände sig till Lukas.

"Jaaa, antar jag. Eller vad säger du?" Han vände sig till Susanne som hostade.

"Äsch, jo ... Visst. Allting är så rörigt bara. Jag trodde jag hade koll på alla dina syskon", fortsatte hon och riktade en indirekt fråga till Regina. "Du har aldrig nämnt Lukas."

Regina såg tyst på henne och fingrade på sina lockar.

"Vi har inte vetat så länge. Min farsa kom ut för oss för två år sen. Vi är halvsyskon. Han råkade göra Lukas mamma på smällen en månad innan han och morsan gifte sig. Du vet en sån där pinsam historia med faderskapstest, domslut om underhåll, rubbet."

"Okej?" sa Susanne avvaktande. Hon var faktiskt tvungen att nypa sig i armen.

"Alltså kan vi dejta varandra som om inget hänt", klämde Lukas in.

"Det vill jag nog inte längre", svarade Susanne torrt. "Jag gillar inte att bli förd bakom ljuset."

Regina skrattade.

"Det är lika bra det Sussi."

"Hurså?" frågade hon argt.

"Lukas är nämligen gay och gillar killar. Så du hade inte kommit så långt ändå. Flera andra tjejer har försökt före dig, tro mig!"

Lukas blev illröd i ansiktet. Fredrik tittade på honom och log lite. Regina hade ett smittsamt skratt. En till, tänkte han, en till. Vi är så många ...

"Så vad gör vi nu?" försökte Lukas avleda genom att slå ihop händerna. "Vilka fler väntar vi på?"

"Byt inte samtalsämne nu brorsan. Jag vill fortsätta prata om ditt sexliv."

"Alltså nu räcker det Regina", sa Lukas skarpt, "för i så fall kan vi prata om ditt sexliv också."

"Helst inte", skrattade Regina. "Vi har inte hela kvällen på oss. Ditt kan avhandlas så mycket snabbare."

Susanne stod som förstelnad och iakttog dem i några sekunder. På nära håll var de lika som bär. Båda långa, muskulösa och blonda. Robusta på ett sätt som är ärftligt och inte går att träna sig till.

Hon sträckte sig efter handväskan med ett 'Ni får ursäkta mig en stund, jag måste smälta det här' och lommade iväg till toaletten.

Susanne låste om sig och satte sig på toalettlocket, tog fram en cigarett och tände den. Tankarna virvlade runt, hon lutade sig mot vattenbehållaren och blåste röken mot takventilen. Regina och Lukas, syskon, han har ljugit för mig i över två månader, vi ska spela poker i kväll och jag är på gränsen till ett nervsammanbrott. Ska jag strunta i alltihopa och bara åka hem? Vad säger Fredrik då? Vi går miste om pengarna i kväll men det är löning i övermorgon.

Jag måste kolla hur mycket jag har på kontot. Annars får jag ringa till pappa och ta taxi hem till honom.

Under tiden hade Fredriks intresse för Lukas fått ny glöd. Han ignorerade Reginas skämt och charader och försökte inleda ett samtal med Lukas. Reginas halvbror var fortfarande knallröd i ansiktet och undvek att titta Fredrik i ögonen.

"Det här var lite oväntat, om det som Regina sa nyss är sant. Är det det?" frågade han.

"Vilket då?" frågade Lukas spänt.

"Jaaa du vet ... om hon inte hittar på ... att du–"

"Det ska du skita i!" Lukas var upprörd. Den sockersöta Lukas med det bländvita leendet, alltid så glad och hjälpsam och samlad, hade tappat fattningen.

"Jaha?" Fredrik antog utmaningen.

"Men en sak har hon i alla fall fel om", fnyste Lukas. "Jag gillar inte *killar*, jag gillar *män*. Riktiga män", varpå han vände sig om och gick också in på toaletten.

Aj! Fredrik stod kvar och kände sig utpekad. Lukas hade kommit åt hans ömma punkt. Han kanske inte skulle ha varit så framfusig trots allt.

Under tiden hade Regina upptäckt en gul gaffeltruck i ett angränsande rum. Hon hade samma ansiktsuttryck som en femåring på julafton när hon slog på tändningen, gasade och svängde in från bakom hörnet och bromsade framför Fredrik.

"Kolla den här!" skrek hon förtjust medan elmotorn vrålade i hög diskant.

"Vad är det för nåt?"

"Det är en pallastare med elmotor. Jag har kört en sån här på farsans jobb. Det är skitlätt. Vill du prova?"

Fredrik backade två steg.

"Nä, helst inte, jag mår inte riktigt bra."

Regina skuttade smidigt ur trucken och svängde ett gäng nycklar framför hans ansikte. Fredrik nappade tag i dem och la i fickan.

"Men *kör* nu då!" hetsade hon.

"Du hörde väl vad jag sa. Jag mår inte bra."

"Lukas nobbade dig eller hur?"

"Nejdå. Det gjorde han inte alls. För jag är inte intresserad", ljög han. "Den här kvällen blev inte riktigt vad jag trodde bara, med oss fyra här helt i onödan. Du kan sluta vara så himla uppåt. Vart gick Sussi?"

Regina vände sig om och satte upp håret i en hästsvans.

"Till toaletten antar jag. Hon springer där för jämnan. Hon kanske har mens. Jag tror Lukas gick åt samma håll. Dom är nog båda två på toaletten. Two girls in the lavatory. Om du också går dit blir ni tre, haha!"

Fredrik tvekade i några sekunder men tog så småningom ändå fram nycklarna.

"Okejrå. Jag kör väl lite om det gör dig glad. Vi får tiden att gå. Du får hjälpa mig."

"Med nöje", svarade Regina och höll upp dörren på förarsidan.

Susanne var kvar på toaletten och hade börjat på sin andra cigarett. Tändaren fungerade inte längre, hon rotade i sin handväska efter tändstickor och kände något i sidofacket. Hon stängde väskan och vände den upp och ner på sitt knä. Vafan? sa hon till sig själv och kände på fodret. Det finns något där. Hon fick upp den lösa sömmen genom att klämma på insidan, den satt fast med ett kardborreband, och skakade ut innehållet. Tre påsar med vitt pulver föll ner på golvet.

Det här är illavarslande. Hon satt stilla i några sekunder och slog sedan på sin mobiltelefon. Allting föll på plats under de följande sekunderna. Hon knappade in numret till sin telefonbank och väntade in signalen. Hennes händer skakade.

Fredrik körde ihärdigt fram och tillbaka i foajén vid hissen. Regina hurrade gällt och skrattade och slog sig för knäna. Fredrik blinkade med ena ögat och höjde kokett på ögonbrynen, la in backen och fickparkerade gaffeltrucken smidigt mellan en kopieringsapparat och en dricksvattenfontän.

"Bravo Fredrik, bravo! Som om jag själv suttit vid ratten. Du får förarbevis på en gång. Haha!"

De hörde ett 'pling'. Regina såg över sin axel och flyttade undan trälådan som blockerade hissdörrarna.

"Vad gör du?" ropade Fredrik som satt kvar i trucken.

"Jag tror att nån är på väg upp."

"Precis det jag menar. Varför drog du undan lådan?"

"Det är André förstås. Och dom andra. Vi ska ju spela poker. Det är därför vi är här. Visste du inte?"

"Jo ..." svarade han och spejade efter Susanne.

Hon och Lukas kom tillbaka nästan samtidigt. Lukas hade sköljt av ansiktet och kammat håret. Han såg ut som sitt forna jag.

"Kan jag få prata med dig Fredrik?" frågade Susanne.

"Jag vet inte om vi hinner. Vi får strax besök och–"

"Skit också!" väste hon och dunkade sin knytnäve på trucken och fick dess framskärm av plast att bågna. Hon såg panikslagen ut och Fredrik blev påverkad. Det knöt sig i hans mage, han fick hjärtklappning och tog sig för pannan.

Alla fyra inväntade hissen som återigen var på väg upp: 2... 3... 4... Sussi tittade oavvänt på Fredrik, som bara såg på

Lukas. Både Lukas och Regina stirrade intensivt på nummer-
tavlan ovanför hissdörrarna.

"Vi är i knipa", viskade Sussi till slut. Hon lutade sig
närmare honom. "Jag var på toan nyss och ringde ett samtal."

"Ja? ..." undrade Fredrik.

"Jag hinner inte förklara här och nu, men du måste lita på
mig. Lova att inte säga nåt till herr AA när dom kommer upp.
Och försök att hitta en annan väg ut ur den här byggnaden än
hissen som vi kom upp med. Annars kan vi hälsa hem."

"Uppfattat. Alltid redo! Men jag önskar du inte sa så där,
du skrämmer mig. Även om jag litar på dig till minst över
hundra procent", sa han och nickade överdrivet tre gånger.

Hissdörrarna gled återigen upp och ut steg André Aubry,
Ursula, Karl Stenstam och Samir med en kamrat. Regina
förvånades av att så många hade fått plats i den lilla hissen.
Aubry log illmarigt, men sträckte fram båda armarna i en
faderlig hälsning.

"Som fåglar på en telefontråd. Haha! Hej vänner!" dekla-
merade han överdrivet.

Ett förstrött 'hej' spred sig i rummet. Regina tog ett steg
framåt och sträckte fram sin hand till André Aubry.

"Vi är det vinnande laget i kväll, Lukas och jag, jag lovar.
Vi har väntat på den här kvällen i över en vecka. Hur mycket
står på spel?"

Herr Aubry såg gåtfull ut och ryckte på axlarna.

"Jag vet inte. Ursula kanske vet", sa han.

Den sydländska kvinnan tog fram ett anteckningsblock
och började bläddra. Lukas tittade oförstående på henne.

"Jag vet inte på rak arm. Vi tar det ett steg i taget. Till att
börja med, är alla här?" frågade hon och pekade ut samtliga
med en perfekt skulpterad nagel på sitt högra pekfinger, sam-
tidigt som hon räknade till fyra. "Verkar så."

Aubry grävde i sin kavajficka och vände sig till Susanne.

"Har du med dig videofilmen från Bimbo?"

"Javisst har jag det André. Du frågade om den så tydligt under vårt telefonsamtal. Fast–"

"Ge den till Samir! Vi har med oss en liten spelare. Jag vill se på den med detsamma, vad som finns. Jag gissar det är okej för er alla."

Susanne höll handen hårt över sin Chanelväska. Fredrik trummade nervöst på låret.

"Jag vet inte om det är läge just nu", förhalade Susanne. "Skulle vilja kolla på den lite till, kanske redigera lite. Du kan få den av mig senare. Om det går bra?"

"Kommer *inte* på fråga!" Aubry höjde rösten och den gick i falsett. "Jag vill se den genast! Nu! Nu med detsamma!"

"Visst visst. Kära nån, lugna dig, här är den", sa Susanne och räckte över en liten kassett.

"Och nyckeln till den här byggnaden. Jag vill ha den också. Nu tack!"

Susanne tog fram nyckeln ur sin handväska.

André Aubry sträckte sig så girigt efter kassetten och nyckeln att han nästan slog dem ur hennes hand.

"Finns knarket med?" frågade han.

"Ja det gör det. Eller hur menar du förresten? ... Självklart finns det med! Men jag förstod inte att *du* visste", svarade Susanne. "Det är ju inte precis nån hemlighet på Bimbo. Vem driver stället? Av vilken anledning har du valt just mig och Fredrik att snoka runt?"

André Aubry ignorerade frågan och kastade kassetten till Samir som fångade den i en lyra. Den fick plats i en liten dosa som Fredrik kände igen som en bärbar videobandspelare. Allihopa tystnade, det enda som hördes var videoapparatens surr när den spolade tillbaka bandet.

"Jag vill ändå göra en kopia om det går bra", sa Susanne. Fredrik trummade fortfarande på sitt lår. Regina och Lukas stod blickstilla och knäpptysta.

"Jaja, jag lovar", sa Aubry märkbart lugnare. "Men jag vill titta lite först."

"Vad går det här ut på egentligen?" avbröt Regina plötsligt. "Vi skulle ju spela poker i kväll. Varför spelar vi inte redan? Vad är det för videofilm ni pratar om? Jag vill veta."

André Aubry såg road ut.

"Lilla gumman, blanda dig inte i det här."

"Ursäkta!" sa Regina och greppade Aubrys slips. "Jag vill inte tilltalas som nån lilla gumman. Ut med tugget, vad är det för video du talar om?"

Samir störtade fram mot Regina, men hon knäade honom med en snabb spark innan han ens hade hunnit nudda henne. Han höll sig om skrevet och föll flämtande på golvet, jämrade och skruvade på sig i fosterställning. Som en fotbollsspelare. Då gav den sydländska kvinnan tecken till Samirs kamrat som tog fram en pistol.

"Ny brakar ni inte merava!" skrek han.

Han såg kissnödig ut, men också nöjd över sin mer framträdande roll i händelseutvecklingen. Regina gapade helt förskräckt och släppte på en gång taget om André Aubry. Lukas la handen på hennes axel och drog henne intill sig.

"Okej, är det så här så", konstaterade Susanne. "Jag går på toaletten så länge. Det verkar inte som det blir av att spela nån poker i kväll. Eller hur?"

"Nä, det blir ingen poker i kväll", svarade Aubry utan att titta upp. "Gå på toaletten du. Ni andra står kvar."

Susanne gick stillsamt ut ur rummet, men ökade takten när hon nådde korridoren som ledde till garderoben och toaletterna. Hon tog av sig sina högklackade skor och tände belysningen i samtliga bås och låste den yttre dörren. Hon sprang in i det första båset och öppnade fönstret.

En sval kvällsbris trängde in i det lilla utrymmet. Hon blundade och andades med snabba, hungriga andetag. Det var ännu ljust ute, även om klockan var mycket. Hon tittade nästan tio våningar rakt ner, det sög i maggropen och dunkade i pannan. Fallet är högre än vad man kan överleva. Skit också!

Susanne skulle just till att stänga fönstret när hon såg ett orange sken på fasaden mittemot. Hon sträckte sig ut från fönstret och såg en Securitasbil med saftblandare på taket svänga in på gården. Hon svor högt! Aubry måste ha ringt vaktbolaget. Det kommer att se ut som vi har brutit oss in.

Hon tog påsarna med vitt pulver ur handväskan, en efter en, torkade av dem noggrant med en våtservett och la i kavajfickan. Innan hon gick tillbaka till de andra tog hon på sig handskar.

Alla stod kvar utanför hissen. Endast Aubry och Karl Stenstam, som hade varit tyst hela tiden, såg glada ut när hon återvände. Ingen annan rörde en min.

"Gratulerar Susanne!" deklamerade Aubry högtidligt. "Allt finns med på bandet. Knarket, brudarna, ni fyra, Ursula. Det är perfekt."

Det sista förvånade den sydländska kvinnan och hon vände sig till honom.

"Vad menar du André? Att jag finns med?" frågade hon underdånigt.

Han skrattade rått.

"Du blir kvar med dom här förstås. Vad trodde du? Du har varit till enorm hjälp, tack tack, men jag klarar mig själv härifrån. Seså, gråt inga tårar! Haha!"

Det blev startskottet till att Ursula föll i gråt. Hennes mascara började rinna nerför de fylliga kinderna, i långa svarta strängar, men ingen såg åt henne. Alla tittade bara på André Aubry och försökte lista ut hans nästa steg.

Han backade försiktigt mot hissen, knuffade den sydländska kvinnan ifrån sig när hon försökte klamra sig fast vid honom. Samir hade rest sig från golvet och blängde ilsket på Regina. Den andra torpeden höll fortfarande pistolen riktad mot dem.

"Adios!" triumferade André Aubry och backade sakta in i hissen.

"Skulle jag få tillbaka kassetten eller inte? För att redigera?" frågade Susanne.

"Nix."

"Men herr André, ni lovade ..."

"Jag ljög. Haha!"

"Ni får inte göra så. Ingen kan vara så falsk!" spottade Susanne. "Ni är falsk som, falsk som ... falsk strass!"

André Aubry, Stenstam, Samir och hans följeslagare tittade alla på varandra och log i överlägset samförstånd.

"Och? Varför skulle jag bry mig om er?"

"Men vad ska hända med oss?" frågade Susanne

"Ingenting. Det tar slut här. Om ni vill behålla livhanken står ni lugnt kvar och inväntar polisen. Ni är bara ena simpla tjuvar! Fattar ni?! Och sprider knark på klubbar i stan. Jag bara *måste* berätta det för polisen!"

"Vadå?" invände Fredrik. "Jag har aldrig gjort en fluga förnär. Vi har ju bara filmat. Lukas och Regina kan jag inte gå i god för, men om det blir en polisutredning måste ni stanna herr Aubry."

"Hörde du Samir? Stanna?! Haha!"

"Men vi är ju inga brottslingar. Och jag har aldrig ens tagit i knark ..."

André Aubry tog ett steg framåt.

"Om du inte är en brottsling Fredrik, hur kommer det sig att din lägenhet är full av saker som du snott av mig? Va?!"

"Men det är ju presenter", stammade han, "som du ville att vi skulle ha. För att vi skötte oss så fint."

"Presenter?!" skrattade Aubry. "Jag vet inte vad du pratar om. Jag hade inbrott i min våning för tre veckor sen. Efter att min nyckelknippa blivit stulen ur en väska på Grand Hôtel. Allting är polisanmält och snuten anländer nog strax för att utreda. Haha!"

Plötsligt kastade sig Susanne mot öppningen.

"Jag vill följa med dig. Ta mig med!" skrek hon hysteriskt. "Jag blir din sekreterare för all evighet eller vad som helst. Jag talar fem språk flytande–"

"Ta bort hyndan!" skrek André Aubry och svängde ut med knytnäven som träffade Susanne hårt, rakt över örat.

Det svartnade för henne, hon tappade balansen och föll in i hissen och på golvet. Samir vände sig om och drog upp henne bryskt och puttade över henne till Lukas. Han liknade allt mer en gammal hallick, stod med trumpen min och höll nu om både Regina och Susanne.

Hissdörrarna stängdes. Alla utom Fredrik hade andats ut. Han var tillbaka i lasttrucken och vred om nyckeln.

"Flytta på er!" var det enda han hann säga.

Allihopa skingrades ungefär samtidigt som Fredrik styrde gaffeltrucken rakt mot hisschaktet. Han gasade förbi dem och truckens gaffel klöv koppardörrarna som om de var av aluminiumfolie. Först hördes en utdragen, mjuk gnissling. Sedan stannade trucken med en smäll mot dörrposten. Det blev helt tyst bortsett från upprörda röster från schaktet.

Susanne la sig platt längs golvet och tittade in i ett av hålen som truckens gaffel hade åstadkommit.

"Ho-ho! Herr André? Är ni oskadda?"

"Vi är oskadda din jävla hynda!" svor han. "Men vi sitter fast. Vad har ni gjort?! Ni måste hjälpa oss."

Susanne log.

"Vi ska hjälpa er. Lugn bara, en sak i sänder. Jag föreslår att vi glömmer allt det här, du ger mig videokassetten och vi backar ur gaffeltrucken. Alla går hem. Det är mitt bästa och mest generösa förslag. Vad sägs?"

"Aldrig i livet!" skrek han.

"Glöm inte att ni har knark där inne. Kolla in påsarna på golvet, hörnet längst in!" triumferade Susanne, även om det hade kostat henne en smocka. "Det blir svårt att förklara hur dom hamnat där. Vaktbolaget är redan här, jag såg Securitas-bilen från toalettfönstret. Men om jag får tillbaka videon så hjälper vi er."

Det blev rörelse i hissen. Stenstam mumlade någonting om kokain på hela golvet och Samir svor åt sin kompis.

"Okej", svarade Aubry efter ett tag, "om du lovar."

Hon teg och dröjde i några sekunder. Strax efteråt hördes återigen aktivitet nerifrån. Samir la kassetten på gaffeln och puttade den mot hålet i ena hissdörren. Susanne nappade den försiktigt – hon visste att Samirs kompanjon ännu hade sin pistol – och räckte den till Fredrik. Hon steg upp och borstade av sig slipdamm från kjolen.

"Sådär ja! Nu måste vi skynda oss", sa hon. "Har du hittat en annan väg ut Fredrik?"

"Yes, det har jag", svarade han. "Längst ner i korridoren."

André Aubry bankade på hissdörren.

"Ni kan inte lämna oss här!"

"*Watch us!*" skrek Regina.

"Men Susanne, du lovade ..." bönföll Aubry.

Hon stannade upp.

"Jag ljög. Ajöss!"

En trång spiraltrappa ledde ner till marknivån på baksidan av huset. Det blev en besynnerlig stämning. Ursula grät fortfarande floder, men ingen orkade trösta henne. Lukas tycktes ha changerat och såg tio år äldre ut. Regina filade på en nagel som hade spruckit i närkampen med Samir. Fredrik andades in den svala nattluften. Susanne ringde polisen.

"Är det så klokt?" frågade Fredrik.

"Jag vågar inte låta bli", sa hon lakoniskt. "Jag har drygt två miljoner på mitt bankkonto, via överföring från utlandet, du också skulle jag tro. Dom är inte våra. Det kommer i kapp oss om vi inte anmäler. Alla får förstås åka in på förhör."

Hon vände sig till de övriga och höjde rösten. "Så ni kan börja fundera på era roller i den här röran. Jag kommer åtminstone säga som det är."

"Kan vi inte bara strunta i allt?" insisterade Fredrik.

Regina höll med.

Lukas rättade till sin lugg.

Ursula snyftade fortfarande hysteriskt.

Susanne hyschade dem med ett stelt pekfinger framför sin mun. Samtalet hade redan kopplats till larmcentralen och hon började förklara deras position. Fredrik väntade tålmodigt tills hon hade avslutat samtalet.

"Vi kan *inte* strunta i det här. Lita på mig." Susanne lyfte på sitt finger en sista gång för att påkalla uppmärksamhet: "Hör på nu! Vi måste dra allihopa. Polisen är snart här. Dom kommer att spåra samtalet. När jag är hemma hos pappa så ringer jag dom och säger vilka ni är, så ni får ta eget ansvar. Men inga skäl till oro. Vi har väl alla rent mjöl i påsen?"

Det sista var riktat åt den sydländska kvinnan, som började åter att gråta. Susanne tog hennes hand. Regina och Lukas hade försvunnit bakom en dunge. Fredrik, Susanne och Ursula lunkade sakta mot närmaste busshållplats.

"Lyssna på det här", utbrast Fredrik.

Han harklade sig och tittade pillemariskt på mittuppslaget i kvällstidningen.

"Så här skriver dom: Långvarig polisspaning mot kändisklubb i Stockholm. Innestället för pokerfrälsta unga har försett det vackra och rika", han skrattade till, "*innefolket* med kokain i över två år. Ligan är nu sprängd av polisen och två lejda lockbeten i 30-årsåldern ..."

Han tittade upp från tidningen.

"Dom huvudmisstänkta, en man och en kvinna i medelåldern, hemmahörande i Stockholms län, överväger nu en anmälan om övervåld. Myndigheterna har även haft förhör med en utländsk man bosatt i Sverige sedan tolv år. Mannen som vi väljer att inte namnge är friställd från en ambassad, men lämnade Sverige i förra veckan och är efterlyst av Interpol ..."

Fredrik fnyste lätt och tog upp tråden: "... Klubbens ägare, den så kallade krogkungen från Danmark, kommenterar inte utredningen utan hänvisar till sin advokat. Polisen vädjar till allmänheten samtidigt som man befarar att vittnen kan tystas."

Han tittade upp igen.

"Det finns en bild här också, på nån som hoppar ur en bil och skymmer sitt ansikte."

Susanne slickade på en glasstrut. "Jag förstår inte vad dom menar med krogkungen från Danmark. Jag visste inte att Karl Stenstam har anknytning till Danmark. Visste du det?"

Fredrik skakade på huvudet.

"Dom hittar bara på", sa Susanne och bläddrade i sin egen tidning.

"Hör här i stället! Mycket bättre! Till att börja med står det att vi – dom kallar oss lockbeten även här – är i knappa 20-årsåldern. Det finns dessutom en bild på Finnboda varv och en text om minderåriga på rejvfester. Vad det nu ens har med saken att göra ..."

"Beats me", svarade Fredrik, vek ihop tidningen och tittade på klockan som visade kvart över fem. "Vilken tid ska vi vara hos Stefan?"

"Klockan sex. Jag måste säga jag blev förvånad över att han bjöd in mig också. Det är ovanligt."

Fredrik sa inget men såg på henne i samförstånd.

"Blev inte du?" insisterade Susanne.

"Jo ..."

Han såg tankspritt mot Djurgården. Den låg långt borta men ändå så nära. De hade tagit plats på en tillfällig uteservering på Fjällgatan, på terrassen närmast Ersta sjukhus. Turistsäsongen var snart över, en övergiven grönfärgad buss stod parkerad bredvid kaféet. Bussdörren var öppen och en uttråkad chaufför vankade av och an utanför.

Människor i osvenska kläder hängde över räcket och fotograferade Gröna Lund, där det ännu fanns besökare. De sista sommardagarna lockade fram stadsbor som hade börjat arbetet eller inte hade någon skärgårdsstuga att fly till. Två dagar kvar till skolstart, sommarens hetta hade äntligen gett vika. Kvällarna var mörka.

"Nu är vi nästan kändisar fast ingen vet vilka vi är. Och spekulationer om herr AA får mer spaltutrymme än partnerskapslagen", fortsatte Fredrik. "Jag tror faktiskt även Stefan är nyfiken på vad som har hänt i polisförhören. Jätte! Han vill nog försöka fråga ut oss i kväll."

"Det tror jag också", nickade Susanne och log.

"Vet du om att vi får träffa hans nya pojkvän?"

"Jaså? Vet inte ..." tvekade Susanne och spanade mot den grönfärgade turistbussen. Chauffören tutade argt åt två tonåringar som hade gått upp på räcket och balanserade med varsin videokamera och Åhlénskassar. Chauffören svor och ungdomarna visade honom långfingret.

"Jorå, det ska vi", fortsatte Fredrik. "Det är den där Lars som jag tidigare misstänkte att Lukas hade ett förhållande med."

"Hade han det då?"

Fredrik ryckte på axlarna.

"Inte helt säker, men det verkar inte så. Det är nog två helt olika personer. Och jag bryr mig inte."

"Men Lukas måste väl ändå ha ringt dig. Det är klart att du bryr dig!" retades hon.

Fredrik lutade sig framåt.

"Vem har sagt att Lukas har ringt mig?"

"Regina, när jag pratade med henne i går."

Fredrik slog ihop händerna.

"Jaha ja! Så nu är du plötsligt bundis med Regina och får det senaste skvallret från henne. Tjaaa, Lukas ringde egentligen bara för att fråga hur mitt polisförhör gick. Sen så ringde han kvällen därpå och kvällen efter den. Vi har fortsatt att snacka och i går frågade han om jag vill gå på bio."

Fredrik himlade dramatiskt med ögonen, skrattade åt sig själv och strök luggen bakåt. Han hade tvekat inför valet av film, men det var också allt.

När han tänkte på Lukas blev han varm i kroppen och han ville inte att Susanne skulle märka något. Hon hade vänt bort ansiktet.

"Han kan verkligen konsten att uppvakta. Jag hoppas du inte tar illa upp", fortsatte han försiktigt.

Susanne tittade i sin kaffekopp.

"Jo, lite. Jag tar illa upp, men det är inte personligt mot dig. Eller ens honom. Det är svårt att vara glad just nu bara, jag hade ju hoppats på honom i ett halvår. Och du bara öppnar din mun och stekta sparvar flyger in. Jag är inte van vid att *du* får som du vill, men blir nog glad för er båda, ska du se, det är ett som är säkert. Det är så mycket som hänt på kort tid, jag behöver lite tid att vänja mig."

Fredrik steg upp, gick runt bordet och kramade om Susanne så hårt han kunde. Och hon gav honom en disträ klapp på kinden.

"Det är ju ingen dålig deal egentligen", fortsatte hon pladdrigt, "att byta presumtiv pojkvän mot en helt ny Lukas, lika muskulös och snygg, men som är Reginas bror och din pojkvän, ifall det sista blir av."

"Vi får väl se", sa han.

Susanne tittade på sitt armbandsur.

"Åh vad skönt att vi inte har bråttom. Hur gick ditt förhör förresten?"

"Ojojoj. Det var rätt så mycket. Vad vill du höra?" frågade han.

"Berätta det du vill."

"Det sved att ge upp pengarna. Helsike också! Det var det enda som gjorde mig uppriktigt ledsen. Jag sa inget under själva förhöret, men ringde tillbaka efteråt och anmälde att jag upptäckt ett stort belopp. Jag la till att jag sett dom trilla in först när jag fick ett kvitto från bankomaten. Och det var ju delvis sant. Jag fick handsvett första gången, det var så många nollor."

Han tog en klunk av sitt kaffe.

"Annars har jag sagt precis som det är. Tror du att dom misstänker nåt?"

"Nä. Jag är säker på att våra historier skiljer sig åt lite. Det är polisen van vid. Man har av regel olika syn på vad som hänt. I vilken ordning och så. Det spelar ingen roll. Dessutom har vi rätt att ändra våra utsagor ända fram till rättegången. Först då gäller det att få till det, så att säga."

"Tror du det blir rättegång? Och är det inte underligt om man ändrar sig fram och tillbaka?"

Susanne kisade i solljuset och tog fram en basebollkeps ur sin handväska. Hon skakade på håret, samlade ihop det till en hästsvans och tryckte kepsen över huvudet.

"*Vi* är inte misstänkta. Jag tror det blir rättegång, men dom måste antagligen få tag på André först. Om dom inte delar upp åtalet och inte ens då är det självklart att vi måste vara på plats. Gud vet hur länge André håller sig gömd. Jag nämnde inte nåt om Sicilien och det verkar som att han har hundra till gömställen. Karl Stenstam kan dom nog sy in utan våra vittnesmål."

"Jag gjorde förresten som du sa med alla prylar med Andrés monogram", sa Fredrik. "Jag har lämnat in allting till polisen. Nästan allt åtminstone, jag behöll klockan, vill ha en souvenir av vårt äventyr. Den är jävligt snygg dessutom. Nästa gång jag åker utomlands ska jag ta den till en guldsmed och få monogrammet bortslipat. Men jag vet inte vad det kostar ..."

"Du är så påhittig! Och det låter helt rimligt med tanke på allt besvär." Eller inte, tänkte Susanne.

"Hur gick det för dig själv då? Förhöret."

"Det gick väl bra", konstaterade hon. "Dom gjorde en stor grej av att jag är jurist och praktiserar på advokatbyrå, gick igenom formaliteter noga, ungefär som om jag hade rutin för brottsutredning. Det kvinnliga befälet som jag pratade med var toppen. Snabb och saklig och kul! ..."

Susanne skrattade när hon tänkte på saken.

" ...Jag lämnade in videon, som blir ett starkt bevis mot Stenstam, fast det sa dom förstås inte. Jag lämnade även in fotot som vi tog i våras, den med Kalle, André och Ursula. Lukas har ryggen vänd mot kameran och jag nämnde inget om honom och det kom ingen rak fråga. Fotot kan bli viktigare än vi anar, det visar nämligen ett samröre mellan Stenstam och herr AA. Och bra att lämna Lukas utanför. Jag tror att Stenstam har nekat att han ens träffat herr AA innan dom blev fastlåsta i hissen. Polisen fattar såklart att han ljuger, på fotot står dom ju och skrattar som två hästar. Dom står jättenära och Stenstam har sin hand på Andrés skuldra."

"Toppen!"

"Vi kan andas ut nu."

Busschauffören fortsatte att tuta ihärdigt och skällde ut ungdomarna när de återvände till bussen. Utan synbar effekt. Susanne och Fredrik såg hur han försökte förklara för deras föräldrar att så här beter man sig inte i Stockholm.

En av mammorna log rart mot chauffören, men tog i själva verket ingen notis av det han sa. Ungdomarna kastade sina läskburkar på backen, gick in och bussen for iväg. Det blev tyst på parkeringen på Fjällgatan.

"Ska vi börja röra på oss?" frågade Susanne.

"Det kan vi göra. Orkar du gå till Stefan?"

"Det gör jag gärna", svarade hon och slängde handväskan över axeln. "Kom så knallar vi."

Stefan hade lagat sin paradrätt ostfondue. Det luktade starkt av muskotnöt, och flera fönster i lägenheten var täckta av imma. Fredrik gick till stereoanläggningen och Susanne gick in i köket där Stefan stod tillsammans med sin Lars och förberedde maten.

Lars såg ut som en spänstig jaktlabrador, med vackra och sympatiska ögon, så mörka att man kunde drunkna i dem, rakt ljusbrunt hår och ring i vänstra ögonbrynet. Nitton år, max! tänkte Susanne.

"Hur går det för er pojkar?" frågade hon.

Lars skrattade nervöst och Stefan la en hand innanför hans t-tröja.

"Det går jättebra Sussi. Du litar väl på oss? Gå nu ut till Fredrik och hjälp honom att välja musik till maten."

"Äh." Hon viftade bort förslaget. "Det klarar han så bra på egen hand." Hon visste inte riktigt hur hon skulle börja utfrågningen. "Så ... vad sysslar du med Lars?"

Lars log inställsamt och flackade med blicken i riktning mot Stefan.

"Inte så värst mycket. Jag ryckte in i lumpen nyss. Jag har drygt ett år kvar ..."

"Ser man på? Vad intressant och en massa nya kompisar såklart. Var är du placerad nånstans?" frågade Susanne och lutade sig mot köksbänken.

"Kungsängen."

"Jaha. Kul?"

"Ganska."

Stefan bröt in.

"Lillgubben här är *jättefin* i grönkläder ska du veta. Han poserar för mig fast han inte vill. Pussi pussi puss!"

Lars låtsades bli besvärad, men Susanne såg att han gillade att bli kallad lillgubben. Han var jättefin och föreföll lugn och mogen jämfört med många andra 19-åringar.

"Blir det musik nån gång?" hojtade Stefan plötsligt.

"Ja-a", svarade Fredrik från vardagsrummet, "bara jag hittar nåt bland dina skivor. Dom ligger ju i oordning. Du har en fin hylla men allt är i oordning. Jag fattar inte."

"Du behöver inte fatta nåt", svarade Stefan och rörde om i kastrullen med buljong, vitt vin och ostkuber som långsamt smälte till en härligt salt blandning.

Susanne gick fram till honom och ryckte bryskt sleven ur hans hand.

"Gå till vardagsrummet och hjälp Fredrik, annars får vi aldrig nån musik", bestämde hon. "Jag tar hand om din prins så länge. Lita på mig, han är i goda händer."

Susanne höjde menande på ögonbrynen. Lars rodnade.

"I dom bästa", instämde Stefan och skyndade ut.

Fredrik satt på skinnsoffan och suckade. Han hade en trave av skivor i famnen och satt och bläddrade i ett tjockt konvolut.

"Är det så du väljer musik?" häcklade Stefan.

Fredrik tittade upp men svarade inte.

"Var inte så noggrann. Ta nån hissmusik bara, vi ska ju äta, inte knulla."

"Måste du vara så vulgär jämt?" frågade Fredrik.

"Nä-ä. Men du svarar ju inte annars. Vad läser du för konvolut nurå?" frågade han och satte sig bredvid i soffan.

"Jag läser om Laurie Anderson. Jag visste inte att du har så förfinad smak. Några av skivorna har du fått av mig, dom är ju bra förstås. Men annars är det mesta i din hylla faktiskt Dancehits 16 och så vidare. Haha!"

"Ge hit det där!" sa Stefan och slet konvolutet ur hans hand. "Vi ska äta nu."

Han gick till stereon och la på den skiva som Fredrik hade hållit i. Efter ett par sekunders tystnad hördes något som liknade en fiol som spelas under vatten.

Stefan återvände till Fredrik som satt kvar på soffan.

"Berätta nurå. Vad tyckeru om Lars?"

"Han är fin."

"Är det allt du har att säga? Finns det inga *men*?"

Fredrik ville ta frågan helt på allvar, alltså inte skratta, men gjorde det ändå.

"Givetvis finns det det. Han är lite ung kanske."

"Gotta catch'em young!" sjöng Stefan.

Fredrik reste sig ur soffan och gick fram till fönstret. Han visste inte vad han borde tycka, och innan han hade svarat något var Stefan tillbaka i köket. Det doftade så gott om ostgrytan att det gjorde ont. Han hade gråten i halsen.

Fredrik lutade sig ut från fönstret och tittade ner mot den svagt kvällsbelysta gatan. Ett par droppar kondens slank längs fönsterkarmens kant och föll ner på trottoaren.

Förra gången hos Stefan hade han dejtat Elisabet, blivit förförd av Peter och förd bakom ljuset av båda två. Lukas var ännu lovande. Han ringde som han lovade. Pålitlig som få, även om vänskapen hade börjat knasigt. Lukas var snäll när man väl hade lärt känna honom. Han hade en grym kropp och ville inte övertala Fredrik att träna.

Jag är så glad över att han finns, tänkte Fredrik tacksamt. Jag har någon som tycker om mig.

Han log för sig själv, stängde fönstret och återvände till köket efter några envisa rop från Susanne. De hade redan satt sig vid det dukade bordet. Fem flaskor vitt vin hade öppnats och Stefan hade tänt kvällens första cigarett.

Jag har någon som tycker om mig ...

Våra tre hjältar gestaltade 2024 av DeepAI